신곡 - 인페르노(지옥)

신곡 – 인페르노 (지옥)

단테 알리기에기 지음 ｜ 이시연 옮김

더클래식

일러두기

단테의 신곡은 1300년대의 피렌체의 고어이기에 이해와 번역를 위해 주해본을 사용하였다. 역주 또한 다음 자료들을 참조하였다.

Umberto Bosco, Giovanni Reggio, *La divina commedia*, Firenze, Le Monnier, 1993.
Anna Maria Chiavacci Leonardi, *La divina commedia*, Milano, Oscar Mondadori, 2012.

그 외의 참조 자료
www.divinacommedia.weebly.com
www.parafrasidivinacommedia.jimbo.com
www.diviinacommedia.it
www.capolavoroitaliano.it

인물들의 이름이나 지명 등의 고유명사는 가능한 한 현지 발음대로 표기하였다.

차례

지옥 여행 시간

🌡 첫째 날 (1300년 4월 8일 금요일 – 또는 3월 25일)

제 1 곡

목요일 밤부터 금요일 단테는 어두운 숲에서 길을 잃는다.

동틀 무렵 단테는 자신이 언덕에 있는 것을 알았고, 세 짐승을 만난다. 베르길리우스에게 도움을 청하고 지옥과 연옥을 지나 천국으로 가는 여행을 제안받는다. 단테는 그를 따른다.

제 2 곡

일몰 단테는 여행에 많은 두려움을 느끼지만, 베르길리우스는 그에게 림보에서 베아트리체와 만났던 이야기를 하여 두려움을 없애 준다. 그리고 여행을 시작한다.

제 3 곡

늦은 저녁 두 시인은 지옥의 항구에 도착한다. 태만한 자들과 카론을 만난다.

제 4, 5, 6, 7 곡

금요일 밤과 토요일 두 시인은 아케론 강을 건너고 림보를 방문한다. 음탕한 죄인들의 두 번째 고리, 탐욕가들의 세 번째 고리를 방문한다. 금요일 밤과 토요일에 탐욕가와 낭비가의 네 번째 고리에 도착한다. 그리고 분노자들이 스티스 늪에 잠긴 다섯 번째 고리의 방문을 준비한다.

⚜ 둘째 날 (1300년 4월 9일 토요일 – 또는 3월 26일)

제 8, 9, 10, 11 곡

이른 아침 시간 단테와 베르길리우스는 다섯 번째 고리에 방문한다. 그리고 '디스'라는 도시에 들어간다. 낮은 지옥의 끝으로 따라가는 것이 오전 3시 쯤이다.

제 12, 13, 14 곡

3시에서 5시 사이 두 시인은 일곱 번째 고리에 도착한다. 일곱 번째 고리에는 세 개의 고랑이 있는데, 제일 먼저 잔인한 죄인들이 있는 첫 번째 고랑을 방문한다. 자살자들과 낭비가들의 두 번째 고랑과 하느님에 대항하는 폭력배들의 세 번째 고랑도 방문한다. 여기서 저주가 카파네우스도 만난다.

제 15, 16, 17 곡

동틀 무렵 계속해서 세 번째 고랑이다. 성 도착자들과 브르네토 라티니와 3명의 피오렌티니와 고리대업자들을 만나고 여덟 번째 고리인 말레볼제를 지나려고 준비한다.

제 18, 19, 20 곡

아침 6시와 7시 사이 게리온은 두 시인을 등에 태워 여덟 번째 고리인 말레볼제에 데리고 간다. 말레볼제는 모두 열 개의 구역으로 나뉘어 있다. 단테와 베르길리우스는 처음 두 볼제를 방문하고, 성직(聖職) 매매자가 있는 세 번째 볼제에 도착한다. 점쟁이들이 있는 네 번째 볼제도 간다.

제 21 곡

아침 7시 단테와 베르길리우스는 사기꾼들이 있는 다섯 번째 볼제에 도착한다. 말레 브란케를 만나고 그 무리의 대장 말레코다가 이 두 시인에게 여행 시간을 위해 중요한 표시와 다섯 번째와 여섯 번째 볼제를 연결하는 바위 다리가 무너졌음을 알려 준다.

제 22, 23 곡

아침 9시 두 시인은 악마들로부터 속임수에 당해 도망친다. 단테와 베르길리우스는 위선자들의 여섯 번째 볼제에 도착한다.

제 24, 25 곡

아침 9시와 11시 사이 두 시인은 강도들이 있는 일곱 번째 볼제에 도착한다.

제 26, 27 곡

정오 단테와 베르길리우스는 기만하는 위원들의 여덟 번째 볼제에 이른다.

제 28, 29, 30, 31곡

이른 오후 단테와 베르길리우스는 아홉 번째 볼제에서 불화의 씨앗을 퍼뜨리는 자들을 만나고, 위조자들이 있는 열 번째 볼제에 이른다. 다음으로 이들을 얼음의 코키토스 강에 내려놓은 거인 안타이오스를 만나며 배신자들의 아홉 번째 고리에 이른다.

제 32, 33 곡

늦은 오후 단테와 베르길리우스는 카이나에서 가문의 배신자들, 안테노라에서 고향의 배신자들, 프톨레매오에서 손님의 배신자들을 만난다.

제 34 곡

6시와 7시 사이의 오후 두 시인은 쥬데카로 들어간다. 그리고 루키페르를 만나게 된다. 세상으로 가기 위해서 그들은 기어 올라가고 남반구를 지나간다. 그다음 날 아침, 즉 일요일에, 연옥의 해변과 깊은 지옥이 연결된 자연적 지하 행랑을 걷는다. 그리고 마침내 밖으로 나와 별을 다시 본다.

제1곡

우리네 인생길 반 고비[1]에서
정의의 길을 잃어버린
나는 어두운 숲[2]에 있었다.   3

얼마나 설명하기 힘든 일인가![3]
이 숲이 얼마나 잔혹하고 혼란스러우며 통과하기에 힘든지를
생각만 해도 두려움이 되풀이된다.   6

죽음보다 조금 더 쓸 테지만
그곳에서 찾은 선에 대해 말하기 위해
그 속에서 내가 본 다른 것들을 말하려 한다.[4]   9

그 순간 잠에 취해 무의식 중에
정의의 길을 버리고
내가 어떻게 그곳에 들어왔는지 정확하게 말할 수 없다.   12

그러나 내 마음을 두려운 슬픔에 잠기게 했던

어두운 골짜기가 끝나는

언덕에 걸어서 도달한 후에   15

나는 높은 곳을 보았고

각 사람에게 속한 진정한 인생의 길을 이끄는

별의 빛줄기[5]로 이미 옷을 입은 비탈진 산정을 보았다.   18

비탄에 잠긴 많은 괴로움을 보낸 그 모든 밤

나의 마음속 깊이 지속되었던

두려움은 조금씩 진정되었다.   21

심해에서 해안 밖으로 나와

쉽게 변하고 위험한 물을 향해 몸을 뒤로 돌리고

가쁜 호흡을 하는 표류자처럼   24

아직도 공포에서 도망치는 내 영혼은

결코 살아 있는 사람을 보낸 적이 없는

완성된 여정을 다시 되돌아보려고 몸을 돌렸다.   27

피곤한 몸을 쉬게 하고

그 텅 빈 경사진 긴 길을 다시 오르기 시작했다.

마치 단단한 다리가 항상 더 낮은 곳에 있는 것처럼.[6]   30

막 오름의 시작에 도달했을 때
점박이 가죽 망토를 뒤집어쓰고
민첩하고 움직임이 매우 빠른 표범이 나타났다.   33

내 앞에서 떠나지 않고
오히려 나의 길을 방해하려고 가로막았다.
나는 여러 번 뒤로 돌아가려고 했다.   36

동틀 무렵이었다.
태양은 태초에 성스러운 창조자가
하늘의 아름다운 것들을 움직였을 때처럼[7]   39

양자리(Aries)와 함께 떠오르고 있었다.
얼룩진 가죽을 가진 그 짐승에게서
나는 벗어날 희망을 가졌다.   42

아침의 그 시간과 달콤한 계절 덕분이었다.
그러나 내 앞에 나타난 맹수의 광경에 대해
나를 놀라게 하지 않을 만큼의 희망은 많이 강하지도 않았다.   45

머리를 추켜 올리고 허기져 광폭해진
이 야수가 나를 적대하며 가까이 오는 듯했고
공기마저 두려움에 떠는 듯했다.   48

그리고 깡마른 몰골로 그의 허기진 배를 채우려는
갈망으로 가득 찬 한 마리의 늑대.[8]
또 많은 사람들을 이미 고통 속에서 살게 한   51

이 늑대는 자신의 모습을 보고
놀라는 나의 영혼을 덮쳤고
산정에 오르려는 희망마저 박탈했다.   54

탐욕스럽게 재산을 갈망하는 자는
모든 재산을 잃어버리는 순간이 오면
재산만 생각하며 비통해하며 괴로워한다.   57

조금씩 나를 향해 다가오는
짐승은 나를 불안하게 했다.
태양이 들어오지 않는 어두운 숲으로 나를 밀어 넣었다.   60

낮은 곳을 향해 격렬하게 뛰는 동안
오랜 침묵으로 인해 목소리가 잠긴 사람이[9]
내 눈 앞에 나타났다.   63

황량한 곳에서 그를 보았을 때 나는 소리쳤다.
"확실한 사람인지 귀신인지 누군지 간에
나를 살려 주십시오!"   66

그가 대답했다. "나는 사람이 아니다. 그러나 전에는 사람이었다.
나의 부모님은 롬바르디아 사람이셨고
두 분 모두 만토바 출신이셨다.   69

나는 말년의 율리우스 카이사르 시대에 태어났고
아직도 거짓말쟁이들과 잡신들이 있었던 때,
위대한 아우구스투스 시대를 살았다.   72

나는 시인이었고, 오만한 일리온이
불에 탄 뒤에 트로이아에서 이탈리아로 온
안키세스의 정의로운 아들을 노래했다.[10]   75

그런데 너는 왜 많은 고통의 원인인 숲으로 돌아가려고 하는가?
모든 기쁨의 시작과 근원인
저 기쁨의 산에 왜 오르지 않는가?"   78

"커다란 강물처럼 말이 흘러나오는 샘물,
당신은 그 유명한 베르길리우스이시군요?"
나는 수줍은 얼굴로 그에게 말했다.   81

"오, 다른 시인들의 영광이며 빛이고,
나의 오랜 연구에 의의를 주었고 나의 커다란 사랑은
나를 당신의 작품[11]에 가까이 가도록 만들었습니다.   84

당신은 나의 선생이며, 특히 사랑하는 나의 저자입니다.
나에게 명성을 안겨 준 나의 아름다운 문체[12]를
오직 당신에게서만 배웠습니다.   87

나를 뒤로 돌게 했던 짐승을 보십시오.
유명한 현자여, 그 짐승에게 대항하여 나를 도와주십시오.
그 짐승은 나를 두려움에 떨게 합니다."   90

울고 있는 나를 보며 베르길리우스는 대답했다.
"만일 이 숲으로부터 나가고 싶다면
너는 다른 길로 가야 한다.   93

너를 두려움의 절규에 떨게 하는 이 짐승은
자기의 길을 가는 사람을 놓아두지 않고
가로막아 누구든지 죽이기까지 한다.   96

본성이 매우 사악하고 나쁘며
자신의 탐욕을 채운 적이 없고
먹이를 먹을 때마다 처음보다 더 허기를 느낀다.   99

이와 비슷한 짐승들은 참으로 많으니
그들을 고통스럽게 잡아먹으려는 사냥개가 오기 전까지
그들은 더 많아질 것이다.   102

이 사냥개는 돈이나 권력이 아닌
지혜와 사랑과 덕으로 양육될 것이고
그의 출생은 비천하고 낮은 혈통이 될 것이다. [13]   105

이 사냥개는 처녀 카밀라,
에우리알로스와 투르누스, 그리고 상처를 입은
니소스의 죽음으로 비천한 이탈리아의 구원이 될 것이다. [14]   108

사냥개는 각 마을에 있는 늑대를 사냥할 것이다.
늑대를 지옥에서 나오게 했던 처음의 질투가
그가 태어난 곳으로 돌아가게 할 때까지.   111

너가 나를 따르는 것이 너를 위해 최선이라고
생각하고 판단한 나는 너의 길잡이가 될 것이고,
여기로부터 영원한 왕국으로 너를 이끌 것이다.   114

사악한 자들의 절망한 애통을 들을 것이고
두 번째 죽음을 소리치며 요구하는
고통받는 옛 영혼들을 볼 것이다. [15]   117

그리고 연옥에서 때가 되면 천국의 축복을 가진 영혼들과
함께 있을 것이라는 희망을 갖고 있어
불 속에 있으면서도 만족해하는 영혼들을 볼 것이다. [16]   120

네가 그 축복을 받은 영혼들과 함께 천국으로 오르고 싶다면
너를 인도하는 나보다 더 가치 있는 영혼에게
너를 맡기고 떠날 것이다.[17]   123

왜냐하면 천국에 있는 왕국의 왕께서
내가 그의 법을 따르지 않아서
그곳에 오르는 것을 원하시지 않기 때문이다.   126

전능하신 신이 모든 곳을 통치하는 곳에
그분의 도시와 높은 옥좌가 있으니 그분으로부터 천국으로
갈 것을 허락받은 이들은 얼마나 기쁠 것인가!"   129

나는 베르길리우스에게 말했다. "시인이여, 당신이 몰랐던
하느님의 이름으로 당신에게 간청합니다.
이 사악한 곳, 나쁜 이들로부터 나를 구원하시고   132

지금 말한 그곳으로 나를 이끄시고
성 베드로 문[18]과 당신이 말한
슬픈 영혼들을 볼 수 있게 해 주십시오."   135

그 순간 베르길리우스는 움직였고 나는 그를 따랐다.

제2곡

날이 저물고 하늘은 어두워졌다.
땅 위에 있는 모든 동물은
일상의 피로로부터 자유롭게 하고 쉬라 하는데 나 홀로   3

끔찍하고 고통스러운 인생길을 위해
몸과 마음을 준비하고 있었다.
나의 기억은 틀림없이 모든 것을 기록할 것이다.   6

오, 뮤즈여, 지고의 시인이시여! 나를 도와주십시오.
내가 본 것을 기록하는 기억이여!
여기에 당신의 고귀함을 나타내십시오.[1]   9

나는 말하기 시작했다. "나를 인도하시는 시인이여,
이 어려운 인생길을 시작하기 전에
나의 덕이 충분한지 평가하십시오.   12

실비우스의 아버지가
아직 살아 있을 때, 실제 육체의 몸으로
불멸의 내세를 갔다고 당신은 말했습니다.[2]   15

그러나 악의 적[3] 께서
그를 향해 은혜를 베푸신 것은 그에게서 나와야 할
결실을 생각하셨기 때문입니다.   18

이성이 있는 어느 누구도 그가 받은 은혜가 부적절하다고
생각하지 않습니다. 그는 하늘의 궁정에 있는
하느님의 선택으로 로마와 제국[4] 의 아버지가 되었습니다.   21

사실대로 말하자면 그 로마와 제국은
위대한 성 베드로의 계승자가 있는
성스러운 곳이 될 운명이었습니다.   24

당신이 노래한 여행 덕분에
아이네이아스는 그의 승리와
교황의 권위를 허락받았습니다.   27

하느님의 선택을 받은 잔[5] 또한 영원한 왕국에 갔습니다.
구원의 길은 믿음에서 시작한다는
확신을 찾기 위해서였습니다.   30

그런데 왜 내가 가야 하나요? 그 누가 이 영광을 허락했나요?
나는 아이네이아스도, 성 바울도 아닙니다. 나도, 다른 누구도
내가 이러한 은혜를 받을 만하다고 생각하지 않습니다.   33

그래서 당신이 이끄는 대로 나를 놔둔다면 나의 여행이 어리석은
행동으로 될까 두렵습니다. 당신은 현명하시니 내가 표현할 수
있는 것보다 훨씬 더 이해할 것입니다."   36

처음에 원하던 것을 더 이상 원하지 않고
새로운 생각들로 인해 처음의 의도를 단념하고
그 의도를 바꾸려는   39

나는 어두운 경사지에 오랫동안 서 있었다.
왜냐하면 나는 망설임 없이 시작하기로 했던
그 큰일을 그만두려고 생각했기 때문이다.   42

"내가 너의 말을 제대로 이해했다면
너의 영혼은 두려움에 사로잡혔구나."
인자하신 베르길리우스의 영혼은 대답했다.   45

"그 두려움은 자주 인간을 억압하고
마치 자기 그림자에 놀란 짐승처럼
그 명예로운 큰일에서 멀어진다.   48

너가 사로잡힌 이 두려움에서 자유롭게 하기 위해서
내가 왜 여기에 왔는지, 처음에 내가 너의 고통을 느꼈을 때
들었던 것을 말할 것이다.   51

나는 림보에 매달린 영혼들 사이에 있었다.[6]
복되고 아름다운 여인이 나를 불렀고
나는 여인에게 명령을 간구했다.   54

그의 눈은 별보다 더 반짝였고
마치 천사의 언어인 것처럼
부드럽고 감미로운 음성으로 나에게 말하기 시작했다.   57

'오, 친절한 만토바의 영혼이여!
당신의 명성이 세상에 지속되고,
세상이 지속될 만큼 당신의 명성은 계속 지속될 것입니다.   60

나의 친구가 안타깝게도
황량한 경사지에 가로막혀
두려워하며 되돌아가려 합니다.   63

하늘에서 그에 관하여 들으니
그는 길을 잃고 헤매고 있는데
그를 구출하려는 것이 너무 늦은 것이 아닌가 두렵습니다.   66

지금 움직이십시오. 당신의 고귀한 말로
그의 구원에 필요한 모든 것을 동원하여
나를 위로하는 것과 같이 그를 도와주십시오.   69

당신을 보내는 나는 베아트리체.
나는 돌아가고 싶고 기쁨이 가득 찬 곳에서 왔습니다.
나의 친구에 대한 사랑이 당신에게 말하게 하고 움직이게 합니다. 72

내가 하느님 앞에 서 있을 때
당신의 공을 말하겠습니다.'
그리고 침묵했고 내가 대답했다.   75

'오, 미덕의 여인이여! 오직 그 미덕으로만
인류는 가장 작은 원주를 가진 하늘[7] 아래 있는
모든 것에서 벗어날 수 있습니다.   78

당신의 명령은 나를 쾌히 승낙하게 만들었으니
이미 복종을 따랐다 해도 너무 늦은 거 같습니다.
더 이상 당신의 원하는 것을 말하지 않으셔도 됩니다.   81

당신이 돌아가고 싶은 곳, 최고 천상계에서
여기 아래, 지옥으로 두려움 없이 내려온
이유를 말해 주십시오.'   84

여인이 대답했다. '당신이 진정 알기를 원하니,
내가 여기로 내려오는 것을 두려워하지 않는 이유를
짧게 말하겠습니다.   87

남을 해하는 권력을 가진 것들에만
오직 두려움을 가져야 합니다.
다른 것은 두려워할 필요가 없습니다.   90

나는 하느님의 자비로 창조되었고
당신들의 불행은 나를 건드리지 못하고
지옥의 어떠한 불도 나를 해치지 못합니다.   93

하늘 위에 계신 친절한 여인[8] 께서
당신이 만날 자에게 온 불행을 측은히 여겨
엄격한 신의 법을 깨뜨렸습니다.   96

그분은 성 루치아를 불러 말했습니다.
—너의 추종자는 지금 너의 도움이 필요하니
내가 너에게 그를 맡긴다.—   99

잔인한 인류의 적이신 루치아께서는
움직이셨고 고대의 라헬의 옆에 앉아 있는,
내게로 오셔서 말씀하셨습니다.   102

−베아트리체, 하느님의 진실한 찬미자여,
당신을 그토록 많이 사랑했던 사람을
비천한 무리로부터 왜 구원하지 않습니까?　　　　　　　105

그의 비탄에 슬픔을 느끼지 않습니까?
죄악의 태풍 소용돌이 속에서 그와 싸우는
죽음이 보이지 않습니까?　　　　　　　　　　　　108

세상에는 빠르게 이익을 추구하거나 위험을 피하는
사람들은 없습니다.−
이 말을 듣고 난 후에　　　　　　　　　　　　111

나는 하늘의 자리에서 이 아래로 내려왔습니다.
당신을 명예롭게 한 당신의 고결한 말과
그것을 듣는 사람들을 믿습니다.'　　　　　　　114

나에게 이 말을 한 후에
눈물로 인해 반짝이는 눈을 돌렸고
그것은 나를 이곳으로 오도록 재촉했다.　　　　　117

그리고 그녀가 원하는 것처럼 너에게 와서
산정을 가려는 지름길을 방해하는
그 짐승에게서 너를 구원한 것이다.　　　　　　120

그런데 이게 무슨 일인가? 왜, 왜 그대로 있는가?
왜 너의 마음에 두려움을 키우는가?
왜 용기와 자신감을 갖지 않는가?   123

성스러운 이 세 여인이 하늘의 궁정에서
너를 걱정하고 나의 말이
모든 안녕을 약속하지 않느냐?"   126

혹한 밤에 고개를 숙이고 오므라든 꽃들이
태양이 빛난 후에
줄기에서 모두 고개를 들고 피어나는 것처럼   129

낙담한 나는 벌떡 일어났다.
나 자신을 되찾은 것처럼 말을 시작하려는
용기가 생겼다.   132

"오, 나를 구원하신 그분은 자비로우십니다.
그분이 말한 진실된 말들을 망설임 없이 따른
당신도 친절하십니다.   135

당신이 들려준 말로 인해
내가 처음의 의지로 돌아가 당신을 따르려는 바람을
내 마음에 가득 채웠습니다.   138

26

이제 가십시오, 우리 둘 모두 같은 것을 원하니

당신은 나의 길잡이이고, 나의 주인이자, 나의 선생님이십니다."

이렇게 그에게 말하고 난 후 그는 앞장을 섰고   141

그와 함께 나는 그 험한 여정을 시작했다.

제3곡

"나를 통해서 고통의 도시로 들어간다.
나를 통해서 영원한 고통으로 들어간다.
나를 통해서 저주받은 영혼들 사이로 들어간다.   3

정의는 나의 높으신 창조자에 의해서 실행되었다.
하느님의 전능하신 능력과 더할 수 없는 지혜와
태초의 사랑으로 나를 만드셨다.   6

나 이전에 창조된 것은 영원한 것만 있으니
나도 영원히 지속될 것이다.
여기로 들어오는 너희는 모든 희망을 버려라."   9

문 위에 어두운 색으로 쓰인 이 글을 보고
나는 말했다.
"선생님, 이것들의 의미가 끔찍합니다."   12

그리고 그는 내 속을 아는 것처럼 대답했다.

"여기는 의심을 버려야 하고

두려움이 필요하지 않다. 15

너에게 말한 곳에 도달하면

성스러운 지성의 빛을 잃어버린

저주받은 무리를 보게 될 것이다." 18

나에게 힘을 주는 미소를 띤 얼굴로

내 손을 잡은 후에

죽음의 신비한 세계 안으로 나를 이끌었다. 21

이곳의 한숨, 비통, 많은 고난은

별이 없는 공간에 울려 퍼졌다.

처음에 이 소리들을 듣자마자 난 울었다. 24

이상한 언어들, 끔찍한 대화들,

고통스런 이야기들, 분노의 저주들,

크고 약한 목소리들, 그리고 손으로 때리는 소리들 27

이것은 큰 소란을 만들었고

태풍이 불어닥칠 때의 모래처럼

영원히 어두운 하늘에 계속해서 울려 퍼졌다. 30

내 머릿속은 무수한 의심으로 가득 찼다. 그리고 말했다.
"선생님, 내가 듣고 있는 이 소란은 무엇입니까?
고통으로 슬퍼하는 이 영혼들은 누구입니까?"   33

그는 대답했다. "이것은 수치와 명예도 없이
살아온 사람들의 슬픈 영혼이
비참한 일을 당하고 있는 것이다."   36

하느님께 반항하지도
복종하지도 않는, 오직 자기 자신만 사랑했던
그 사악한 천사들의 무리와 섞여 있다.   39

하늘은 아름다움을 잃지 않기 위해서 그들을 쫓아내었다.
그러나 깊은 지옥조차도 그들을 거두지 않으니
지옥의 망령들이 그들의 존재를 보고 자만하기 때문이다."   42

내가 말했다. "선생님 얼마나 고통스러운 형벌을 받기에
저토록 처절하게 한탄합니까?"
그는 대답했다. "내가 짧게 설명해 주겠다.   45

이들은 죽음의 희망도 가지고 있지 않다.
그들의 눈먼 삶이 너무 비참하기에
다른 사람의 운명만을 부러워한다.   48

그들의 명성은 세상에 남겨지지 않고
하느님의 자비와 정의는 그들을 경멸한다. 그들에 대해 말하는
것에 시간을 허비하지 말자. 그냥 보고 지나가자."   51

주위를 살피던 나는 영혼들 사이에
돌아다니는 휘장 하나를 보았다.
멈춘 적이 없는 것같이 아주 빠르게 지나갔다.   54

휘장을 따라 많은 영혼이 긴 줄로 서 있었다.
죽음이 이토록 많은 희생자를 만들었다는 것을
나는 믿을 수가 없었다.   57

그들 속에서 내가 아는 이들도 있었다.
주의 깊게 보니 비겁해서
자리를 거부한 사람[1]의 그림자도 있었다.   60

바로 알다시피 이것은
하느님도, 하느님의 적들도 싫어하는
비겁한 무리임이 틀림없었다.   63

정말로 살아 있지도 않은 이 불행한 이들은
벌거벗었고 모든 주변에 있는
큰 파리와 벌들에게 찔리고 있었다.   66

찔린 그들의 얼굴에는 피와 눈물이 뒤섞여 흘러
땅에 떨어지고 발에서는
역겨운 구더기들이 피를 빨아 먹고 있었다.   69

저 너머로 시선이 도달했을 때
큰 강변에 많은 사람들이 보였다.
나는 물었다. "선생님, 질문을 허락해 주십시오.   72

이 약한 빛을 통해 보이는 듯한
저 영혼들이 누구이고
어떤 법이 저 강을 건너려는 열망을 갖게 만드는 겁니까?"   75

그는 말했다. "우리가 아케론,
고통의 강가에 멈췄을 때
너는 알게 될 것이다."   78

대답을 들은 나는 부끄러워 시선을 떨어뜨렸다.
나의 계속된 질문이 그를 귀찮게 한 것 같은 생각에 두려워서
강에 도달할 때까지 말을 삼갔다.   81

그때 하얀 수염이 덥수룩한 노인[2]이
배를 타고 우리를 향해 오며 외쳤다.
"불행이 닥치리라, 사악한 영혼들이여!   84

하늘을 볼 수 있다는 희망을 품지 마라.
나는 너희를 강가 저편, 영원한 어둠,
불과 얼음의 지옥으로 인도하려고 왔다.   87

여기에 있는 너, 아직도 살아 있는 영혼아,
여기 이미 죽은 영혼들로부터 떨어져 있어라."
그러나 내가 떨어져 있지 않은 것을 본 노인은   90

말했다. "너는 다른 길, 다른 항구로
영원한 해안으로 도착할 것이다. 여기로 지나갈 수 없다.
더 가벼운 배여야 널 태울 수 있다."3   93

나의 길잡이가 말했다. "카론, 번민하지 마시오.
원하는 것을 이룰 수 있는 그곳, 하늘에서
결정했으니 더 이상 묻지 마시오."   96

눈가에 불의 테두리가 있는,
어두운 늪지의 털북숭이 뱃사공의 얼굴이
잠잠해졌다.   99

강가에서 어떠한 보호도 없이 기다리는 지친 영혼들은
카론의 잔인한 말을 듣자
창백하게 질려 두려워하며 이를 맞부딪치며 떨었다.   102

그들은 하느님과 그들의 부모님,
그들의 탄생과 후손들의 씨앗, 모든 인류,
장소, 시간을 저주했다.   105

처절하게 울면서 모두 한곳에,
하느님을 두려워하지 않은 사람들을 기다리는
지옥의 강가에 모였다.   108

붉게 타오르는 눈으로 악마 카론는
오직 손짓으로 배에 영혼들을 모으며
우물쭈물하는 자들을 노로 때렸다.   111

가을의 나뭇잎들이,
가지가 땅에 떨어진 제 잎을 볼 때까지
한 잎 한 잎 떨어지듯   114

아담의 사악한 자손들은
사냥꾼의 부름받은 새들처럼 그의 손짓에 맞춰
강가에서 배를 향해 한 명 한 명 뛰어들었다.   117

검은 강물을 지나서
강가 저쪽에 내리기도 전에 이쪽 강가에서는
다른 무리가 모여들었다.   120

"내 아들아." 선생님은 친절하게 말했다.
"하느님의 분노를 일으켜서 죄를 범해 죽은 자들은
온 세상에서 모두 이곳으로 모여 온다.   123

그들이 아케론 강을 건너려고 하는 것은
하느님의 정의가 그들을 모아
그들의 운명에 대한 모든 두려움이 바람으로 변했기 때문이다.   126

선한 영혼은 이 길로 가지 않는다.
카론테가 너의 존재에 대해 불평했다는 것이
얼마나 좋은 의미인지 잘 이해할 수 있을 것이다."   129

이 말이 끝났을 때 우리가 있었던 어두운 들녘은
무섭게 흔들리기 시작했다.
얼마나 무서웠는지, 이 기억은 아직도 날 땀으로 적신다.   132

눈물의 대지가 강한 바람을 분출했고
나의 감각을 잃어버리게 한
붉은 빛이 번쩍였다.   135

나는 갑자기 잠든 사람처럼 쓰러졌다.

제4곡

강한 천둥은 내 머릿속을 채우던
깊은 잠[1]을 방해하고, 누군가에 의해
억지로 깨어난 사람처럼 벌떡 일어났다.   3

나는 일어나자마자 진정된 시선으로
주위를 바라보았고, 내가 어디에 있는지 알기 위해
천천히 주변을 둘러보았다.   6

사실 나는 끝없는 비탄의 굉음을 모으는
고통스런 그 지옥의 나락 끝,
가장자리에 있었다.   9

눈으로 깊은 곳[2]을 둘러본다 하더라도
깊고 짙게 낀 안개 때문에
나는 아무것도 볼 수 없었다.   12

"자, 저 눈먼 세계로 내려가 보자."
하얗게 질린 얼굴[3]로 시인은 말했다.
"내가 먼저 갈 테니 너는 나를 따라오너라."   15

나는 그의 얼굴빛을 보고 걱정하며 말했다.
"오직 선생님만이 나의 의심을 위로해 주셨는데
선생님께서 이렇게 두려워하시니 어찌 제가 갈 수 있습니까?"   18

그는 대답했다. "여기 아래에 있는 영혼들의 고뇌가
나의 얼굴을 연민으로 물들였는데
너가 그것을 보고 두려워하는구나.   21

여행은 길고 우리는 시간이 없으니, 서둘러 가자."
이렇게 그는 들어갔고, 또한 지옥의 고통 주변을 맴도는
첫 번째 고리[4]로 나를 이끌고 들어갔다.   24

여기서 들리는 것이라곤 울음 소리가 아닌,
불멸의 세계를 두렵게 하는
한숨뿐이었다.   27

이 한숨은 어린아이들, 여자들, 남자들의 영혼이
모이고 모여 수많은 영혼의 무리들이
신체적인 학대 없는 고통[5]을 견디는 것이었다.   30

선한 선생님은 말했다.

"여기서 보는 저 영혼들이 누구인지 궁금하지 않느냐?

더 나아가기 전에 나는 네가 알아야 할 것 같다.   33

그들은 어떠한 죄도 짓지 않았고, 공적도 있으나

그것으로는 충분하지 않았다. 왜냐하면

너가 믿는 신앙을 인정하는 세례를 받지 않았기 때문이다.   36

그들은 그리스도 이전에 살면서

올바른 방법으로 하느님을 경애하지 않았다.

나도 이 부류 중에 하나이니,   39

다른 잘못은 없으나 이 죄 때문에

우리는 버림받았고 우리의 유일한 형벌은

희망 없는 희망 속에서 살아가는 것이다."   42

이 말을 들었을 때 나의 가슴속에 엄청난 고통이 밀려들어 왔다.

정말로 위대한 사람들의 영혼이

저 림보에 매달려 있는 것을 보았기 때문이다.   45

"말해 주십시오, 선생님, 말해 주십시오."

모든 의심을 없애기 위한

그 신앙에 확신을 갖기 위해 나는 질문하기 시작했다.   48

"자신의 공덕이나 다른 사람의 도움으로 이곳에서 나온 사람이
있습니까? 그리고 천국의 축복받은 자가 되었습니까?"
시인은 숨겨진 나의 말을 이해하고 있었다.   51

그는 대답했다. "내가 여기[6]에 온 지 얼마되지 않아,
승리의 관을 쓴 전능하신 분[7]께서
이곳으로 내려오는 것을 보았다.   54

그분은 최초의 아버지[8]의 영혼을 끌어내고
그의 아들 아벨, 노아,
그리고 순종한 율법자 모세의 영혼,   57

족장 아브라함과 다윗 왕,
이스라엘[9]과 그의 아버지[10]와 그의 자손들,
이스라엘이 많은 노력을 쏟아 얻은 아내 라헬,[11]   60

그리고 수많은 다른 영혼들을 끌어내어 축복하셨다.
그들 이전엔 어떠한 영혼도
구원받을 수 없었음을 네가 알기를 원한다."   63

나의 선생님이 말하는 동안 우리는 여행을
멈추지 않았다. 나무가 **빽빽히** 들어선 숲과 같은
영혼의 무리들을 가로질러 지나갔다.   66

내가 잠에서 깨어난 곳으로부터
얼마 가지 않은 곳에서
나는 어두운 반구를 비추는 빛¹²을 보았다. 69

그 빛으로부터 아직 멀리 있었지만
훌륭한 영혼들이 그곳을 채우고 있음을
알 수 없을 정도는 아니었다. 72

"학문과 예술로 존경받고 계신 선생님,
다른 영혼들과 구별되어
많은 명예를 누리고 있는 이 영혼들은 누구입니까?" 75

선생님은 대답했다. "너가 사는 세상, 저 위에서
아직도 이야기되는 그들의 명예로운 이름은
다른 영혼들과 구별되어 하느님의 은총을 받았다." 78

이때, 한 음성이 들려왔다.
"고귀한 시인께 찬미하여라.
이곳을 멀리 떠났던 그의 영혼이 돌아왔다." 81

음성이 사라지고 조용해졌다.
네 명의 위대한 영혼이 우리 곁으로 오는 것을 보았다.
슬픔도 기쁨도 그들 얼굴에 나타나지 않았다. 84

나의 선한 선생님은 말을 시작했다.
"손에 칼을 쥐고 마치 왕인 양
다른 세 영혼보다 앞서 오는 저 영혼을 보아라.   87

그는 호메로스, 최고의 시인이다.
그 뒤를 따르는 시인은 풍자 시인 호라티우스가 오고
세 번째는 오비디우스, 마지막으로 루카누스가 오고 있다.   90

나는 그들과 하나의 목소리로 말하는 이름[13]을
함께 나누고 있으니
그들이 나를 찬미하는 것이란다."   93

독수리처럼 다른 시인들 위를 날고 있는
참으로 고귀한 노래를 썼던 주인[14]의
아름다운 학교로 영혼의 무리가 모이는 것을 보았다.   96

그들은 서로 잠시 말한 후에
뒤돌아 나를 보고 환영의 손짓을 했다.
그리고 나의 선생님은 그 손짓에 온화한 미소를 지으셨다.   99

그들은 큰 영광을 내게 베풀었다.
그리고 나를 그 무리로 초청하여
내가 여섯 번째가 되도록 하였다.   102

그곳에서 말하는 것이 아름다운 것인 만큼
아름다운 침묵에 대해 말하면서
이렇게 우리는 빛이 있는 곳으로 나아갔다.   105

일곱 개의 높은 벽으로 둘러싸여 있고
그 주위에 아름다운 강물이 흐르는
고귀한 성에 걸어서 도착하였다.   108

마치 단단한 땅을 걷는 것처럼 강을 건너고,
이 성현들과 함께 일곱 개의 문을 지나서
신선한 초록 잔디가 있는 정원에 도착했다.   111

거기에는 조용하고 엄격한 눈빛에
굉장히 권위 있는 얼굴을 가진 사람들이 있었다.
부드러운 목소리를 가졌지만 말은 거의 없었다.   114

그들을 모두 볼 수 있도록
정원의 한쪽으로 이동하여
탁 트이고 밝은 빛을 발하는 높은 곳으로 갔다.   117

그 앞 에나멜 같은 초록 잔디 위에
위대한 영혼들이 내게 그들의 모습을 보였다.
그때 본 것을 다시 생각하면 아직도 흥분된다.   120

·

많은 동료와 함께 있는 엘렉트라,
그들 사이에 있는 헥토르와 아이네이아스, 그리고
독수리 눈으로 무장한 카이사르가 보였다.   123

카밀라와 펜테실레아도 보였고
그 맞은편에는 그의 딸 라비니아와 함께
앉아 있는 라티누스 왕이 보였다.   126

오만한 타르퀴니우스를 쫓아낸 루치오 브루투스가 보였고
루크레티아, 율리아, 마르치아와 코르넬리아,
그리고 한쪽에 혼자 있는 살라딘이 보였다.   129

조금 눈을 들어 올렸더니
여러 철학자들 가운데 앉아 있는
모든 학자의 스승[15]이 보였다.   132

모두 그를 경탄했고 그에게 영광을 돌렸다.
다른 이들에 비해 그와 더 가까이에 있는
소크라테스와 플라톤이 보였다.   135

만물이 우연히 만들어졌다고 주장하는 데모크리토스,
디오게네스, 아낙사로라스, 탈레스,
엠페도클레스, 제논, 헤라클리토스가 보였다.   138

식물의 특성을 분류했던 지식인
디오스코리데스, 오르페우스와 키케로, 리노스와
도덕학자 세네카가 보였다.   141

기하학의 창시자 에우클레이데스, 프톨레마이오스
히포크라테스, 아비세나, 갈레노스,
그리고 위대한 주해[16]를 쓰던 아베로스가 보였다.   144

내가 본 모든 영혼을 전부 다 말할 수가 없다.
시작된 이야기의 무한함은 나를 앞으로 밀었고
진실에 비해 말이 부족할 때가 많았으니[17]   147

여섯 시인의 무리는 둘로 나뉘었다. 현명한 나의 선생님은
나를 다른 곳으로 인도하셨고 조용한 곳에서 빠져나와
계속되는 한숨으로 인한 두려움이 있는 곳으로 오니,   150

나는 빛이 전혀 없는 곳으로 도달한다.

제5곡

지옥의 첫 번째 고리에서 두 번째 고리로 내려갔다.
굽이지는 그곳은 더 좁고 비통에 이르게 하는[1]
아주 큰 고통이 있었다.   3

미노스[2]가 들어오는 입구에 서서 흉악하게 이를 악물고
말하고 있었다. 입구에 있는 영혼들의 죄를 조사하고 판단하여
꼬리가 휘감긴 횟수에 따라 그들을 보냈다.   6

저주받은 영혼들이 그의 앞에 섰을 때
수많은 죄를 고백한다.
그리고 죄에 대한 그 심판관은   9

어떤 지옥이 그들에게 적절한지 결정하여
저주받은 자가 내려가는 둥근 테를 따라
그 횟수만큼 꼬리로 휘감는 것이다.   12

수많은 영혼이 모두 그 앞에 있었다.
차례대로 그들은 각자의 심판을 받았고
말하고 듣고 아래로 떨어졌다.   15

그의 엄청난 일[3]을 잠시 멈추고
미노스가 나를 보고 말했다.
"오, 고통의 집[4]으로 오는 너   18

보아라. 어떻게 여길 들어왔는가? 누구를 믿고 이리 하는가?
넓게 열린 지옥의 입구를 보고 속지 마라."
나의 길잡이가 그에게 말했다. "왜 계속해서 소리 지르는가?   21

그의 숙명적인 여행을 방해하지 마라.
원하는 것을 모두 할 수 있는 하늘에서
원하신다. 그러니 더 이상 다른 말을 하지 마라."   24

바로 그때 비통의 음성들이 들리기 시작했고
나의 귀를 때리는 무수한 한탄이 있는 곳에
내가 도착한 것이다.   27

모든 빛이 침묵하는 곳,
바람이 서로 맞부딪치며 싸우는,
폭풍이 휘몰아치는 바다가 으르렁거리는 곳에 도착했다.   30

끊임없는 지옥의 태풍은
맹렬하게 영혼들을 휘두르고
회호리로 때리며 괴롭히고 있었다.   33

그들이 벼랑5에 도달했을 때
비명과 한탄, 통곡들이 폭발했다.
그들은 하느님을 저주하고 있었다.   36

이성을 욕망의 멍에로 씌운
잔인한 자들과 음탕한 자들이
이런 형벌을 받고 있다는 것을 알았다.   39

추운 겨울에 찌르레기들이 넓게 무리를 형성하여
날아 이동하듯이,
그 바람은 사악한 영혼들을   42

여기에서 저기로, 위에서 아래로 휘몰아 끌고 다녔다.
휴식도, 형벌의 감형조차도 없는,
그들을 위로해 주는 어떠한 희망도 없었다.   45

하늘에 긴 선을 그리며
한탄의 소리로 노래하는 학처럼
고통을 울부짖으며 폭풍우에 실려   48

나에게로 오는 영혼들을 보았다.
나는 말했다. "선생님 어두운 폭풍우로부터
이렇게 벌받는 저들은 누구입니까?"   51

그는 대답했다.
"이들 중 네가 알고 싶어 하는 이야기의 첫 번째 사람은
수많은 언어의 여제였으나,   54

음탕한 악습을 탐익하여 그녀는 망하였다.
그녀가 저지른 수많은 추문을 지우기 위해
그녀의 음란을 정당화하는 법을 만들었다.   57

그녀의 이름은 세미라미스, 내가 읽은 바로
니누스 왕의 부인이며, 그 뒤를 이어
지금의 술탄이 다스리던 땅을 지배한 적이 있다.[6]   60

그녀와 함께 있는 다른 저 여자는 사랑 때문에 자살했다.
그리고 남편 시카이우스와의 언약을 지키지 못했다.[7]
그 뒤에 음란한 클레오파트라가 있다.   63

헬레네를 보아라. 그녀로 인해
오랜 전쟁의 세월이 흘렀다.[8] 그리고 삶 마지막에
사랑 때문에 싸워야 했던 위대한 아킬레우스[9]를 보아라.   66

48

파리스를, 트리스탄[10]을 보아라." 선생님은
손으로 가리키며 사랑으로 인해
죽어 버린 수많은 영혼을 보여 주셨다.   69

고대의 여자들과 영웅들의 이름에 대해
선생님의 말을 들었을 때
나는 측은한 마음이 들어 머리가 혼란해졌다.   72

나는 말하기 시작했다. "시인이여,
바람에 실려 가볍게 함께 날아가는
저 두 영혼과 말하고 싶습니다."[11]   75

"우리에게 더 가까이 오게 될 때
볼 수 있을 것이다. 그들을 이끄는 사랑의 이름으로
너와 말하기를 간청하면 그들이 네게 올 것이다."   78

바람이 우리에게 그들을 데려오자마자 나는
말하기 시작했다. "오, 고통 속 슬픈 영혼들이여, 하느님께서
허락만 하신다면 이리로 와서 우리와 같이 이야기합시다."   81

사랑이 부르면 흔들림 없이
날개를 활짝 펴고 포근한 둥지를 향하여
허공을 가르며 날아오르는 비둘기처럼   84

이 두 영혼은 디도의 무리에서 나와
지옥의 허공을 가르고 우리에게 왔다.
나의 진정 어린 외침이 효력을 발휘했다.[12]　　　　　　　87

"오, 친절하고 자비로운 창조물이여,
어두운 허공을 지나면서
피의 세계로 물들게 한 우리를 찾아 주셨습니다.　　　　90

우주의 왕께서 우리의 친구라면
우리의 지독한 고통을 불쌍히 여기는
당신의 평화를 위해 기도하겠습니다.[13]　　　　　　93

당신이 원하는 것을
지금과 같이 바람이 잠잠히 머무는 동안
우리는 듣고 말할 것입니다.　　　　　　　　　　96

내가 태어난 땅[14]은
포 강이 지류와 함께 바다로 흘러드는
평화가 깃든 곳입니다.　　　　　　　　　　　99

사랑은 숭고한 마음에 바로 스며드니,
내게서 없어진 아름다운 몸으로 이 사람[15]을
나의 것으로 만들었습니다. 이것은 아직도 날 아프게 합니다.　102

사랑은 사랑을 받는 사람에게 사랑을 요구하니
그의 아름다움은 나를 강하게 사로잡았고
보시다시피, 지금도 그는 나를 떠나지 않고 있습니다.[16]   105

사랑은 우리를 하나의 죽음[17]으로 이끌었습니다.
카이나[18]는 우리를 죽인 자를 기다리고 있었습니다."
그녀는 우리에게 이런 말들을 했다.   108

상처 입은 그 영혼들의 이야기를 듣고 난 후
시인이 나에게 "무슨 생각을 하는가?"라고 물을 때까지
나는 오랫동안 시선을 아래로 떨구고 있었다.   111

나는 대답했다. "아! 얼마나 달콤한 생각들과
얼마나 큰 욕망들이 이 두 영혼을
이런 고통스러운 길로 데리고 온 것일까요!"   114

나는 그들을 향해 몸을 돌려 말했다.
"프란체스카, 당신의 괴로움은 나를 슬프게 하고
나를 울게 합니다.   117

말해 보십시오. 한숨짓는 달콤한 욕망의 시대에
어떻게 사랑이 당신들에게
숨겨진 욕망을 알려 주었습니까?"   120

그러자 그녀가 말했다. "당신의 선생님께서는
잘 아시겠지만, 비참할 때 행복한 시간을 기억하는 것만큼
커다란 고통은 없습니다.   123

그러나 만일 우리 사랑의 근원을
알기를 원한다면
이렇게 울며 말하겠습니다.   126

어느 날 우리는 한가로이
랜슬롯의 사랑 이야기[19]를 읽었습니다.
우리 둘뿐이었고 두려울 것이 전혀 없었습니다.   129

책을 읽는 동안 우리는 여러 번 눈을 마주쳤고
얼굴빛은 창백해졌습니다.
그러나 어느 한 순간이 우리를 압도했습니다.   132

사랑에 빠진 그 연인이 그렇게 원하던 입술에
입맞춤을 한 부분을 읽은 순간
그는 나와 떨어질 수 없게 되었습니다.   135

그는 떨면서 나의 입에 입맞춤을 했습니다.
이 책을 쓴 사람은 갈레오토였습니다.
그날 우리는 더 이상 읽지를 못했습니다."   138

한 영혼이 나에게 이 이야기를 하는 동안
다른 영혼은 울고 있었다. 나는 그들이 불쌍해서
마치 죽어 가는 사람처럼 정신을 잃었다.   141

시체가 쓰러지듯 나도 기력 없이 쓰러졌다.

제6곡

조금 전 두 연인[1]의 고통스러운 애통으로 인해
나를 슬픔에 방치했던 나는
잃어버린 의식을 다시 찾았다.   3

몸을 움직여 주위를 둘러보았는데,
눈에 보이는 것마다 온통
새로운 고통들과 새로운 죄인들이 있었다.   6

나는 세 번째 고리에 있었다.
지독하며 차갑고 잔인한 비가 끊임없이 내리는 곳
이 비의 법칙과 특성은 결코 바뀌지 않았다.   9

커다란 우박, 더러운 물과 눈이
어두운 하늘에서 퍼부어 내리고
젖은 땅은 악취를 내뿜고 있었다.   12

잔인하고 괴물 같은 짐승, 케르베로스² 가
진흙땅에 가라앉은 죄인들 위에서
세 개의 머리를 가진 개처럼 짖어 댄다.   15

붉은 피로 충혈된 눈, 거무스름하고 기름 투성인 수염,
넓적하게 부푼 배와 날카로운 발톱,
저주받은 영혼들을 할퀴며 살을 벗기고 갈기갈기 찢는다.   18

비는 그들을 개처럼 울부짖게 하고
한쪽을 보호하기 위해 다른 한쪽을 방패로 삼으면서
이 불쌍한 죄인들은 자꾸 몸을 돌린다.   21

끔찍한 괴물 케르베로스가 우리를 보고
세 개의 아가리를 크게 벌리고 송곳니를 세워 보이며
온몸을 떨면서 화를 내며 으르렁거렸다.   24

나의 선생님은 두 손을 펴고
흙을 두 손에 한가득 집어서
잡아먹을 듯한 괴물의 입으로 던져 버렸다.   27

굶주려 짖던 개가
먹이를 입에 물고 그것을 먹어 치울 생각에
잠잠해지는 것처럼   30

영혼들이 귀머거리가 되기를 원할 정도로
귀가 찢기는 듯한 굉음을 내는 악마 케르베로스의
더러운 세 주둥이가 잠잠해졌다.   33

무겁게 떨어지는 비를 맞는 영혼들 위로
우리는 걸어갔고 인간의 형태를 가지고 있으나
실체가 없는 그들의 몸에 발을 내디뎠다. ³   36

모두가 땅에 누워 있었는데
그중 한 명이 앞을 지나가는 우리를 보자마자
벌떡 일어나 앉았다.   39

그러고선 나에게 말했다. "오, 지옥으로 인도된 당신이여,
가능하다면, 나를 알고 있는지 생각해 보시오.
내가 죽기 전에 당신은 태어났소."   42

나는 대답했다. "당신이 가진 고통을 보니
당신이 누구인지 모르겠습니다.
당신을 전혀 본 적이 없는 것 같습니다.   45

그러니 말해 보십시오. 당신은 누구입니까?
왜 당신은 이 고통스런 곳에 왔고 이 더럽고
잔인한 곳에서 이 고통을 참고 있는지 말해 주십시오."   48

그는 대답했다. "이미 가득 찬 자루가 넘칠 만큼
질투로 찬 당신의 도시[4]는
현세의 나를 환영해 주었소.   51

당신의 시민들은 나를 치아코라고 불렀소.
나의 빌어먹을 탐욕 때문에 보시다시피
난 비로 인해 녹초가 되었소.   54

슬픈 영혼은 나 혼자만이 아니오.
다른 영혼들도 비슷한 죄로 비슷한 벌을 받고 있소."
그리고 더 이상 말하지 않았다.   57

나는 대답했다. "치아코, 당신의 괴로움에
나도 눈물이 나올 정도로 참담합니다.
그러나 당신이 안다면 말해 보십시오.   60

분열이 되는 도시의 시민들은 어떻게 되겠습니까?[5]
정의로운 사람이 아직도 있는지 말해 주십시오.
이렇게 많은 불화가 있는 원인을 말해 주십시오."   63

그는 대답했다. "오랫동안 긴장된 분쟁 뒤에
피바람이 불 것이요. 미개한 쪽이
다른 쪽을 심하게 모욕하여 내쫓을 것이오.   66

그 이후, 삼 년이 채 지나지 않아, 이쪽은
무너질 것이고, 다른 쪽은 지금 둘 사이에서
평행을 유지하는 사람의 도움으로, 일어나 다스릴 것이오.[6]   69

상대방이 울고 한탄해도
이들은 무거운 처벌로 그들을 억압하면서
오랫동안 권력 안에 머무를 것이오.   72

정의로운 자는 오직 두 명이나 아무도 그들의 말을
듣지 않을 것이고 오만, 시기, 탐욕이 인간의 마음을 태우는
세 개의 불꽃이 될 것이오."[7]   75

그는 슬픈 음성으로 말을 멈추었다.
나는 말했다. "나는 당신이 다른 것들을 내게 설명해 주길 원하고
당신과 더 말하고 싶습니다.   78

인정받았던 화리나타와 테기아이오,
선을 행하는 데 열심히 노력했던
이아코포 루스티쿠치, 아리고, 모스카와 다른 모든 사람이   81

어디 있는지 말해 주십시오. 그리고 그들의 운명을 알게 해 주십시오.
천국의 단맛을 보는지 지옥의 쓴맛을 보는지
알고 싶은 바람에 지쳤습니다."   84

"그들은 영혼들 중 더 사악하오.
다양한 죄로 그들은 지옥 저 깊은 곳에 있소.
더 깊숙히 내려간다면 그들을 볼 수 있을 것이오.   87

그러나 달콤한 세계로 돌아가서
살아 있을 때의 나를 기억해 주시오.
더 이상 말하지도 대답하지도 않겠소."   90

그러고는 흰 눈자위를 보이며
나를 한동안 바라본 후 머리를 떨구었다.
다른 저주받은 영혼들과 함께 떨어졌다.   93

선생님은 말했다. "천사의 나팔이 울릴 때까지
다시는 일어나지 않을 것이다.
사악한 저들의 적, 그의 권력이 올 때[8]   96

각각 그들의 슬픈 무덤으로 다시 돌아가
자기의 몸과 형체를 다시 지니고
영원히 울리는 최후의 심판을 들을 것이다."   99

영혼들과 비가 뒤섞인 더러운 곳을
느린 걸음으로 지나서
사후의 세계에 대해 잠깐 이야기했다.   102

"선생님, 최후의 심판 뒤에
이 고통은 늘어날까요?
줄어들까요? 아니면 변하지 않을까요?"   105

"너의 학문으로 돌아가라.
창조물이 더 완전할수록
기쁨과 고통을 더 많이 느낄 것이다.   108

저주받은 죄인들은 결코 진정한
완전체가 될 수 없음에도
심판 후에 그들은 더 완전해지길 기다릴 것이다."   111

여기서 말하지 않은 수많은 것에 대해 이야기하며
우리는 고리의 구부러진 길을 따라 걸었다.
내리막으로 향하고 있었다.   114

나는 그곳에서 거대한 적 플루톤을 만났다.

제7곡

"파페 사탄, 파페 사탄 알레페!"[1]
쉰 목소리로 플루토[2]는 말하기 시작했다.
모든 것을 아시는 고귀하신 선생님께서   3

나를 격려하기 위해 말했다. "두려움이 너를
압도하게 하지 마라. 이 악마가 가지고 있는 힘은
이 절벽으로 내려가는 우리를 방해하지 못한다."   6

그러고 나서 플루토의 분노로 부푼 얼굴을 보며
"입을 다물어라. 이 빌어먹을 늑대야!
너의 분노로 네 자신을 소멸시키는 놈아!   9

저 깊은 지옥으로 향하고 있는 우리의 여행에는
반드시 이유가 있다. 오만한 반역에 대해 벌을 줬던
대천사 미카엘이 있는 그곳, 하늘에서 원하신다."   12

배의 돛대가 부러져
바람에 부푼 돛이 휘감겨 넘어지듯
그 잔인한 야수는 땅바닥으로 떨어졌다.   15

세상의 모든 죄를 포함한
고통의 바다 더 깊숙한 곳으로,
그렇게 우리는 네 번째 고리로 내려갔다.   18

얼마나 설명하기 어려운 일인가!
이 숲이 얼마나 잔혹하고 혼란스러우며 통과하기에 힘든지를
생각만 해도 두려움이 되풀이된다.   21

마주쳐 오는 파도와 함께 부서지는
카릿디[3]의 파도처럼
저 죄인들은 윤무를 추며 부서진다.   24

지옥의 다른 어느 곳보다도 여기서 더 많은 죄인을 보았다.
여기저기에서 비명을 지르며
가슴으로 무거운 짐을 굴리고 있었다.   27

서로 밀치고 부딪치며
무리 중 하나가 뒤를 돌아보며 외쳤다.
"왜 이렇게 모으는 거야?" "왜 이렇게 쓰기만 해?"   30

계속해서 모욕적인 말들을 외치며

한쪽에서 다른 한쪽으로

이렇게 어두운 원을 그리며 맴돌고 있었다.　　　　　　33

그들이 한쪽에서 다른 한쪽으로 도착했을 때

몸을 돌려 자기가 왔던 길로 되돌아가 다시 원을 그리며 돌았다.

그 광경을 보자 나의 가슴은 거의 격한 고통을 느꼈다.　　　　36

"선생님, 나에게 보여 주십시오.

이들이 누구입니까?

우리의 왼편에 삭발한 이들은 성직자입니까?"　　　　　　39

"이 모두는 첫 번째 삶에서

비뚤어진 마음을 가져

절제 없이 그들의 부를 사용한 자들이다.　　　　　　　　42

그들을 두 무리로 나눈,

서로 반대되는 죄[4]의 지점에 이르면

그들은 목소리를 더 높여 소리를 질러 댄다.　　　　　　　45

정수리에 머리칼이 없는 자들은 성직자들이고

교황들이며 추기경들이다.

그들은 지나친 물욕을 사용했다."　　　　　　　　　　48

"선생님, 이 죄들로 더러워진

이 저주받은 죄인들 중

몇 명은 알 것 같습니다."   51

선생님은 대답했다. "쓸데없는 생각이다.

저들을 치졸하게 만든 어리석은 삶은

지금 그들을 전혀 알아볼 수 없게 만들었다.   54

저들은 영원히 밀치고 부딪칠 것이다.

인색자들은 두 주먹을 쥐고

낭비자들은 머리가 삭발이 되어 무덤에서 일어날 것이다.[5]   57

지나치게 쓰고 지나치게 모으는 자들은

천국을 빼앗기고 이 분쟁의 자리에 있다.

그들의 벌에 대해서 다른 말은 하지 않겠다.   60

오, 아들아, 지금 너는 볼 수 있을 것이다.

운명에 딸린 부의 기만이 얼마나 짧은가!

이것을 갖기 위해 인간들은 다투어 싸운다.   63

달 아래, 항상 있었던

세상의 금 전부를 주어서라도

이 지친 영혼들 중 하나를 잠깐이라도 쉬게 할 수 있는가!"   66

"선생님, 설명해 주십시오.
지금 당신이 나에게 말하는 운명은 무엇입니까?
어떻게 그들의 손에 세상의 부가 쥐어졌는지요?"   69

그는 대답했다. "오, 어리석은 창조물들아,
무지한 것이 너희를 얼마나 번민하게 하는가!
자, 내 말을 잘 들어 보아라.   72

모든 것을 초월하는 지혜를 가진 분이
하늘을 창조하셨고, 인도하는 영(靈)을 주어
빛을 동일하게 나누시니   75

온 하늘 모든 곳을 밝게 빛나게 하셨다.
세상의 부도 이와 같이 되도록
인도하고 다스릴 자를 주셨다.⁶   78

그녀⁷⁾는 헛된 부를 때로는 민족에서 민족으로,
핏줄에서 핏줄로 인간의 방해를
초월하여 움직인다.   81

어떤 나라는 번창하고 어떤 나라가 망하는 것은
풀 사이에 숨은 뱀처럼
숨은 운명의 정의에 달렸다.   84

인간의 지식은 그녀와 싸울 수 없다.
다른 신들처럼
예언하고 판단하며 그의 명령을 시행한다.   87

그녀의 변신은 쉬지 않는다.
변신은 신의 의지에 따라 빨라야 하며
이에 따라 인간 만사가 자주 변한다.   90

그녀를 찬미해야 하는 사람들이
비난하고 분별없이 모욕하며
여러 번 십자가에 매달기도 한다.   93

그러나 그녀는 복이 충만하여 아무것도 듣지 않는다.
다른 첫 창조물들과 같이 그녀의 원을 돌면서
자신의 복을 즐긴다.   96

지금은 더 큰 고통으로 내려가야 할 시간이다.
내가 떠났을 때 떠올랐던 모든 별이
이미 져 버렸으니 더 머물 시간이 없다."   99

우리는 맞은편 강가로 가기 위해 고리를 가로질렀다.
그곳에 있는 샘은 끓었고 자신으로부터 생긴
계류가 역류했다.   102

물은 아주 검었고
우리는 검은 파도를 따라서
험한 길로 오랫동안 내려갔다.   105

회색빛 악의 끝으로 내려가는
이 슬픈 계류는 스틱스라고 불리는
늪으로 간다.   108

나는 주의 깊게 바라보았고
진흙으로 범벅이 된 죄인들을 보았다.
모두 발가벗었고 성난 얼굴이었다.   111

이빨로 조각조각 살을 물어뜯고
손뿐만 아니라 머리, 가슴, 발로
서로를 때리면서 싸우고 있었다.   114

선한 선생님은 말했다.
"아들아, 분노에 사로잡힌 영혼들을 보아라.
나는 네가 분명히 믿기를 바란다.   117

시선을 돌려 어느 곳을 보아도 알 수 있듯이
물 아래에 있는 영혼들이 내쉬는 한숨은
물의 표면을 부글부글 끓게 한다.   120

진흙으로 덮힌 사람들이 말을 한다.
'달콤한 공기와 밝은 햇살 속에서도
분노의 연기를 우리 안에 두고 슬퍼했다.   123

지금은 이 검은 진흙탕에서 더 슬퍼한다.'
이 말들은 목 안에서만 그렁그렁 맴돌 뿐
온전히 말할 수 없는 처지이다."   126

여전히 진흙탕에서 잠긴 영혼들을 보면서
마른 강가와 습지 사이에 있는
큰 아치형의 늪을 따라 걸었다.   129

어느새 탑 아래까지 이르렀다.

제8곡

계속해서 이야기하자면[1]
높은 탑 아래에 도착하기 오래전부터
우리의 눈은 탑 꼭대기를 보고 있었다.   3

그곳에서 타오르는 두 불꽃 때문이었다.
그중 하나는 겨우 알아볼 수 있는 만큼 매우 멀리 보였는데
마치 멀리서 신호를 보내며 화답을 하는 것 같았다.   6

나는 바다처럼 광대한 지혜를 가지고 있는 선생님을 향해 몸을
돌려 말했다. "저 불은 무엇을 말합니까?
다른 불은 무슨 대답을 합니까? 누가 이 모든 것을 하는 겁니까?"   9

"높은 안개가 너의 시야를 가리지 않는다면
우리가 기다리는 것을
이 혼탁한 진흙탕 파도 위에서 볼 수 있을 것이다."   12

활시위로 쏜 화살이 공중에 빨리 날아간다 해도
그처럼 빠르지는 않을 것이다.
그만큼 빠르게 우리를 향해 작은 배가 오는 것이 보였다.   15

오직 한 사공이 노를 저으며
외쳤다.
"마침내 너가 왔구나, 사악한 영혼아!"   18

나의 선생님은 대답했다. "플레기아스, 플레기아스, 2
이번에도 헛되이 외치는구나.
다만, 이 늪을 건너기 위해 너와 함께 가겠다."   21

마치 큰 속임수에 넘어가
성내는 사람처럼
플레기아스의 얼굴은 분노로 열이 나고 있었다.   24

나의 길잡이는 배에 올랐고
나를 당신 다음으로 오르게 했다.
내가 배에 올라타자, 배에 뭔가 실린 듯했다. 3   27

나와 선생님이 배에 오르자
낡은 뱃머리는 다른 이들이 탔던 여느 때보다 더 깊이
물살을 가르며 갔다.   30

죽은 늪을 지나가는 동안

진흙으로 뒤범벅된 죄인 하나가 나에게로 다가와 말하길,

"시간이 되기도 전에 지옥으로 이르려는 당신은 누구인가?"   33

나는 대답했다. "내가 왔으나 이곳에 머물지는 않을 겁니다.

근데, 진흙으로 추해진 당신은 누구입니까?

그는 대답했다. "잘 보시오, 나는 울고 있는 사람이오."   36

나는 대답했다. "슬픔과 비탄에

머물러 있어라, 이 저주받을 영혼아!

비록 진흙으로 더러워져 있어도 내가 널 알아보겠다."   39

그러자 죄인은 배를 향해 양손을 뻗었다.[4]

선생님은 그것을 알아차리고 그를 밀어 버렸다.

"여기서 떠나 다른 개들[5]이 있는 곳으로 가 버려라!"   42

그러고 나서 나의 목을 잡고

얼굴에 입을 맞추며 말했다.

"무례한 영혼아, 너를 잉태한 여인에게 축복이 있길!   45

세상에서 저자는 거만한 사람이었다.

그의 기억 속에는 명예를 받을 만한 좋은 행동이 아무것도 없다.

그래서 그 영혼은 여기서 이렇게 광폭한 것이다.   48

세상에서는 위대한 사람이었지만
지옥에서는 진흙탕의 돼지로, 끔찍한 기억 속에
자신을 가둔 자가 얼마나 많겠는가!"   51

"선생님, 이 늪을 떠나기 전에
그가 이 늪 속으로 곤두박질치는 것을
보고 싶은 마음이 간절합니다."   54

"저편 강가를 발견하기 전에
너의 바람이 이루어질 것이니
그 바람을 즐길 기회이다."   57

잠시 후에 진흙탕에 잠겨 있던
저주받은 영혼들이 그를 크게 학대하는 것을 보았다.
그것에 대해 아직도 하느님께 찬양드리며 감사드린다.   60

모든 죄인은 소리쳤다. "필립보 아르젠티6를 해치우자."
그리고 피렌체의 영혼은 화를 내면서
자기 자신을 이빨로 물어뜯었다.   63

여기서 우리는 그를 떠났다. 그에 대해서 더 말하지 않겠다.
울부짖는 소리는 내 귀를 자극했기에
놀란 시선을 앞만 보게 하였다.   66

선한 선생님은 말했다. "아들아, 이제
무거운 죄를 지은 자들과 악마의 무리들이 사는
디스[7]라고 불리는 도시가 가까워진다."   69

"선생님, 이미 멀리 있는 골짜기의 사원들이 선명하게
보입니다. 불에서 달궈져 나온 쇠처럼
벌겋게 타오르고 있습니다."   72

"안을 격렬하게 태우는 영원한 불은
네가 낮은 지옥에서 보는 것처럼
사원을 시뻘겋게 만드는구나."   75

우리는 마침내 고통의 땅을
둘러싼 깊은 해자에 도착했다.
성벽은 쇠로 만들어진 것 같았다.   78

성벽 주위를 한동안 돌았다.
그러다 어느 한 곳에 도착하자
그 끔찍한 뱃사공은 소리쳤다. "내리시오, 여기가 입구요."   81

하늘로부터 추방당한 수많은 악마가
문 위에서 화를 내며 말했다.
"죽지 않고 온 이자는 누구인가?   84

누가 감히 죽음의 왕국을 지나다니는가?"
나의 현명하신 선생님은 그들과 따로
말하고 싶다는 표시를 하셨다.   87

그러자 그들이 거만함을 잠시 가라앉히고 말했다.
"당신만 오시오,
하지만 이곳에 들어온 대담한 저 사람은 가도록 하시오.   90

걸어온 어리석은 긴 길을
혼자서 돌아가시오. 할 수 있다면 해 보시오.
다만, 이 어두운 왕국을 그에게 안내한 당신은 여기 머무시오."93

독자여! 생각해 보라. 저 저주스런 말을 들었을 때
내가 얼마나 낙담했는지를! 결코
나는 세상으로 돌아가지 못하리라 믿었었다.   96

나는 말했다. "오, 친애하는 나의 길잡이여!
여러 번 나를 안전하게 이끄셨고
내 앞에 놓인 큰 위험에서 나를 구해 주셨습니다.   99

이 낙심한 나를 버리지 마십시오.
더 이상 지나갈 수 없다면
우리가 지나온 길로 함께 돌아가시지요."   102

그곳까지 나를 이끌어 주신 선생님은 말했다.
"두려워 마라. 하느님이 원하시는 바이기에
어떤 자도 우리의 여행을 방해할 수 없다.   105

자, 여기서 나를 기다려라. 쇠약해진 너의 영혼을
좋은 희망으로 격려하거라.
절대로 낮은 세상에 널 버려두지 않을 것이다."   108

이렇게 인자하신 아버지는 나를 그곳에 두고 가 버리셨다.
의심은 가득 차 오르고 나의 마음에서는
여러 생각이 싸우고 있었다.   111

나는 선생님이 악마들에게 말하는 것을 들을 수가 없었다.
그러나 선생님은 그들과 오랫동안 머물지는 않았다.
그들은 서둘러 뒤로 돌아 벽 안으로 들어갔다.   114

우리의 적들은 선생님 면전에서
문을 달았고 선생님은 밖에 남겨져
느린 걸음으로 나에게 돌아오고 있었다.   117

시선을 땅 아래로 떨구고 눈썹에는 모든
자신감이 사라진 채 한숨을 쉬며 말했다.
"누가 고통의 집에서 나를 금지한단 말인가!"   120

그는 말했다. "내가 화를 낸다 할지라도
너는 두려워 마라. 이 도시에 닥칠
어떤 방해와 시험에도 이겨 낼 것이다.   123

이런 그들의 자만은 새로운 것이 아니다.
전에도 밖의 문[8]에서 이리하였는데
아직도 그 문은 열려 있다.[9]   126

너는 이미 죽음의 글들을 보았다.
길잡이도 없이 이 고리들을 지나서
이미 이 지옥의 경사를 내려오는 분이 계신다.   129

그분이 이 길을 열 것이다."

제9곡

나의 길잡이가 돌아오는 것을 보고
두려움에 내 안색이 창백해지자
처음으로 그는 얼굴에 드리워진 혼란을 급히 감추었다.   3

어떤 소리를 들으려 귀를 쫑긋세우고 멈췄다.
검은 하늘과 짙게 낀 안개로
멀리 볼 수 없었기 때문이다.   6

"어찌됐든, 이 싸움에서 이겨야 한다.
그렇지 않으면……¹ 우리에겐 도움의 약속이 있으니. "라고
말하기 시작했다. "그런데 여기로 오시는 길이 왜 이리 늦는가!"   9

나는 그가 처음에 했던 말을
그 뒤에 한 말로 숨기려는 것을 알아차렸다.
뒤에 한 말이 처음에 했던 말과 많이 달랐다.   12

그의 말이 결국 나를 두렵게 하였다.
그가 중간에 자른 말의 의미를
실제보다 더 나쁘다고 생각했기 때문일 것이다.   15

"구원의 희망을 가질 수 없는 형벌을 가진
첫 번째 고리의 영혼이
낮은 지옥으로 내려온 적이 있습니까?"   18

내가 질문을 하자, 그는 대답했다.
"우리 중 누군가가 이와 같은 여정을 했다는 것은
 드문 일일 것이다."   21

그러나 내가 이곳에 내려온 적이 있었던 것은 사실이다.
죽은 자의 영혼을 다시 그들의 몸에 불러오는
잔인한 마녀 에리톤[2]에게 홀렸기 때문이다.   24

내 몸으로부터 내가 분리된 지 얼마 되지 않아
그녀는 유다가 있는 고리의 한 영혼을 빼내기 위해[3]
나를 저 벽 안으로 들어가게 했다.   27

모든 것을 움직이는 하늘에서 제일 먼 것은 말할 것도 없고
지옥에서 가장 낮고 어두운 곳이었다.
그러나 나는 그 길을 잘 알고 있으니 확신을 가져라.   30

지독한 냄새를 풍기는 이 늪은
이제는 싸움 없이 들어갈 수 없는
고통의 도시를 둘러싸고 있다."   33

그는 다른 것도 말했지만 기억나지 않는다.
나의 시선은 벌겋게 불타는 높은 탑 꼭대기로
향했기 때문이었다.   36

여성스러운 골격과 행동을 가졌고
피로 얼룩진 지옥의 세 퓨리[4]가
순식간에 그곳에 나타났다.   39

초록색의 히드라가 그들의 몸을 휘감고 있었고
작은 뱀과 뿔난 뱀들로 된 머리카락이
잔인한 이마를 둘러싸고 있었다.   42

영원한 눈물의 여왕[5]에게 시중드는 노예인 것을 잘 알고 있는
선생님은 나에게 말했다.[6]
"보아라, 잔혹한 에리니스이다.   45

왼쪽의 것이 메가이라,
오른쪽에서 울고 있는 것이 알렉토,
티시포네는 가운데 있다." 그는 한동안 침묵했다.   48

손톱으로 서로의 가슴을 찢고
손바닥으로 때리면서 크게 소리를 질러 댔다.
나는 두려워서 시인의 가슴에 바짝 다가갔다.   51

"여기로 오너라 메두사야![7] 그를 돌로 만들자."
모두가 아래를 바라보고 말했다.
"테세우스의 공격에 보복하지 않은 것이 우리의 잘못이다."[8]   54

"뒤로 돌아서라, 그리고 눈을 감아라.
만일 고르곤[9]이 나타나서 네가 그녀를 본다면
세상으로 돌아갈 어떠한 희망도 없다."   57

선생님은 이렇게 말하고 나서 직접 나를
돌려 내 손으로 내 눈을 가리게 하였고,
불안하여 당신의 손도 얹어 덮으셨다.   60

"완전한 지성을 가진 당신들이여,
나의 신비한 시들의 너울 아래
숨겨진 가르침을 잘 생각해 보아라."[10]   63

무서울 정도로 격한 소리를 가진
혼탁한 파도가 이미 밀려들어와
양쪽 강가를 뒤흔들었다.   66

열기가 맞부딪쳐 내는
맹렬한 바람 소리와 같았다.
거침없이 숲을 덮치고   69

나뭇가지를 후려치고 질질 끌며
멀리 날려 보냈다. 그리고 웅장한 먼지 기둥을 만들어
짐승와 목동을 도망가게 하는 바람을 일으켰다.   72

선생님은 나에게 눈을 뜨게 하고 말했다.
"자, 주의를 기울여 보아라.
안개가 더 짙게 낀 곳, 오래된 거품[11]을 보아라."   75

원수인 뱀 앞에 있는 개구리가
물속으로 모두 도망가서
제각각 바닥에 납작하게 숨는 것처럼   78

나는 스티스를 가로질러 걷는데도
발 하나 젖지 않는 그분 앞에
수많은 영혼이 두려움에 떨며 도망치는 것을 보았다.   81

그에게 있어서 유일하게
귀찮아 보이는 연기를 왼손으로 여러 번 흔들며
얼굴에서 걷어 내셨다.   84

그분이 하늘에서 보내신 분임을 알자마자
나는 바로 선생님을 향해 몸을 돌렸고,
선생님은 나에게 조용히 인사드리라는 손짓을 했다.   87

아, 그분이 얼마나 많은 경멸을 하실까!
문 앞에 이르러 지팡이로 치자 문이 열었다.
어떠한 저항도, 반항도 없었다.   90

"오, 하늘에서 추방된 야비한 자들이여."
그분이 끔찍한 입구에 서서 말하기 시작했다.
"어찌하여 이런 거만을 너희 안에 살게 하는가?   93

목적하신 것을 반드시 이루시는
하느님의 의지를 왜 거역하여
너희의 고통만 커지게 하는가?   96

신의 결정에 반대한들 무슨 이익이 있겠는가?
너희가 잘 기억하고 있듯, 너희의 키르베로스는 아직도
턱과 목의 털이 다 뽑힌 채로 있다."[12]   99

그분은 우리에게 아무 말도 없이
진흙탕의 길로 되돌아가셨다.
그러나 그분은 자기 앞의 일보다는   102

다른 일에 몰두하는 사람의 인상이 있었다.
하늘의 거룩한 말로 확신을 얻은 후
우리는 도시를 향해 발을 옮겼다.   105

우리는 어떠한 싸움도 없이 도시로 들어갔다.
요새에 갇힌 영혼들의
상태와 특성을 보고 싶었던 나는   108

안으로 들어가자마자 주위를 둘러보았다.
모든 부분이 평평한 큰 공간에
끔찍한 고통과 괴로움이 있는 것을 보았다.   111

늪이 되어 버린 론 강이 있는 아를처럼
이탈리아를 가로막고 그 국경을 적시는
쿠아르나로 만 근처에 있는 풀라에   114

여러 무덤이 여기저기 전역에 덮혀 있듯이[13]
여기도 모두 무덤이었다.
단지 이곳은 더 고통스러웠다.   117

무덤들 사이에서 불꽃이 흩어져
쇠를 이보다 더 뜨겁게 달구는 숙련공이 없을 정도로
무덤을 내내 벌겋게 달구고 있었다.   120

모든 뚜껑은 열려 있었고
절망에 젖은 한탄의 소리가 무덤에서 밖으로 새어 나왔다.
고문을 당하는 영혼들의 소리였을 것이다.   123

"선생님, 저 관 안에 누워서
고통의 한숨을 느끼게 하는
저들은 누구입니까?"   126

"그들은 이교자 분파의 두목들,
그들의 추종자들이다. 네가 생각하는 것보다
훨씬 더 많은 영혼들이 무덤에 쌓여 있다.   129

여기에는 비슷한 자들끼리 함께 묻혀 있는데
묻힌 자에 따라서 무덤은 더 뜨겁기도, 덜 뜨겁기도 하다."
그런 후 그는 오른쪽으로 몸을 돌렸고 우리는   132

고통[14]과 높은 벽 사이를 지나갔다.

제10곡

나의 선생님은 고립된 좁은 길을 따라
도시의 벽과 고통 사이를
걸었고 나는 그의 뒤를 따랐다.   3

나는 질문했다. "오, 지옥의 고리로 나를 인도하시는
덕의 총체여, 나에게 대답해 주십시오.
나의 바람을 만족시켜 주십시오.   6

뜨겁게 달궈진 이 무덤 안에 누워 있는 자들을
볼 수 있습니까? 뚜껑이 다 열려 있지만
어떤 악마도 그들을 감시하지 않습니다."   9

그는 대답했다. "저 세상에 남기고 온 육체를 다시 입고
여호사밧¹의 골짜기에서 여기로 돌아올 때
모든 무덤은 영원히 닫힐 것이다.   12

여기는 육체와 함께 영혼도 죽는다고 믿는
에피쿠로스[2]와 그의 추종자들의
묘지이다.   15

조금 전 네가 했던 질문에 대해
여기서 바로 너는 충분한 만족을 누릴 것이다.
나에게 말하지 않아도 너의 바람 또한 채워질 것이다.   18

"선한 나의 길잡이여, 나의 생각을 숨기지 않습니다.
당신께 불편을 드리지 않기 위해 말을 적게 한 것뿐입니다. 선생님은
지금뿐만 아니라 그전부터 이러한 것을 가르쳐 주셨습니다."[3]   21

"오, 토스카나 인이여, 정직하게 말하면서
살아 있는 채로 불의 도시로 가려는 자여,
이곳에서 잠시 멈추는 것이 좋겠다.   24

너의 말하는 방법은
네가 태어난 고결한 고향을 생각나게 하는데
아마도 나는 거기서 너무 힘들었던 것 같다."   27

갑자기 이 음성이 무덤들 중 하나에서
들려왔고 나는 무서워서
나의 선생님께 조금 더 가까이 갔다.   30

그러자 선생님은 말했다. "돌아라, 무엇을 하느냐?
똑바로 서 있는 화리나타[4]를 보아라.
허리 위로는 다 보일 것이다."   33

나의 시선은 벌써 그에게로 향해 있었다.
그는 모든 지옥을 멸시하듯
얼굴과 가슴을 꼿꼿이 세우고 있었다.   36

선생님의 준비된 용감한 손들은
무덤들 사이에 있는 그를 향해 나를 밀었다.
그러면서 말했다. "겸손하게 말해야 한다."   39

그의 무덤 아래로 가자마자
나를 잠시 보더니, 거의 얕보듯이
나에게 물었다. "너의 조상들은 누구인가?"[5]   42

나는 간절히 그의 말에 순종하고 싶어서
그에게 숨김없이 모든 것을 말했다.
그러자 그가 눈썹을 약간 추어올렸다.   45

그리고 말했다. "너의 조상들은
나와 내 조상, 그리고 내 파벌에게 거슬리는 적들이다.
피렌체에서 두 번이나 그들을 쫓아냈다."   48

나는 그에게 대답했다. "그들이 쫓겨나긴 했지만 두 번 다 모든
곳으로부터 돌아왔지요. "그러나 당신의 조상들은 고향으로
돌아오는 요령을 깨닫지 못한 것 같습니다." 51

그 순간, 화리나타의 옆에서 턱까지 몸을 내밀며
우리 눈앞에 한 영혼이 나타났다.
무릎을 꿇고 일어난 것 같았다. 54

그는 내가 누구와 있는지 보고 싶기라도 한 듯
나의 주변을 둘러보고
의심이 완전히 사라진 후에 비로소 57

나에게 울먹이며 말했다. "만일 당신이 이런 어두운 감옥을
거닐고 다닌다면 당신의 높은 지성 덕분일 것입니다.
그런데 내 아들은 어디 있소?[6] 왜 당신과 함께 있지 않소?" 60

나는 그에게 말했다. "오직 내 공으로만 여기에 온 것이 아닙니다.
지옥을 지나 그녀[7]에게로 나를 인도하시는 분이 저기서 기다리고
계십니다. 아마도 당신의 아들 구이도가 경멸했던 분일 겁니다." 63

그의 말과 그가 받는 고통의 유형으로 보아
나는 그의 이름을 알 수 있었다.
그래서 이렇게 확실하게 대답했다. 66

그는 갑자기 일어나더니 소리 질렀다. "뭐? 지금 당신 '했던'
이라고 말했소? 내 아들이 아직 살아 있지 않소? 태양의 부드러운
빛이 그의 눈에 더 이상 비치지 않는단 말이요?"   69

내가 대답하기를 주저하였다.
그것을 알아차린 그는
뒤로 다시 쓰러지더니 다시는 무덤 밖으로 나타나지 않았다.   72

그러나 나를 무덤 앞에 멈추게 한 다른 위엄한 죄인은
얼굴 표정도 바뀌지 않고 목조차도 돌리지 않았으며
옆을 보려고 몸을 숙이지도 않은 채   75

처음으로 그와 말했던 이야기를 이어 갔다.
"나의 조상들이 피렌체로 돌아가는 요령을 깨우치지 못한 것이 사
실이라면 이 무덤의 고통보다 더 고통스럽다.   78

그러나 이곳을 다스리는 여인⁸ 의 얼굴에
빛이 오십 번 빛나기 전에⁹
너는 돌아오는 그 요령이 얼마나 고통스러운지 알게 될 것이다. 81

자, 지금 말해라. 아름다운 세상으로 돌아간다면
사람들은 왜 각각의 법을 만들어
나의 가문을 상대로 그렇게 잔혹한가?"   84

나는 대답했다. "아르비아 강을 잔인한 핏빛으로
물들인 학대와 끔찍한 대학살[10]이
우리를 성전에서 기도를 하게 했습니다."[11]   87

머리를 흔들며 한숨을 쉬고 난 후, 그는 말했다.
"그 전쟁에서 싸운 사람은 나 혼자가 아니다.
명분이 없는 자와도 함께하지 않았다.   90

모두가 피렌체를 파멸시키려고 했을 때
피렌체를 보호하기 위해 대담하게 나선
유일한 사람이 나다."   93

"오! 당신의 자손들도 언젠가 평화를 찾을 수 있을 것입니다."
나는 간청했다. "나의 생각을 헝클어지게 한
의심을 풀어 주십시오.   96

내가 잘 이해했다면 당신들은
시간의 흐름이 발생시킬 미래를 볼 수 있습니다.
하지만 현재의 일은 모릅니다."   99

그는 말했다. "우리는 시력이 나쁜 사람같이
멀리 있는 것들을 내다볼 수 있다.
하지만 하느님께서 우리에게 빛을 비추는 동안만이다.   102

어떤 것이 가까이 오거나 무언가 일어나면
우리의 이 능력은 없어져 버린다. 그리고 누군가가 우리에게
소식을 알려 주지 않는다면 너희의 세상일을 모를 것이다.   105

그러니 미래의 문이 닫히는 그 순간부터
우리의 지식은 완전히 지워진다는 것을
잘 이해할 수 있을 것이다."12   108

다른 영혼에게 대답하지 못한 것이 마음에 걸려 말했다.
"무덤으로 고꾸라진 당신 친구에게 전해 주십시오. 그의 아들
구이도는 아직 죽지 않았고, 살 자와 함께 있습니다.   111

그의 질문에 대답하기를 주저한 것은 오직
내가 의심하고 있던 것에 몰두했기 때문이라고 알려 주십시오.
지금은 당신들이 해결해 주었습니다."   114

그제야 나의 선생님이 나를 불렀다. 그래서 재빨리
나에게 말한 영혼에게 누구와 함께 있는지
말해 달라고 간청했다.   117

그는 대답했다. "여기에는 수많은 영혼이 누워 있다.
페데리코 2세13와 추기경14도 여기에 있다.
다른 자들에 대해서는 말하지 않겠다."   120

그러고 나서 무덤으로 돌아갔다. 그리고 나는
적의가 있는 것 같은 말들을 상기하면서
옛 시인을 향해 발길을 돌려 걸어갔다.   123

시인은 함께 걸어가면서 나에게 말했다.
"왜 이렇게 혼란해하는 것이냐?"
그래서 나는 그의 질문에 대답했다.   126

그러자 현자께서 내게 권고하셨다. "너가 들었던,
너가 직면해야 할 적의 예언들을 잘 기억하거라.
그리고 주의 깊게 잘 들어라." 그리고 손가락을 세웠다.   129

"아름다운 눈으로 모든 것을 보는
그녀[15]의 빛나는 눈앞에 섰을 때
그녀로부터 네 미래의 운명을 알게 될 것이다."   132

그러고서 왼쪽으로 발을 돌렸다.
우리는 벽에서 멀어져 갔고
골짜기로 이어지는 좁은 길을 따라 고리의 중심으로 향해 갔다.   135

심한 악취가 우리가 있는 위에까지 올라왔다.

제11곡

커다랗게 깨져 쌓인 바위들이 둘러싸인,
가파른 비탈길 가장자리에 도착했다.
그곳에는 더 비참한 영혼들이 무리 지어 있었다.   3

여기는 무시무시한 지옥에서 뿜어져 나오는
끔찍한 악취가 올라오고 있었다.
우리는 어느 큰 무덤의 뚜껑 뒤로 피해 몸을 숨겼다.   6

나는 거기에 쓰여 있는 글을 보았다.
"포티누스에 의해 바른 길[1]에서 벗어난
교황 아나스타시우스[2]를 내가 보호한다."   9

"내려가는 것을 좀 늦추는 것이 좋겠다.
그래야 심한 악취에 우리의 후각이
익숙해져 더 이상 악취를 경계하지 않아도 될 테니까."라고   12

선생님은 말했다. "시간을 허비하지
않도록 다른 일을 찾도록 하지요." 내가 말하자,
선생님은 말했다. "나도 바로 그 생각을 했다."   15

그리고 선생님은 말하기 시작했다. "나의 아들아,
깨진 바위들 안에 세 개의 작은 고리[3]가 있는데
네가 이제껏 본 것과 같이 층층이 있다.   18

모든 고리에 저주받은 영혼들로 가득 차 있구나.
우리가 여행을 계속하면서 그들을 보기만 해도
어떻게 그리고 왜 그들이 여기에 있는지 알 수 있을 것이다.   21

신의 미움을 사는 모든 악의 끝은
부정[4]이고, 이 부정의 끝은 다른 이들을
폭력과 기만으로 파괴하는 것이다.   24

기만은 인간의 특유한 악이기에
하느님은 매우 싫어하신다. 그래서 사기꾼들은
더 낮은 고리에서 더 고통스런 벌을 받는다.   27

첫 번째 고리[5]는 폭력배들로 차 있다.
폭력은 세 부류의 사람에게 행사된다.
따라서 이 고리는 다시 세 개의 고리로 나뉘어 있다.   30

폭력은 하느님께, 그 자신에게, 이웃에게
또 그들이 가진 모든 것과 사람들에게 행사된다.
너는 이에 대한 나의 설명을 듣고 분명히 이해할 것이다.　　33

폭력은 이웃에게 잔인한 죽음,
괴로운 상처를 입힌다. 그리고 그의 재산을
파괴하고 불태우며 강탈한다.　　36

이러한 살인자, 상처를 입히는 자,
파괴자 그리고 강탈자 모두는
첫 번째 고리에서 무리 지어 벌을 받는다.　　39

사람은 자기 자신에게 그리고 그의 재산에
폭력을 행사하기도 한다. 그들은 두 번째
고리에서 헛되게 후회하고 있다.　　42

세상에서 살아 있을 때 스스로 자기를 해한 자,
도박한 자와 자기 재산을 탕진한 자들은
그들이 행복해야 할 곳에서 울고 있다.　　45

하느님의 이름을 저주하고 그 마음에서
그분을 부정하고 또는 그분의 본성과 선함을
멸시하면서 하느님께 폭력을 행사한 자는　　48

더 낮고 더 좁은 세 번째 고리에서
소돔과 카오르,[6] 하느님을 마음속에서 비웃고
증오의 말들을 하는 자들과 함께 불도장에 찍힌다.   51

모든 양심을 상하게 하는 기만은
자기를 신뢰하는 자와
신뢰하지 않는 자 모두에게 사용할 수 있다.   54

그중 후자의 경우는 자연의 법으로 결합된
사랑의 끈을 파괴할 뿐이다.
그래서 두 번째 고리에는   57

위선자, 아첨하는 자, 마법사, 위조자,
도둑, 성직 매매자, 포주, 사기꾼,
그와 비슷한 죄인들이 둥지를 틀어 자리를 잡았다.   60

다른 기만, 즉 자기를 신뢰하는 자를 기만하는 것은
사랑의 본성뿐만 아니라, 사람과 사람 사이에 형성되는
특별한 믿음을 망각하게 한다.   63

디스의 도시 안, 즉 지구의 중심에 있는
제일 낮고 좁은 고리에
모든 배신자가 모여 영원토록 고통을 당한다."   66

나는 말했다. "선생님, 당신의 설명은 정말 명쾌하고
이 심연과 그곳에서 벌을 받고 있는 죄인들을
뚜렷하게 구별해 주셨습니다.   69

그런데 말해 주십시오. 진흙의 늪에 있는 자들,[7]
폭풍에 휘말려 끌려가는 자들,[8] 비를 맞는 자들,[9]
모욕의 말들을 하는 자들[10]은,   72

만일 그들이 하느님의 분노를 샀다면,
왜 디스의 도시 안에서 벌을 받지 않습니까?
반대로 그렇지 않다면 왜 그런 방법으로 고통을 당하고 있습니까?"[75]

나에게 말했다. "왜 이리 딴 곳으로 많이 가는가?
왜 평소보다 너의 마음이 더 흩어져 있는가?
아니면 정신이 딴 곳에 있는가?   78

하늘이 원치 않는 세 가지 죄,
즉 부절제, 악의, 수심을 다룬,
널리 알려진 너의 《윤리학》[11]이 설명하는 것을   81

기억하지 못하는가?
어떻게 부절제가 다른 두 죄보다 하느님을 덜 화나게 하고
그리고 하느님의 벌도 덜 받는지 기억하지 못하는가?   84

만일 이 의견을 주의 깊게 생각하고
이 도시 밖에서 벌을 받는 죄인들이 누구인지
머릿속에 되새겨 본다면   87

왜 이 죄인들이 이들과 떨어져 있고
왜 성스런 복수가 그들에게 덜 고통스러운지
잘 알게 될 것이다."   90

나는 말했다. "오, 어둠에 의해 흐릿해진 나의 시선을 고쳐 주는
태양이여!나의 의심을 풀어 주실수록 나의 만족은 더해집니다.
아는 것뿐만 아니라 의심도 즐거운 일이 됩니다.   93

조금만 다시 앞으로 돌아가서 당신이 말씀하신,
고리대금업자가 신의 선함을 화나게 하는 것에 대해
나의 의심을 풀어 주십시오."   96

그는 대답했다. "철학은 그것을 배우려는 자에게
단 하나만 설명하지 않는다.
마치 자연이 신의 기술과 지성에서 주어진   99

그의 명령을 따르는 것과 같다.
만일 네가 《물리학》[12]을 잘 읽어 본다면
몇 장을 읽지 않고도 너는 알게 될 것이다.   102

마치 제자들이 선생님을 따르는 것처럼
너희 기술이 자연을 따르고 있다는 것을 말이다.
이런 너희 기술은 하느님의 자손들과도 같은 것이다.[13]   105

〈창세기〉를 처음부터 잘 생각해 보면
인간은 자연과 기술 이 두 가지로 살아가기 위한 수단을
이끌어 내고 향상시켜야 한다는 것을 알게 될 것이다.   108

그런데 고리대금업자는 다른 길을 따라간다.
자연 자체와 동반되는 추종자[14]들을 멸시하면서
다른 것에 희망을 건다.   111

자, 이제 나를 따르라. 떠나야 할 순간이다.
물고기자리가 벌써 지평선에 있고
큰곰자리는 북서쪽에 위치해 있는데[15]   114

내려가야 할 절벽은 아득히 저 멀리 있구나."

제12곡

가파른 비탈길을 내려와 우리가 도착한 곳은
매우 험준했다. 또한 그곳에 있었던 것은[1]
보는 사람 누구든지 몸서리치게 만들었다.   3

지진으로 인한 것인지, 붕괴로 인한 것인지
아디제 강이 트렌토 지역[2] 세게 때려
산사태가 난 것처럼   6

산꼭대기부터 평지까지 뒤흔들리며
바위가 떨어지고, 산 위에 있는 사람에게
길을 내어 준 것처럼   9

그 절벽의 내리막길이 그러했다.
허물어진 절벽의 가장자리에서
가짜 암소 안에 수태(受胎)되었던   12

크레타의 수치[3]는 우리 앞에
가로놓여 있었다. 우리를 보았을 때
그 안의 분노가 덮쳐 버리듯 그 자신을 물어뜯고 있었다.　　　15

나의 현명하신 선생님은 그를 향해 소리쳤다. "너를
저 세상에서 죽게 한 아테네의 군주[4]가
여기에 왔다고 믿는 건가?　　　18

떠나거라, 짐승아! 이 사람은 네 누이의
가르침에 따라 여기까지 온 것이 아니다.[5]
단지 너희들의 고통을 보러 온 것뿐이다."　　　21

치명적인 한방을 맞은 순간
고삐 풀린 황소가 걷지를 못하고
여기저기 날뛰는 것처럼　　　24

나는 미노타우로스가 그렇게 하는 것을 보았다.
그것을 본 선생님이 소리쳤다. "나가는 통로로 뛰어라.
저 괴물이 성내 날뛰는 동안 너는 내려가는 것이 좋겠다."　　　27

우리는 쌓인 바위들 사이로 뛰어 내려갔다.
바위들은 평상시와는 다른 무게로 인해[6]
나의 발아래에서 자꾸 움직였다.　　　30

내가 생각에 빠져 있자, 선생님은 말했다. "너는
조금 전에 내가 진정시킨, 그 날뛰던 짐승이
감시하는 곳, 산사태가 난 듯한 그곳을 생각하는구나.   33

내가 전에 여기 아래 낮은 지옥으로 내려왔을 때
이 바위는 아직 붕괴되지 않았다.
나는 네가 이것을 알기를 바란다.   36

내가 잘 알고 있다면, 악취가 나는 이 깊은
골짜기가 여기저기서 요동친 것은
그분이 위의 고리에 있던 수많은 영혼을   39

디스에서 구원하시기 직전이었음이 분명하다.[7]
이걸 본 나는 우주가 사랑을 느꼈다고 생각했다.
어떤 자들은 이것을 세상이 여러 번의 혼돈으로   42

변화했다고 믿지만,
이 오래된 바위가 여기저기에서 굴러 내린 것은
바로 그 순간이었다.[8]   45

저 아래 깊은 곳을 한번 보아라. 폭력으로
다른 이들에게 상처 입혔던 자들을 삶는
피의 강[9]이 가까워지고 있다.   48

102

오, 눈먼 탐욕과 미친 분노여!
짧은 인생 동안 우리를 동요시키고 영원한 인생에서는
우리를 너무도 끔찍한 고통 속으로 잠기게 하는구나!   51

나는 고리 전체를 감싸 안은 것같이
둥글게 흰 활 모양의 거대한 웅덩이를 보았다.
길잡이가 나에게 말한 그대로였다.   54

절벽 아래와 웅덩이 사이에서 켄타우로스[10]들이
활과 화살로 무장하고 무리 지어 달리고 있었다.
마치 세상에서 사냥을 나가는 것과 같았다.   57

우리가 내려오는 것을 보자마자, 그들은 멈추고
무리 중에 셋이 잘 고른
활과 화살을 가지고 앞으로 나왔다.   60

그리고 멀리서 하나가 소리쳤다.
"이 비탈길을 내려오는 자들아! 어떠한 죄로 오는가?
거기서 말하라. 아니면 활을 쏠 것이다."   63

선생님은 그에게 말했다. "우리가 케이론[11]에게
가까이 갔을 때 대답을 하겠다.
항상 충동적인 너의 바람은 불행을 가지고 오는구나."   66

그러고 나서 나의 팔을 잡고 말했다.

"저자는 아름다운 데이아네이라로 인해 죽은 네소스[12]이다.

그리고 자기 자신에게 복수를 했다.   69

가슴을 보며 있는[13] 가운데에 저자가 아킬레우스의

선생이었던 위대한 케이론이다.

분노에 가득 차 있는 저자는 폴로스이다.[14]   72

저들은 수천씩 무리를 지어 강 주변을 돌면서

그 영혼의 죄가 준 형벌보다 더 고통받아야 하는 것에서

벗어나려는 영혼들에게 활을 쏜다.[15]   75

우리는 그 날렵한 짐승들에게 가까이 갔다.

화살을 잡은 케이론은 시위가 고정되는 부분으로

자신의 수염을 턱 양쪽으로 갈랐다.   78

커다란 입을 벌린 후

동료들에게 말했다. "너희는 알았느냐?

저 뒤에 있는 자가 건드리는 것이 움직인다.   81

보통은 죽은 자의 발들은 이렇게 움직이지 못한다."

말과 사람의 모습이 합쳐진 케이론의 가슴 앞에

이미 서 있었던 나의 선한 선생님은 대답했다.   84

"그는 당연히 살아 있고
나는 그에게 어두운 골짜기를 보여 줘야 한다.
재미가 아니고 필요에 의해서 그를 여기로 데리고 왔다.   87

할렐루야를 노래하는 곳을 떠나온 분이[16]
나를 믿고 이 임무를 맡기셨다. 그분은
도둑이 아니고, 나 또한 도둑의 영혼이 아니다.   90

이렇게 험한 여행으로 나의 발길을 움직이는
신성한 권능으로 부탁하니,
당신들 중 하나를 우리에게 보내서   93

강을 건널 수 있는 곳을 우리에게 보여 주어라.
저자는 공중을 날 수 있는 영혼이 아니니
그곳에 도착하면 등에 태워 강을 건너게 하길 부탁한다."   96

케이론은 오른쪽으로 몸을 돌려
네소스에게 말했다. "돌아가라, 그리고 그들을 안내하라.
너희가 만나는 다른 무리들을 비켜서게 하라."   99

그리고 신뢰할 수 있는 안내자를 따라
삶아지는 죄인들이 절규하는 곳,
뻘겋게 끓는 강의 긴 제방으로 우리는 나아갔다.   102

눈썹까지 잠긴 영혼들을 보았다. 거대한
켄타우로스는 말했다. "저들은
피를 흘리게 하고 재산을 약탈한 폭군이다.   105

여기, 저들은 무자비한 벌로 울고 있다.
여기에 알렉산드로[17]가 있고 시칠리아에게
고통의 세월을 갖게 한 디오니시오스[18]가 있다.   108

검은 머리를 가지고 있는 저 죄인은
아첼리노[19]이고 금발인 저 다른 죄인은
오비초 디 에스테[20]이다. 그는 실제로   111

지상의 세계에서 의붓자식에게 살해당했다."
그리고 내가 신인에게 몸을 돌리자 그는 말했다.
"이자는 너의 첫 번째 안내자이다. 난 두 번째이다."   114

잠시 후 켄타우로스는
끓는 핏물이 분출되는 곳에서 나오려는
목까지 잠긴 죄인들이 있는 곳에 멈추었다.   117

한쪽에 고립된 그림자[21]를 우리에게 보이며
말했다. "저자는 오늘날까지 템스 강에서 존경받는
심장[22]을 교회에서 갈랐던 자이다."   120

머리와 모든 가슴을 강 밖으로
내어놓은 자들을 보았다.
그들 중 많은 사람을 알아볼 수 있었다.   123

이런 방법으로 피의 수위는
죄인들의 발만 익힐 정도까지 점점 낮아졌다.
그리고 그곳이 우리가 강을 건널 수 있는 곳이었다.   126

켄타우로스가 말했다. "네가 본 것처럼
이곳에서부터 점점 얕아지는 피의 강은
반대쪽으로 점점 더 깊어지고,   129

폭군들이 신음하는 곳에
이르기까지 계속 깊어진다는 것을
네가 믿기를 바란다.   132

그곳에서 하느님의 정의는
위 세상에서 채찍질했던 아틸라와
피로스, 섹스투스에게 벌을 주고 있다.[23]   135

또한 길거리에서 싸움을 일삼던
리니에르 다 코르네토와 리니에르 파찌[24]를
끓임으로써 영원한 눈물을 흘리게 한다.   138

그러고 나서 뒤를 돌았고 강물의 낮은 쪽으로 다시 건너갔다.

제13곡

어떠한 오솔길도 없는
숲을 향해 걸어가고 있을 때
네소스는 아직 맞은편 강가에 도착하지 않았다.   3

나뭇잎들은 푸르지 않았고 어두운 색이었다.
가지들은 곧지 않았다. 마디가 울퉁불퉁하고 뒤틀려 있었다.
열매는 없고 독이 있는 가시들이 있었다.   6

경작된 지역을 피해 첸치나와 코르네토 사이[1]로
도망가는 야만적인 야수들도
이렇게 거칠고 이렇게 뒤엉킨 덤불로 가지 않을 것이다.   9

미래의 슬픈 불행을 예고하여
트로이 사람들을 스트로파데스 섬에서 쫓아내었던
추악한 아르피아들[2]이 여기에 둥지를 틀었다.   12

그들은 폭이 넓은 날개를 갖고 있고, 목과 얼굴은 사람이며,
발에는 날카로운 발톱이 있고, 볼록 나온 몸통에는 깃털이 있었다.
그들은 이상한 나무 위에 앉아 슬픈 소리로 울고 있었다.   15

선한 선생님은 나에게 말했다. "숲으로 들어가기 전에
너는 두 번째 고랑에 있음을 알아라.
끔찍한 모래밭³에 들어가기 전까지   18

너는 두 번째 고랑에 머무를 것이다.
잘 보아라, 내가 네게 말한다고 해도
믿지 못할 일들을 보게 될 것이다."   21

여기저기서 울부짖는 소리가 들려왔다.
그러나 누가 그 소리를 내는지 나는 볼 수가 없었다.
그래서 나는 어찌할 바를 몰라 멈춰 섰다.   24

나는 선생님이 이렇게 생각했으리라고 믿는다.
우리를 피해 숨은 사람들이 저 나무들 사이에서
내는 소리로 내가 생각했을 것이라고.   27

그래서 선생님은 말했다. "네가 이 식물들 중에
하나의 나뭇가지를 꺾어 보아라. 그러면
너의 생각들도 꺾일 것이다."   30

나는 손을 조금 앞으로 뻗어
커다란 가시가 있는 나뭇가지를 꺾었다.
그러자 그 나뭇가지가 소리쳤다. "왜 날 꺾습니까?" 33

검붉은 피를 흘리면서 다시 말했다.
"왜 나를 잡아 찢는 것이지요?
당신에게는 어떠한 연민도 없습니까? 36

우리는 사람이었습니다. 그런데 지금은 덤불이
되었습니다. 우리가 뱀의 영혼이었다 하더라도
당신의 손은 더 자비로워야 할 것입니다." 39

한쪽 끝에서 불타는 푸른 나뭇가지가
다른 한쪽으로 수액을 흘리며
지나가는 바람으로 인해 소리를 내는 것처럼, 42

이렇게 부러진 나뭇가지에서 말과 함께
피가 흐르고 있었다. 나는 부러진 나뭇가지를
떨어뜨리고 두려움에 가득 차 떨고 있었다. 45

나의 선생님이 대답했다.
"오, 찢겨진 영혼아, 다만 그가 나의 시구를
읽고 바로 믿었더라면⁴ 48

당신의 나뭇가지 사이로 손을 뻗지 않았을 것이오.
그러나 당신들의 모습은 믿을 수 없는 것이라
그에게 이런 행동을 하게 한 나 또한 마음이 무겁소.   51

하지만 세상에서 당신이 누구였는지 그에게 말해 주시오.
그러면 당신의 명예는 그가 돌아갈 저 세상에서
회복시킬 수 있을 것이오."   54

그러자 잘려진 나무가 말했다. "당신의 달콤한 말들이
내가 말하기를 격려하니 입을 다물 수가 없습니다. 당신들과 함께
나에 대한 말을 계속한다 해도 불편해하지 마십시오.   57

나는 페데리코의 마음의 열쇠 둘 다를
가졌던 사람이었습니다.[5] 그것을 돌려 잠갔다
열었다 하며 매우 교묘하게   60

그의 신임으로부터 대부분의 사람들을 제거했지요.
나의 평화와 삶을 잃어버리면서
나의 영광스런 임무에 충실했습니다.   63

모든 죽음과 궁정의 악습을 부른
이 질투는 왕의 궁정에서
탐욕의 눈을 거둔 적이 없고,   66

나와 대립하는 모든 영혼을 불타오르게 하고
왕까지 불타게 하였습니다.
그리하여 나의 행복한 명예는 슬픔의 통곡으로 바뀌었습니다.   69

이러한 경멸로 몰린 나의 영혼은
수치에서 벗어난 길을 죽음뿐이라 믿으며
올바른 나를 부정하게 하였습니다.   72

이 나무의 새로운 뿌리들을 두고
나는 명예로운 왕에 대한
충성을 깬 적이 없음을 당신들에게 맹세합니다.   75

당신들 중 하나가 저 세상으로 돌아간다면
질투로 인한 충격으로 아직도 누워 있는
나의 기억을 위로해 주십시오."   78

잠시 기다리다 시인은 나에게 말했다.
"시간을 허비하지 말고 저자가 침묵하는 순간,
네가 원하는 것을 말하고 그에게 물어보아라."   81

"당신이 제가 관심 있을 것이라고 믿는 것을
그에게 물어봐 주십시오. 저는 그가 가여워
물어볼 수가 없습니다."   84

그러자 선생님은 다시 말했다. "당신이 간청한 부탁을
이 사람이 할 것이오. 오, 나무에 갇힌 영혼이여!
아직도 당신이 좋다면   87

우리에게 말해 주시오. 어떻게 영혼이 이 잘린 나무에
갇히게 되었는지, 그리고 당신이 괜찮다면
이 나무에서 자유롭게 된 영혼이 있는지를 말해 주십시오."   90

그러자 잘린 나무는 거센 바람을 일으켰다. 그리고
그 바람은 이러한 목소리로 바뀌었다.
"당신들에게 짧게 대답할 것입니다.   93

잔인한 영혼[6]이 자신에게서 스스로 떨어져
육신으로부터 분리될 때
미노스는 그 영혼을 일곱 번째 고리로 보냅니다.   96

영혼은 숲으로 떨어지는데, 떨어지는 곳은
미리 예정할 수 없습니다. 그러나 영혼이 던져진 곳에서
밀의 씨앗처럼 싹을 틔웁니다.   99

나뭇가지나 야생의 식물 형태로 자라나는데
아르피아들이 그 잎들을 뜯어 먹으면
고통을 주고 이로 인해 고통의 탄식 소리가 흘러나오지요.   102

다른 영혼들처럼 우리도 우리의 육신을
다시 가지러 갈 것입니다.[7] 그러나 우리는 다시 입지는 못할 것입
니다. 사실 한 번 벗은 것을 다시 입는 것은 옳지 않습니다.   105

우리는 여기로 육신을 끌어올 것이고 우리의 육신은
각자 세상에서 자기가 괴롭히던 영혼의 나무가 되어
이 슬픈 숲에 매달릴 것입니다."   108

다른 말들을 더 하고 싶어 하는 것 같아
우리는 잘린 나무 옆에 기다리며 서 있었다.
그때 들려오는 한 소리에 우리는 깜짝 놀랐다.   111

흔적의 냄새를 맡은 사냥개에 쫓긴 멧돼지가 달려오는 소리와
야수들이 밟아 부러지는 나뭇가지 소리를 잠복해 있던 사냥꾼이
갑자기 듣는 것과 비슷할 것이다.   114

역시 두 명의 죄인이 왼쪽에서 오고 있었다.
그들은 벌거벗은 몸에 할퀸 자국이 있었다. 숲의 모든 가지를 부
수면서 온 힘을 다해 재빨리 도망치고 있었다.   117

그 앞에 있는 자가 소리쳤다. "죽음이여,[8] 빨리 오시오.
날 도와주러 오시오." 그보다 뒤처진 다른 자가 소리쳤다.
"라노,[9] 토포의 싸움에서는 너의 다리는   120

이렇게 빠르지 않았어."
그리고 얼마 후 그는 숨이 찼는지
가까운 덤불 속으로 숨었다.   123

그들 뒤의 숲은 검은 암캐들로 가득 차 있었다.
암캐들은 사슬이 풀린 사냥개처럼
미친 듯이 달리고 있었다.   126

그들은 덤불에 숨은 영혼을 위태롭게 했고
그를 조각조각으로 찢었다. 그리고 아직도
고통스러워하는 그의 조각들을 물고 가 버렸다.   129

나의 길잡이는 내 손을 잡고
부러진 가지들과 피가 흐르는 것 때문에 울고 있는
덤불로 나를 끌고 갔다.   132

그리고 숲은 말했다. "오, 야곱보 다 산타 안드레아.[10]
방패처럼 나를 사용하는 것이 무슨 이익이 있겠는가?
죄 많은 네 인생에 내가 무슨 잘못을 했느냐?"   135

선생님이 덤불 위에 멈춰 서서 말했다.
"고통스러운 말들과 부러진 가지들로 피를 내뿜는 너는
세상에서 누구였는가?"   138

그는 대답했다.

"내 가지들을 꺾어 내는 이 고통스런 학대를

보기 위해 온 영혼들이여,   141

이 불쌍한 나의 덤불의 발치에 가지들을 모아 주십시오.

나는 처음의 수호자를 세례자로 만든

도시 출신입니다.[11] 바로 이것 때문에   144

그는 언제나 그의 기술로 도시를

괴롭게 할 것입니다.

아르노 강의 다리에 그의 모습이 남아 있지 않다면   147

아틸라[12]가 남긴 잿더미 위에

도시를 새로이 건설했던 시민들은

헛된 일을 한 것입니다.   150

나는 내 집을 교수대로 만들었습니다."[13]

제14곡

고향에 대한 사랑은 나를 감동으로 가득 채웠고
나는 덤불 발치에 흩어진 가지들을 모아서
이제는 목이 쉬어 지쳐 버린 그에게 돌려주었다.   3

우리는 두 번째 구렁이 세 번째 구렁과
나뉘는 경계선에 도착했다. 그곳에서
하느님의 정의가 만든 무시무시한 모습을 볼 수 있었다.   6

한 번도 본 적이 없는 이런 곳을 잘 설명하자면
우리가 도착한 평평한 곳은
어떠한 식물조차도 뿌리내리지 못하였다.   9

슬픈 피의 강이 숲을 에워싼 것처럼
고통스러운 숲은 고랑의 모든 주변을 화관으로 둘러싼 듯했다.
우리는 그 가장자리에 멈춰 섰다.   12

땅은 굵고 마른 모래들로 이루어졌고
이전에 카토[1]의 발에 밟히던 모래와
다르지 않았다.   15

오, 하느님의 복수여, 내 눈 앞에
보이는 사실을 읽은 사람들은 어느 누구라도
당신을 두려워할 것이다!   18

벌거벗은 영혼의 많은 무리를 보았다.
그들 모두 너무나 고통스럽게 울고 있었는데
각각 다른 법으로 벌을 받는 듯했다.   21

어떤 영혼은 얼굴을 하늘로 향한 채 땅바닥에 누워 있었고,
어떤 영혼은 몸을 구부리고 앉아 있었으며,
또 다른 영혼은 계속해서 걷고 있었다.   24

둥글게 돌고 있는 자들이 많았고
누워 있는 자들은 적었다. 그러나
더 큰 고통에 혀가 풀려 있었다.   27

모든 모래 위에, 바람이 없을 때
알프스에 눈이 내리는 것처럼
커다란 불꽃이 천천히 떨어져 내리고 있었다.   30

알렉산드로스 대왕이 인도의
무더위 속에서 자기 군대 위로
떨어지는 불꽃을 보고   33

불꽃이 아직 적을 때
불을 끄는 것이 나을 것 같아
그의 병사들에게 땅을 밟으라고 명령했던 것과 같이[2]   36

불꽃들은 이렇게 하염없이 내리고 있었다.
부싯돌을 때려 불을 지피는 것처럼
고통이 배가 되도록 모래에 불이 옮겨 붙어 타고 있었다.   39

비참한 손들은 쉼 없이
춤추듯이 여기저기 떨어지는
새로운 불꽃을 흔들어 떨어뜨리고 있었다.   42

나는 말했다. "선생님, 문 입구에서[3]
우리를 만나러 나왔던 완고한 악마들을 제외하고
당신은 모든 것을 이기셨습니다.   45

불길을 불안해하지 않는 듯 업신여기며
눈을 매섭게 뜨고 누워 있는 저 큰 자는 누구입니까?
불비도 그를 지배하지 못하는 듯합니다."   48

죄인은 내가 선생님에게 그에 대해서
질문하는 것을 알아차리고 소리쳤다.
"나는 살았을 때와 같이 죽어서도 이렇다.   51

제우스가 그의 대장장이를 녹초가 될 때까지 일을 시켜
그에게서 얻어 낸 날카로운 번갯불로
내 죽음의 날에 나를 친다 해도,   54

또 이미 플레그라 싸움에서 했던 것처럼,
"선한 불카누스여, 도와주소서, 도와주소서!"라고 소리치며
시커먼 불화로 몬지벨로에서   57

다른 대장장이들이 녹초가 될 때까지 쉴 새 없이 일을 시켜 만든,
벼락을 그의 모든 힘을 다해 나에게 친다 해도[4]
나에게 복수하는 것을 즐거워할 수 없을 것이다.   60

나의 길잡이는 내가 들어 본 적이 없는
격분한 목소리로 말했다.
"오, 카파네우스, 너의 오만을   63

누그러뜨리지 않는다면 너는 더 큰 벌을 받을 것이다.
너의 분노에 적합한 벌은
너의 분노를 제외하고는 그 어떤 것도 없다!"   66

그리고 나서 평온한 얼굴로 나를 향해 돌며
말했다. "저자는 테베를 공격했던
일곱 왕 중 하나이다. 전에도 그랬고,   69

지금도 하느님을 경멸하고 무시한다.[5]
그러나 그에게 내가 말했듯이 그의
분노는 그의 가슴에 적당한 장식품이다.   72

지금 나를 따르라. 불타는 모래밭에
발을 들여놓지 않게 조심하거라.
그리고 언제나 숲에 가까이 있도록 하거라."   75

우리는 말없이 숲 밖으로 나와
작은 강에 이르렀다. 그곳에서 흐르는
붉은 피는 나를 아직도 몸서리치게 만든다.   78

불리카메에서 계류들이 흘러나와
죄지은 여인들 사이를 갈라 나누듯이[6]
개울들은 모래밭을 지나 흐르고 있었다.   81

개울의 바닥과 양쪽 기슭,
그리고 그곳이 통로임을 알 수 있게 해 주는
양쪽 둑 또한 모두 돌로 되어 있었다.   84

"어느 누구도 거부하지 않았던
문[7]으로 들어온 후부터 지금까지
나는 너에게 많은 것을 보여 주었다.   87

그중에 이 강만큼 관심을 가져야 할 것을
너는 아직 보지 못했을 것이다.
이 강은 모든 불꽃을 끄고 있다."   90

나의 길잡이의 이러한 말들은
알고자 하는 입맛을 북돋게 하여
나는 아낌없이 음식을 간청하였다.[8]   93

그는 말했다. "바다 한가운데
크레타라 불리는 황폐한 나라가 있었다.
그 왕[9]이 지배했던 시기에 세상은 평안했다.   96

이다[10]라고 불리는 산이 있었는데
이 시기에는 물과 산이 울창했으나
지금은 오래된 것처럼 황량하게 버려졌다.   99

레아는 자기 아들을 안전하게 숨겨 줄 요람으로
산을 선택했고 그가 울 때 그를 잘 숨기려고
큰 소리를 내곤 했다.[11]   102

산속에는 한 노인이 우뚝 서 있었는데
다미에타를 향해 등을 돌리고
로마를 그의 거울인 것처럼 바라보았다.[12]   105

그의 머리는 순금이고,
그의 팔과 가슴은 순은이고,
가랑이까지는 놋쇠로 되어 있었다.   108

그 아래로는 모두 쇠였는데,
오른쪽 발만 구운흙으로 되어 있었다.
다른 발보다 이 발로 더 지탱하고 있었다.[13]   111

순금으로 되어 있는 부분 외에 모든 부분에 균열이 있었는데
그 틈으로 눈물이 방울방울 떨어지고
발에 모인 눈물은 바위에 구멍을 뚫을 정도였다.[14]   114

이 눈물은 바위들을 돌고 돌아 계곡에까지 도착하여
아케론, 스티스, 플레게톤 강[15]을 형성하고
이 좁은 물길을 따라 더 밑으로,   117

더 이상 내려갈 곳이 없을 때까지 내려가
그곳에서 코키토스[16]를 이루었다.
이 호수는 네가 곧 보게 될 것이니 여기서 더 말하지 않겠다." 120

124

"이 개울이 우리 세상에서 이렇게
흘러나왔다면 왜 이 개울의 기슭에서만
우리에게 보이는 겁니까?"   123

"이곳은 둥글다는 것을 알 것이다.
너는 왼쪽으로 계속해서
점점 아래로 내려왔다.   126

그런데 아직 너는 완전한 원을 돌지 못했다.
그러니 만일 네가 새로운 것을 보더라도
너무 놀라지 말아야 한다."   129

"선생님, 어디에 플레게톤과 레테가 있습니까?
플레게톤은 흘러내리는 눈물로 형성된 것이라고 말하셨고,
레테에 대해서는 아직 말하지 않으셨습니다."   132

"너의 질문이 마음에 든다. 그러나
붉은 핏물이 끓는 강은
너의 질문 중의 하나가 해답이 되었다.   135

레테는 이 구멍 밖에서 보게 될 것이다.
그들이 죄를 회개하고 그 죄가 사라지는 때
그곳에 영혼들은 씻으러 간다. [17]   138

이제, 이 숲에서 벗어나야 할 때이다.
나를 따라오너라. 불비로부터 불타지 않은
강둑이 길을 내어 줄 것이다.   141

그 위에서 모든 불꽃은 꺼진다."

제15곡

이제 단단한 강둑 중 하나는 우리를 인도했다.
개울의 연기는 위로 그림자를 드리우고
물과 둑길을 불로부터 보호하였다.   3

구이산트와 브뤼헤 사이의 플랑드르 사람들이[1]
그들을 향해 오는 미친 파도가 두려워
바다를 막아 내기 위해 제방을 쌓았듯이   6

프렌타 강변에 있는 파도바 사람들이
카린찌아가 더워지기 전에[2]
그들의 도시와 성들을 보호하기 위한 것처럼   9

그 강둑은 이런 모습으로 세워졌다.
만든 이가 누구든지 간에
그렇게 높거나 그렇게 크지는 않았다.   12

우리는 이미 숲에서 꽤 멀어져 있기에
내가 아무리 뒤를 돌아본다 해도
숲은 더 이상 보이지 않았다.   15

그때 우리는 강둑을 따라오는
영혼의 무리와 만났다.
초승달이 뜬 저녁에 낯선 이를 보듯이   18

그들은 각각 우리를 바라보았다.
한 늙은 재봉사가 바늘귀를 꿰듯이
우리를 향해 속눈썹의 끝을 날카롭게 세웠다.   21

이런 식으로 우리를 자세히 보던 한 영혼이
나를 알아보더니 나의 옷자락을 잡고
소리쳤다. "놀랍구나!"   24

그의 팔이 나에게로 뻗었을 때
불에 익은 그의 얼굴을 살펴보았는데
얼굴이 그슬렸다 하더라도   27

나의 지식으로 그를 알아보았다.
그의 얼굴을 향해 나는 얼굴을 숙이며 말했다.
"브르네토 선생님, 당신이 여기 계시는군요?"³   30

그가 말했다. "나의 아들아, 브르네토 라티니가

그 무리를 먼저 가게 하고 잠시 뒤로 돌아와

너와 함께 한다 해도 꺼리지 말거라." 33

"할 수만 있다면 그러길 바랍니다.

당신이 저와 함께 있기를 원하신다면 그리고

나를 안내하는 자가 그것을 허락한다면 그렇게 하겠습니다." 36

"아들아, 이 무리 중에 누구든지

잠깐이라도 멈춘다면 그를 해하려는 불을

피하지 못한 채 백 년 동안 누워 있어야 한다. [4] 39

그러니 계속 가라. 나는 너를 따라갈 것이고

영원한 천벌로 울고 있는

나의 무리에 도달할 것이다. 42

나는 그와 함께 가기 위해 강둑에서 감히 내려오지 못했으나

경의를 나타내려는 자와 같이

머리를 숙이고 걸었다. 45

그는 말했다. "너의 죽음이 이르기도 전에

여기 아래로 너를 데리고 온 운명과 운은 어떤 것이냐?

너를 안내하는 그는 누구이냐?" 48

나는 그에게 대답했다. "저 위, 평화로운 세상에서의
제 삶이 정점에 도달하기도 전에[5]
어떤 골짜기에서 전 길을 잃었습니다.   51

저 골짜기를 등진 것은 어제 아침이었습니다.
내가 다시 되돌아가려고 했을 때 그분이 나타났습니다.
그분은 이 길을 따라 나를 집으로 인도하고 계십니다."   54

"너의 별을 따라가라.
저 아름다운 세상에서 내가 널 제대로 봤다면
너는 영광스러운 곳에 도착할 것이다.   57

내가 이렇게 일찍 죽지 않았더라면
너를 향해 자비로운 하늘을 보며
너의 작품의 완성을 기꺼이 도왔을 텐데.   60

예전부터 피에졸레에서 내려와
아직도 거칠고 야비한 것을 간직하고
은혜를 저버린 사악한 사람들은[6]   63

너의 선한 행동 때문에 너의 원수가 될 것이다.
시고 떫은 과일 사이에서 달콤한 무화과나무 열매가
나올 수는 없을 테니.[7]   66

세상의 옛날 격언은 그들을 눈먼 자라고 불렀다.
그들은 인색하고 질투가 많고 오만하기까지 한 자들이니
그들의 습관에서 너를 보호하여라.   69

이런 너의 운명은 많은 명예를 가지고 있으니
양쪽[8] 다 너의 명성을 가지려 할 것이다.
그러나 풀은 숫염소들로부터 멀리 있을 것이다.[9]   72

피에졸레의 야수들은 그들 자신을 먹이로 삼아
서로 잡아먹도록 하고, 그들의 퇴비 속에서
아직도 자라는 풀은 건들지 않도록 해야 한다.   75

많은 악인이 둥지를 틀었을 때
너희에게 남은
로마의 성스러운 씨앗이 그 속에서 되살아난다."[10]   78

나는 대답했다. "만일 제 모든 소망이
이루어졌더라면 당신은 아직
살아 있는 사람들 사이에 계셨을 것입니다.   81

제 기억 속에 당신은 친절하시고 자상하신
아버지의 모습으로 계시는데 여기서 당신을 뵈니
너무 괴롭습니다. 세상에 계셨을 때 언제나   84

제게 인간이 영원한 영광을 얻는 법을 가르치셨습니다.
지금 얼마나 기쁜지를 제가 살아 있는 동안
말로 보여 줄 것입니다.   87

저는 제 인생을 미리 말씀해 주신 것을 기록하고
다른 예언들을 더하여, 제가 그 여인에게 이르게 되면 이것에 대해
아는 그 여인이 나에게 설명하게끔 이 말씀들을 간직하겠습니다. 90

저는 오직 선생님께서 알아주시기를 원합니다.
나의 양심이 나를 꾸짖지 않는 한
운명이 원하는 대로 저는 준비가 되어 있습니다.   93

그런 예언은 제 귀에 새롭지 않습니다.
운명은 원하는 대로 제 바퀴를 돌리고
농부도 그의 괭이를 돌립니다."   96

나의 선생님은 오른쪽으로 몸을 돌려
뒤에 있는 나를 바라보며 말했다.
"들은 것을 기록하는 사람이 잘 듣는 사람이다."   99

브르네토 선생님과 말하기를 멈추지 않았다.
그의 동료들 중 가장 유명하고 위대한 사람이
누구인지 질문하였다.   102

"몇 명은 잘 알고 있는데
나머지는 입을 다무는 것이 좋겠구나. 왜냐하면
모든 이름을 말하기엔 너무 많은 시간이 필요하기 때문이다." 105

어쨌든 네가 알아야 할 것은 그들 모두가 성직자이거나
위대한 명성을 가진 중요한 문인이었다. 그러나 그들은
불결한 세상에서 똑같은 죄를 지었다. 108

프리스키아누스[11]도 저 불행한 무리와 함께 가고 있고,
프란체스코 다코르소[12] 또한 볼 수 있을 것이다.
네가 저 더러운 무리를 보고 싶어 했다면 111

노예 중의 노예에 의해[13]
아르노 강에서 바킬리오네 강으로 옮겨졌고,
거기에 죄 많은 육신을 남긴 자도 보았을 것이다.[14] 114

너에게 더 말하고 싶지만 동행과 대화도
더 이상 길게 할 수 없구나. 지금 저기 모래사장에서
새로운 연기가 위로 피어오르는 것이 보이는구나. 117

내가 섞이지 말아야 할 영혼의 무리가 도착할 것이다.
나를 아직도 살게 해 주는 나의 명성인 《보전》[15]을 기억해라.
다른 부탁은 없다." 120

그리고 나서 그는 몸을 돌렸다.
베로나에서 초록색 천을 상으로 받기 위해
벌판을 달리는 사람 중 하나 같았고   123

그들 중 패자가 아닌 승자처럼 보였다.[16]

제16곡

나는 어느덧 다음 고리로 떨어지는,
흡사 벌 떼가 윙윙대는 소리처럼
물소리가 들리는 곳에 이르렀다.   3

그때 그림자 세 개가 함께 달려왔는데
그들은 불타는 비를 괴롭게 맞으며
지나가던 무리로부터 이탈한 자들이었다.   6

그들은 우리 쪽으로 달려오며 이구동성으로 소리쳤다.
"멈추시오! 옷차림을 보아 하니 그대는
부패한 우리 고향 사람이군요."   9

아, 불에 덴 그들의 몸에는
방금 생긴 상처와 오래된 상처들이 셀 수 없이 많았다.
지금 떠올려 보아도 가슴이 아프다.   12

그들의 말에 길잡이는 멈추어 서서
얼굴을 내게로 돌리며 말했다. "기다리자.
저들에겐 정중히 대해야 한다.   15

만일 이곳에 저 불꽃들만
떨어지지 않았다면 네가 먼저 달려가
저들을 만나라고 말하고 싶구나."   18

우리가 걸음을 멈추자 그들은
오랜 탄식을 되풀이했고, 우리에게 도착하더니
셋이서 둥그렇게 원을 만들어 주위를 돌았다.   21

마치 벌거벗은 몸에 기름칠을 한 옛 검투사들이
서로 공격하기 전에 먼저
유리한 때를 노리는 것처럼,   24

그들은 우리에게 시선을 고정한 채
발은 줄곧 다른 방향으로 움직이면서
슬금슬금 주위를 돌았다.   27

그중 한 명이 말했다. "발이 푹푹 들어가는 이곳의
참담함과 검게 그을려 살갗이 전부 벗겨진 꼴을 보면
우리와 우리의 바람을 경멸할 수도 있겠지만,   30

그래도 우리의 명성이 그대의 마음을 흔들어
버젓이 살아 있는 발로
지옥을 활보하고 있는 그대가 누구인지 알려 주시오.   33

보다시피 내가 뒤따르고 있는 사람은
나체로 살갗이 벗겨져 비참한 모습을 하고 있지만
당신이 생각할 수도 없을 만큼 지체 높은 분이셨소.   36

인자하신 괄드라다[1]의 손자이신
그의 이름은 귀도 궤라[2]였소. 생전에
지혜와 칼로 많은 업적을 남기셨지.   39

내 곁에서 모래를 밟고 가는 다른 분은
테기아이오 알도브란디[3]인데, 저 위 세상엔
아직까지 그의 명성이 자자할 것이오.   42

이분들과 함께 고통을 받고 있는 나는
야코포 루스티쿠치[4]이오. 나를 가장 힘들게 한 것은
악독한 내 아내였소."   45

그 불에 델 걱정만 없었다면 나는
그들 사이로 뛰어들었을 것이고
선생님도 허락해 주셨을 것이다.   48

하지만 불은 틀림없이 나를 태워 버릴 것이기에
저들을 끌어안고 싶은 나의 선의는
공포심에 굴복하고 말았다.   51

내가 말했다. "당신들의 처지는
내게 경멸이 아닌 괴로움을 불러일으킵니다.
나는 좀처럼 그 괴로움에서 벗어나지 못할 것입니다.   54

여기 계신 저의 선생님께서 말씀하셨을 때
저는 이내 당신들처럼 높으신
분들을 만날 것이라 짐작했습니다.   57

저는 당신들의 고향 사람입니다. 늘
당신들의 명성과 업적을
애정으로 들었고, 존경으로 말했지요.   60

나는 죄의 쓴맛에서 벗어나 진정한 선생님께서
약속하신 달콤한 열매를 찾아 여행하는 중입니다.
그러나 먼저 세상의 중심까지 내려가야 하지요."   63

그러자 그가 대꾸했다. "그대의 영혼이
오랫동안 육신을 이끌고
당신의 이름이 후세에도 빛나길 바라오.   66

우리의 고향에 덕과 예의가
예전처럼 남아 있는지,
아니면 전부 사라지고 말았는지 말해 보시오.   69

얼마 전부터 우리와 고통받으면서,
자기 무리와 함께 가는 굴리엘모 보르시에레[5]의
이야기가 마음을 어수선하게 만드는군요."   72

"피렌체여! 새로운 사람들[6]과 벼락부자들이
네 안에 오만과 부덕의 씨앗을 심었으니,
넌 벌써부터 아픔을 겪고 있구나."   75

내가 고개를 들고 외치자
세 망령은 그것이 대답임을 깨닫고
서로를 정신이 나간 듯 쳐다보았다.   78

그리고 모두가 입을 모아 말했다. "누군가의 질문에
그렇게 쉽고 명확하게 대답하는
재주를 가졌으니 정말 행복하시겠소.   81

그러니 이 어두운 곳을 빠져나가
아름다운 별들을 다시 보게 된다면,
'예전에…….' 하고 스스럼없이 말하게 된다면   84

제발 사람들에게 우리의 이야기를 전해 주시오."
이 말을 남기고 그들은 나를 에워싼 원을 풀고
사라졌다. 그 다리들이   87

날개처럼 빨라서 아멘을 욀 새도 없이
우리의 시야에서 벗어났다. 선생님은
다시 서둘러야 할 때라고 생각한 것 같았다.   90

나는 선생님의 뒤를 따라 걸었다. 이내 우리는
물이 떨어지는 소리 때문에
서로의 말소리조차 알아듣기 힘들었다.   93

아펜니노 산맥의 왼쪽 기슭에서부터
비소 산[7]을 끼고 동쪽으로
흘러가는 강줄기,   96

계곡 밑의 낮은 평원에 다다르기 전에
상류에서는 '아쿠아퀘타'라고 일컫지만
포를리에 당도하면 그 이름이 사라지는 강이,   99

실제로 천 명을 수용한다는
알프스의 성 베네딕투스 수도원 위에서
폭포가 되어 만들어 내는 그 굉음처럼,   102

우리가 들은 것은 그것과 마찬가지로 험준한 절벽 밑으로
시뻘건 물이 요란하게 떨어지는
소리였다. 고막이 찢어질 것만 같았다.   105

나는 허리에 끈을 하나 매고 있었는데
그것으로 얼룩 가죽의 표범을
잡아 볼까 생각한 적도 있었다.   108

그때 나는 길잡이가 시키신 대로
그 끈을 풀어서
둘둘 만 뒤 그에게 건넸다.   111

그는 오른쪽으로 몸을 돌린 후
그 끈이 꽤 멀리 떨어지도록
깊은 절벽 밑으로 던졌다.   114

나는 혼잣말로 "선생님이 이렇게
집중해서 보며 신호를 보내는 걸 보니
틀림없이 새로운 일이 생기겠군."이라고 했다.   117

아, 지혜로워서 행동뿐만 아니라
생각까지도 꿰뚫어 보는 사람 옆에서는
얼마나 조심해야 하는가!   120

그가 내게 이야기했다. "내가 기다리는 것과
네가 꿈꾸고 있는 것이
곧 네 눈앞에 떠오를 것이다."   123

거짓처럼 보이는 진실을 마주할 때에는
사람은 가능한 한 입을 닫고 있어야 한다.
자칫 잘못 없이 거짓말쟁이가 될 수 있기 때문이다.   126

그러나 난 지금 입을 다물고 있을 수가 없다. 내 희극의
구절들을 두고 맹세하노니, 독자여!
그 구절들을 오랫동안 아껴 주기를 바랄 뿐이다.   129

아무리 강한 심장을 가진 자라도 놀랄 만한 형체가
무겁고 어두운 공기를
가르며 헤엄쳐 올라오는 것이 보였다.   132

그것은 마치 바닷속의 암초나 다른 어떤 것에 얽힌
닻을 풀기 위해 때때로 물속에
들어갔다가 물 위로 팔을 벌리고   135

다리는 오므린 채 솟구치는 사람처럼 보였다.

제17곡

"꼬리가 뾰족한 이 짐승[1]을 보아라.
그놈은 산을 넘고 성벽과 무기를 부순다.
온 세상에 악취를 퍼뜨리는 놈이 바로 이놈이다."   3

길잡이는 이렇게 이야기하면서
그놈을 향해 손짓하며 우리가 있는
강둑 가까이로 오도록 했다.   6

더럽고 흉악한 그 형상이
다가왔다. 머리와 가슴은 강둑 위로 내밀었으나
꼬리는 그대로 두었다.   9

얼굴은 분명히 사람이었다.
겉으로 보이는 피부는 온전히 사람의 것이었으나
나머지 몸통은 뱀의 그것으로 되어 있었다.   12

두 앞발에서 겨드랑이까지 털이 많았다.

등과 가슴, 양 옆구리에는

매듭과 작은 동그라미² 가 그려져 있었는데   15

타타르 사람이나 터키 사람이 짠 직물도

그것보다 화려하고 곱지는 못할 것이다.

아라크네³ 또한 그런 천은 만들지 못했을 것이다.   18

간혹 강가의 나룻배들이

반은 물속에, 반은 뭍에 있는 것처럼,

혹은 먹성 좋은 게르만 사람들의 땅에 사는   21

비버가 물고기를 잡으려고 물속에 꼬리를 넣는 것처럼,

그 사악한 짐승은 모래밭으로 에워싼

바위 강둑 가장자리에 걸터앉아 있었다.   24

그놈은 전갈처럼 독을 품은

갈고리처럼 생긴 꼬리 끝을

위로 비틀면서 허공에 휘둘러 댔다.   27

길잡이가 입을 열었다. "우리의 행로를

좀 바꾸어야겠구나. 저 사악한 짐승이

웅크리고 있는 곳으로 가는 게 좋겠다."   30

그래서 우리는 오른쪽으로 내려와서
떨어지는 불꽃과 뜨거운 모래를 피하면서
가장자리로 열 걸음 정도 걸어갔다.   33

그 무시무시한 괴물에게 다가가자 그 너머
모래밭 위에 사람들이 몸을 웅크린 채
바위에 바짝 붙어 앉아 있는 것이 보였다.   36

"여기 세 번째 볼제에 대한 경험을
고스란히 모두 가져가려면 저들이
무엇을 하고 있는지 살펴보고 오도록 해라.   39

다만, 이야기는 간단히 나누고 오너라.
네가 돌아올 때까지 나는
이놈에게 그의 단단한 어깨를 빌려 보도록 하겠다."   42

나는 일곱 번째 고리의 가장자리를
온전히 혼자서
고통을 겪고 있는 자들이 앉아 있는 곳으로 갔다.   45

그들의 눈에는 고통의 눈물이 터져 나왔다.
그들은 비처럼 쏟아지는 불꽃과 뜨거운 모래를
두 손을 휘저으며 이리저리 피해 다녔다.   48

여름철에 벼룩, 파리,
빈대에 물린 개가 주둥이와
발을 버둥거리는 것과 비슷했다.   51

고통스러운 불꽃이 쏟아지는 중에
몇몇 사람의 얼굴을 주의 깊게 보았으나
아는 자가 한 명도 없었다. 그러나 전부   54

목에 주머니⁴를 걸고 있다는 것을 알아챘다.
색과 문장(紋章)이 뚜렷하게 보였다.
그들의 눈은 주머니를 매우 흡족한 듯이 보고 있었다.   57

그들 사이를 돌아다니던 나는
하늘색으로 사자의 얼굴과 형체가
새겨진 노란 주머니⁵를 발견했다.   60

그리고 이리저리 눈길을 돌려
피처럼 붉은색의 다른 주머니⁶도 발견했는데,
버터보다 더 하얀 거위가 새겨져 있었다.   63

그리고 푸른색의 살찐 암퇘지를 새긴
흰 주머니⁷를 목에 건 사람도 보았다. 그자가 내게 말을 걸었다.
"그대는 이 웅덩이에서 무얼 하고 있소?   66

당장 가시오. 그대는 아직 살아 있으니
나와 고향이 같은 비탈리아노[8]가 여기
내 왼쪽에 앉으리라는 것을 기억해 두시오.   69

나는 파도바 사람이고 여기 이 피렌체 사람들 사이에 있소.
그들은 자주 내 귀에 소리치고 있소.
'위대한 기사 우리에게로 오시오.   72

세 숫염소의 형상이 있는 주머니를 여기로 가지고 오시오.'[9] 하고
말이오." 그러면서 입을 삐쭉거리고 큰 황소가 혀로
코를 핥을 때처럼 혀를 밖으로 내밀었다.   75

나는 곧 돌아오라고 하신 선생님께
걱정을 끼치게 될까 두려워, 지친
그 영혼들을 남겨 두고 되돌아왔다.   78

선생님은 어느덧 그 사나운 짐승의 등에
올라타고 계셨다. 그가 내게 말했다.
"이제 강인하고 용감해져야 한다.   81

우리는 이놈을 타고 아래로
내려가야 한다. 자, 앞에 타거라. 꼬리에 맞아
몸이 다치면 안 되니, 내가 뒤에 타마."   84

마치 말라리아에 걸려 손톱까지
시퍼렇게 변한 병자가
그늘만 봐도 온몸에 오한이 드는 것처럼   87

그의 말에 내 몸도 오들오들 떨렸지만,
인자한 주인 앞에서는 굳세지는 하인처럼
그분의 말씀에 부끄러워하며 마음을 다잡았다.   90

그리고 나는 짐승의 어깨에 올라탔다.
'절 단단히 안아 주세요.'라고 말하고 싶었으나
의지와는 달리 목소리가 입 밖으로 나오지 않았다.   93

그러나 이전의 다른 상황에서도 몇 번이나
나를 두려움에서 구해 주셨던 그분이 내가 타자마자
양 팔고 꼭 안아 주시면서 말했다.   96

"게리온아, 이제 가자.
원을 크게 그리면서 서서히 내려가자.
네가 짊어진 특별한 짐[10]을 생각해라."   99

마치 나룻배가 정박해 있던 곳에서 뒤로
물러나는 것처럼, 게리온이 뒤로 천천히 물러섰다.
자유롭게 움직일 수 있을 정도가 되자   102

가슴 쪽으로 꼬리를 향하더니
뱀장어처럼 꼬리를 펴고 이리저리 흔들며
앞발로 공기를 몸 쪽으로 끌어모았다.   105

그때 느낀 공포란 파에톤[11]이
고삐를 놓쳐 하늘이 불탔을 때나
불쌍한 이카로스[12]가 밀랍이 녹아 버려   108

겨드랑이에서 날개가 떨어지는 것을 깨닫고
그의 아비가 "넌 길을 잘못 들어섰다."라고
애처롭게 소리치던 때와 견줄 수 없는 것이었다.   111

사방을 둘러봐도 허공만 보이고
모든 것이 사라지고 그 짐승만 남았던 그때
내가 느꼈던 공포는 그 정도였다.   114

그놈은 천천히 헤엄치면서 둥근 원을 그리며
내려갔다. 아래에서 불어오는 바람이
얼굴을 스치고 지나갈 뿐이었다.   117

어느덧 오른편에서 우리 아래로
소름 끼치도록 큰 물소리가 들려왔다.
나는 머리를 내밀어 아래를 내려다보았다.   120

그때 불꽃이 보였고, 고통스러워하는 소리가 들렸다.
나는 더욱 겁이 나서 바들바들 떨었다. 혹시나
떨어지지는 않을까 두려웠다.   123

방금 전까지도 못 봤던 어마어마한
고통들이 사방에서 다가왔다. 우리는
그들에 에워싸여 빙글빙글 돌면서 내려가고 있었다.   126

새도 찾지 못하고, 신호도 보지 못한 채
긴 시간을 날던 매가 "저런, 벌써 내려오다니!"라고
외치는 매잡이의 소리를 들으며   129

백 번도 넘게 돌던 곳에서
지친 몸으로 내려와 성난 매잡이로부터
멀찌감치 떨어져 앉듯이,   132

게리온은 깎아지른 절벽 근처
바닥에 내려앉았다. 그리고 우리를
내려놓자마자 뒤돌아서   135

시위를 떠난 화살처럼 사라져 버렸다.

제18곡

지옥에서 말레볼제[1]라고 일컫는 곳이 있다.
무쇠 빛깔을 띤 바위들이
그 주위를 온통 둘러싸고 있다.   3

이 사악한 벌판의 한복판에는
매우 깊고 넓은 웅덩이가 있는데
그곳의 구조에 관해 이야기하고자 한다.   6

높은 절벽과 웅덩이 사이의 바닥을
열 개의 깊은 볼제들이 둥그렇게
원을 그리며 나뉘어 있다.   9

마치 성벽을 지키기 위해 해자들이
잇따라 동심원을 그리며 성을 에워싸는 것처럼,
내가 있던 그곳의 모습이   12

바로 그러했다.

그리고 성문부터 가장 외곽까지

해자 사이에 다리를 이어 놓는 것처럼   15

절벽 밑에서부터 둔덕이

둑과 볼제를 가로질러 뻗어 나가

웅덩이에 이르러 전부 끊기고 한곳에 모여 있었다.   18

게리온의 등에서 우리가 내린 곳은 바로

이런 장소였다. 시인이 왼쪽으로

걸어가기에 나도 그 뒤를 쫓았다.   21

오른쪽으로 새로운 고통을 겪는 자들과

새로운 처벌 방식, 새로운 형(刑) 집행자들이 보였다.

첫 번째 볼제는 이들로 가득 차 있었다.   24

바닥에는 나체의 죄인들이 두 열로 걸어가고 있었다.

한 열은 우리를 향해 오고 있었고, 다른 한 열은 우리와

같은 방향으로, 하지만 우리보다 빠르게 걷고 있었다.   27

로마 사람들은 성년(聖年)[2]에

몰려든 수많은 순례자가 두 방향으로 다리를

통과해 지나가도록 배려했는데,   30

한쪽에서는 모두가 성이 있는 곳을 바라보고
성 베드로 성당으로 가는 한편
다른 쪽에서는 언덕[3]을 향해 걸어가는 것과 같은 식이었다.　　33

여기저기 시커먼 바위 위에서
긴 채찍을 든 뿔난 악마들이
죄인들을 뒤에서 마구 후려쳤다.　　36

아, 첫 번째 매질에 그들은 발뒤꿈치를
얼마나 들어 올렸던가! 아무도 두 번째,
세 번째 채찍질을 기다리지 않았다.　　39

걸어가던 나는 어느 한 사람과 눈이 마주쳤다.
나는 중얼거렸다.
"이 사람은 본 적이 있는 것 같은데."　　42

그를 좀 더 살펴보려고 멈추어 섰다.
다정다감하신 길잡이도 발을 멈추고
내가 길을 되돌아가도록 허락해 주셨다.　　45

채찍을 맞은 그 망령은 얼굴을 숙여
자신을 숨기려 했지만 헛수고였다.
내가 말했다. "아, 땅바닥으로 시선을 돌리는 당신은　　48

얼굴 생김새가 거짓이 아니라면
틀림없이 베네디코 카치아네미코[4]로군요. 그런데
어찌하여 이런 고통을 겪고 있는 것이오?"   51

"별로 말하고 싶지는 않지만
당신의 또렷한 말투를 들으니 예전
저 위의 세상이 생각나는군요."   54

이 상스러운 이야기가 어떻게 들릴지 모르겠소.
나는 어여쁜 기솔라벨라를 데리고 가서
후작의 욕망을 채워 주었소.   57

이곳에서 울고 있는 자 가운데 볼로냐 사람은 나 혼자가 아니오.
볼로냐 사람들은 이곳에 매우 많소.
사베나와 레노 사이에서 '시파'를 배우는   60

자들도 여기보다 적을 것이오.[5]
이에 대한 믿음과 증거를 바란다면
우리의 탐욕스러운 마음을 상기해 보시오."   63

이렇게 말하는 동안 악마 하나가
채찍으로 후려치며 말했다. "가라, 이 뚜쟁이야.
여기에 돈줄 당길 계집은 없다."   66

나는 나의 보호자에게로 되돌아갔다.

얼마 가지 않아 절벽에서

뻗어 나온 돌다리 하나가 우리를 가로막았다.   69

우리는 손쉽게 그 위에 올라섰다. 그리고

그 영원한 볼제를 벗어나 오른쪽으로 돌아서

험난한 돌다리 위를 가로질렀다.   72

매 맞는 자들이 아래로 지나가도록

아치형 다리에 도달했을 때

길잡이가 입을 열었다. "잠깐! 여기에서 악하게 태어난   75

자들의 얼굴을 보거라.

저들이 우리와 같은 방향으로 걷고 있으니

아직 너는 그들의 얼굴을 못 보았겠구나."   78

우리는 그 낡은 다리 위에서

저편에서 우리 쪽으로 오는 무리를

보았다. 그들도 채찍에 쫓기고 있었다.   81

물어보지도 않았는데 어진 나의 선생님은

내게 이렇게 말했다. "이쪽으로 오는 저 덩치 큰 사람[6]을 보아라.

고통스러울 텐데 눈물 한 방울도 흘리지 않는구나!   84

여전히 왕자의 위엄을 갖고 있다니.
저 사람이 용기와 지혜로 콜키스 사람들에게서
황금 양털을 빼앗은 이아손이란다.   87

그는 렘노스 섬으로 건너갔는데
잔인하고 대담한 여인들이
자기들의 남자들을 모조리 죽인 뒤였다.[7]   90

거기에서 이아손은 달콤한 말과 거짓 행동으로
젊은 아가씨 힙시필레를 속였지.
그녀 또한 전에 다른 자들을 속였던 여인이다.   93

그리고 아기를 밴 그녀를 혼자 남겨 두고 떠났지.
그 죄로 이아손은 저렇게 고통을 당하고 있으니
메데이아[8]의 원한도 함께 풀리는 셈이구나.   96

사기꾼들은 전부 여기에서 그와 함께하고 있다.
첫 번째 볼제와 그곳에서 벌 받고 있는 자들의
정체에 대해 이 정도면 충분히 알 것이다.   99

우리는 어느덧 비좁은 길이 두 번째 둔덕을
가로지르는 지점에, 또 다른 아치형 다리가
시작되는 지점에 도착하였다.   102

다른 구렁 속에서 숨을 거칠게 쉬며
제 몸을 자기 손으로 때리는 자들이
서럽게 우는 소리가 들렸다.   105

양쪽 기슭은 온통 곰팡이로 가득했고,
아래에서 올라오는 독기가
눈과 코를 찔렀다.   108

바닥이 매우 깊어서인지, 아치형의
다리 위로 오르지 않고서는
제대로 볼 수 없을 정도였다.   111

다리 위에 올라가 아래에 있는
자들을 내려다보니 인간 세상의 변소에서
가져온 것 같은 똥물 속에 잠겨 있었다.   114

나는 이곳저곳을 자세히 살펴보았는데,
속인인지, 성직자인지 알 수 없는 한 사람이
머리에 더러운 똥을 뒤집어쓰고 있었다.   117

그가 내게 외쳤다. "넌 왜 다른 놈들보다
나를 더 뚫어지도록 보는가?"
"내 기억이 정확하다면, 전에 머리카락이 말라 있는   120

널 본 적이 있다.

넌 루카 태생의 알레시오 인테르미네[9]로구나.

그래서 다른 자들보다 널 주의 깊게 보고 있었다."   123

그러자 그는 자기 머리통을 때리면서

말했다. "혀가 쉬지 않고 아부를 떤 탓에

나는 이 깊은 곳에 떨어지게 되었다."   126

이 말을 들은 나의 길잡이가 입을 열었다.

"얼굴을 내밀고 저 앞을 보아라.

더럽고 흐트러진 머리에   129

똥 묻은 손톱으로 몸을 긁으며

웅크려 앉았다 일어섰다 하는

저 여자의 얼굴을 좀 봐라.   132

저 여자가 타이데[10]이다. '내가 마음에 드는가?'라고

기둥서방이 물었을 때 '기가 막히게 좋네요.'

라고 대답하던 매춘부였지.   135

이제껏 우리가 본 것만으로도 충분하구나."

제19곡

오, 마술사 시몬¹이여! 가여운 추종자들이여!
마땅히 선의 신부가 되어야 할 하느님의 물건들을
너희는 탐욕스런 본성을 억누르지 못하고   3

금과 은으로 팔아먹고 말았다. 이제
이 세 번째 볼제에 갇히고
너희에게 나팔이 울려야 온당하리라.²   6

우리는 어느덧 다음 구렁 위로 들어서고 있었다.
구렁 위를 가로지르는 돌다리의
정확히 중간 지점이었다.   9

오, 최고의 지혜여! 하늘과 땅, 악의 세계³에
보여 주시는 당신의 재주는 얼마나 위대하며
당신의 힘은 얼마나 정당하게 쓰이는가!   12

볼제의 기슭과 밑바닥에 깔린
거무스레한 바위에는 크기가 똑같은
둥근 구멍들이 수없이 뚫려 있었다.   15

이것들은 내 고향의 아름다운 성 요한 성당[4]에서
세례자를 위해 만들어진
구멍들보다 더 크지도 작지도 않아 보였다.   18

몇 해 전 나는 그 구멍들 가운데 하나를 부수었다.
그 안에 빠진 아이를 구출하기 위함이었으니
이 말이 사람들의 소문을 잠재워 주길 바란다.   21

구멍마다 죄인의 발과 종아리, 허벅지까지
거꾸로 튀어나와 있었고, 몸통과 얼굴은
구멍 속에 처박혀 있었다.   24

그들의 발바닥은 모두 불이 붙어
다리를 어찌나 세차게 바둥거리는지
밧줄이나 사슬도 끊을 수 있을 정도였다.   27

마치 기름칠을 한 물건에 붙은 불꽃이
날름거리며 겉에서부터 태우듯이, 불은 그런 식으로
발꿈치에서부터 발끝까지 번지고 있었다.   30

"선생님, 저자는 누구인데 다른 자들보다
더 발버둥을 치며 고통스러워하고,
또 더 시뻘건 불꽃이 붙어 있는 겁니까?"   33

"내가 너와 함께 저 아래
더 낮은 둔덕으로 내려가면 그곳에서
그의 이름과 죄목을 알게 될 것이다."   36

"무엇이든 전 기꺼이 따르겠습니다. 선생님은
저의 주인이시며, 제가 당신 뜻에서 벗어나지 않는다는 것과
제가 말하지 않는 것까지도 헤아리십니다."   39

이리하여 우리는 네 번째 둔덕 위에 당도했다.
우리는 왼쪽으로 돌아가
좁고 여기저기 구멍이 뚫린 바닥으로 내려갔다.   42

친절하신 선생님은 나를 당신의 곁에 단단히 붙잡으시고는
발버둥을 치며 고통스러워하는 한 영혼이
거꾸로 처박힌 구멍에 가까이 갈 수 있도록 해 주셨다.   45

나는 그자에게 말을 걸었다. "말뚝처럼 거꾸로 박혀 있는
사악한 영혼이여!
가능하다면 당신에 대해 말해 주시오."   48

나는 마치 흉악한 살인자가 구덩이에 처박힌 뒤에
제 죽음을 늦추려고 고해성사를 핑계 삼아
불러온 사제처럼 서 있었다. [5]   51

그가 큰소리로 외쳤다. "너 벌써 거기에 왔느냐?
벌써 거기에 와 있느냐, 보니파키우스?[6]
예언 기록이 나를 몇 년 속였구나.   54

너는 그렇게 빨리 탐욕을 다 채웠느냐?
탐욕에 빠져 아름다운 신부[7]도 속이고,
마침내 성직을 팔아넘기기까지 했느냐?"   57

나는 그의 말을 이해할 수가 없었다.
그래서 나는 모욕당한 사람처럼
아무 말도 못하고 우두커니 서 있었다.   60

그때 베르길리우스가 입을 열었다. "어서 말해라.
'나는 네가 생각하는 사람이 아니다.'라고."
그래서 나는 그분이 하라는 대로 그에게 소리쳤다.   63

그러자 그자는 두 다리를 비틀며
한숨을 쉬고 울먹이며 말했다.
"그러면 내게 바라는 것이 무엇이오?   66

나에 대해 알고 싶어서
저 둔덕을 달려 내려왔다면 가르쳐 주겠소.
나는 생전에 커다란 망토[8]를 걸쳤다오.   69

사실 난 암곰의 아들[9]이었소. 새끼 곰들의 출세를
위해 세상에서는 돈을,
이곳에서는 내 몸을 주머니에 처넣었소.   72

내 머리 아래에는 다른 놈들이
바위 틈 사이에 처박혀 있는데, 그들은 나보다 먼저
성물과 성직을 팔아먹던 놈들이오.   75

조금 전에 당신이 그자인 줄로 착각하고 내가
성급하게 소리를 질렀는데, 정작 그놈이 여기에 오면
나 또한 밑으로 떨어지게 될 것이오.[10]   78

그러나 내가 이렇게 거꾸로 처박혀
두 발에 불을 붙이고 있는 시간은 그놈이 불타는 발로
처박혀 있을 시간보다 더 길 것이오.[11]   81

왜냐하면 그놈 뒤에 그놈과 날 넘어설 정도로
법과 신성을 무시하고, 인성도 찾아볼 수 없는
목자[12]가 서쪽에서 오기 때문이오.   84

그는 〈마카베오〉에 등장하는 야손[13]과 같소.
왕이 야손에게는 관대했듯이
프랑스의 왕도 그놈에겐 그럴 것이오."   87

너무 경솔했던 것은 아닌지 모르겠지만,
나는 그의 말에 이렇게 응수했다.
"말해 보시오. 우리 하느님께서   90

성 베드로에게 열쇠를 맡기기 전에[14]
얼마라도 돈을 달라고 했소?
단지 '나를 따르라.'고 말씀하셨을 뿐이었소.   93

사악한 영혼이 버림받아 그 자리에 마티아[15]가
뽑혔을 때, 베드로나 다른 제자들은
금이나 은을 달라고 하지 않았소. 당신은   96

합당한 벌을 받고 있으니 그 자리에 그대로 있으시오.
그리고 샤를[16]에게 대항하여 부정하게 얻은
검은 돈이나 잘 간직하시오.   99

행복했던 세상에서 당신이 갖고 있던
귀중한 열쇠에 대한 존경심이
내게 아직 남아 있소. 그것만 아니면   102

난 훨씬 더 모질게 말했을 거요.
당신의 탐욕은 선인을 짓밟고 악인을 추켜세워
세상을 슬프게 만들었소.   105

신랑의 사랑을 받고 있을 동안에 신부는
일곱 개의 머리를 가지고 태어나
열 개의 뿔에서 힘을 얻었소.[17]   108

하지만 복음을 쓴 자[18]는 물 위에 앉은 그 신부가
세상의 왕들과 음란한 짓을 하는 것을 보고, 당신 같은
목자들이 나타날 것을 예견하였소.   111

당신은 하느님을 금과 은으로 섬겼으니
우상 숭배자들과 다른 것이 무엇인가?
그들은 하나를, 당신들은 백을 섬겼을 뿐.   114

아, 콘스탄티누스여![19] 그대의 개종이 아니라
첫 부유한 아버지[20]에게 바친 돈이
얼마나 많은 악의 어머니가 되었더란 말이냐."   117

내가 이런 말을 늘어놓자 그자는
화가 났는지 아니면 양심의 가책을 느꼈는지
두 발을 세차게 흔들고 있었다.   120

165

길잡이는 나의 진심 어린 말이 만족스러웠는지
아주 흡족한 표정을 지으며
귀를 기울이고 있었다.   123

그리고 두 팔로 나를 꼭 껴안고
가슴 위로 힘껏 들어 올리시더니
내려왔던 길을 되돌아가셨다.   126

나를 안고서도 지친 내색 없이
네 번째와 다섯 번째 둔덕을 연결하는
아치형 다리 맨 위까지 올라가셨다.   129

그리고 산양들도 건너기 어려워할 듯한
거칠고 가파른 돌다리 위에
짐을 살며시 내려놓았다.   132

그곳에서는 또 다른 볼제가 입을 벌리고 있었다.

《 제20곡 》

새로운 형벌을 첫 번째 노래의
스무 번째 곡에 소재로 삼아[1]
땅속에 잠긴 자들에게 바치는 시를 짓고자 한다.   3

이미 나는 고통의 눈물로 흥건한
저 아래 밑바닥까지
볼 수 있는 준비가 되어 있었다.   6

한 무리가 말없이 눈물을 흘리며
둥근 볼제를 따라 세상에서의
기도 행렬과 유사하게 걸어가고 있었다.   9

시선을 떨어뜨려 그들의 몸을 보니
놀랍게도 그들은 모두
턱과 가슴 사이가 비틀린 것 같았다.   12

얼굴이 등 쪽으로 돌아가 있어서
앞을 볼 수 없기에
뒤로 걸어야만 했다.   15

혹 중풍에 걸려서 완전히
몸이 뒤틀린 자도 있을 수 있겠지만, 나는 한 번도 그런 자를
본 적이 없고, 그렇게 생각하지도 않는다.   18

독자여! 당신들이 이 글을 읽고 열매를 얻도록
하느님이 허락한다면, 생각해 보아라.
우리의 형상이 완전히 뒤틀린 채,   21

고통의 눈물이 흘러내려 엉덩이를 적시고 있는
저들의 모습을 보고도
어떻게 울지 않을 수 있겠는가!   24

거친 돌다리의 바위에 기대어 서서
나는 울었다. 나의 길잡이가 입을 열었다.
"넌 아직도 다른 멍청이들과 똑같구나.   27

이곳에서는 마땅히 죽어야 할 연민을 살리고 있다니!
하느님의 심판에 연민을 느끼는 것보다
더 큰 죄가 있겠느냐!   30

고개를 들고 저자를 똑똑히 보아라!
테베 사람들 눈앞에서 땅이 갈라졌고,
모두가 소리쳤지. '암피아라오스,[2] 어디로 떨어지느냐?   33

왜 싸움터를 버리느냐?'
하지만 그는 아래로 곤두박질쳐
어떤 자든 놓치지 않는 미노스에게 떨어졌다.   36

등이 가슴으로 바뀌어 버린 그의 꼴을 보아라!
너무 앞을 보려고 했기에
뒤를 보며 뒷걸음질치고 있는 것이다.   39

보아라, 테이레시아스[3]를. 그는 먼저
자신의 사지를 모조리 바꾸어
사내에서 계집이 되었지.   42

나중에 다시 사내의 모습으로 되돌리기 위해
뒤엉켜 있는 뱀 두 마리를
막대기로 때려야만 했다.   45

뒤따라오는 자는 아론타.[4]
루니의 산골 아래에 사는 카라라
사람들이 힘들게 밭을 일구는 곳에서 그는   48

흰 대리석 사이의 굴을
거처로 삼고서 별과 바다를
훤히 바라보며 살았다.   51

그리고 저 여자를 봐라. 풀어헤친 머리카락으로
네겐 보이지 않은 젖가슴을 가린 채
털이 난 음부를 저쪽으로 돌리고 있는   54

그녀의 이름은 만토[5]이다. 여러 곳을 떠돌다가
내 고향인 만토바에 정착하려고 했지.
그 이야기를 하고 싶으니 들어 다오.   57

그녀의 아비가 세상을 뜬 후
바코스[6]의 도시는 노예로 전락했지.
그래서 그녀는 긴 시간 동안 떠돌이로 살아야 했다.   60

아름다운 이탈리아 북쪽의 티랄리보다 위,
게르만 지방을 둘러싸고 있는 알프스 산기슭에
베나코라고 불리는 호수가 있다.   63

내가 알기로는 수천 개의 샘에서 솟아난 물이
그 호수에 모여서 가르다와
발카모니카, 아펜니노 산 사이를 적시지.   66

그 한복판에 위치한 곳[7]은
토렌토와 브레시아, 그리고 베로나의 목자들이
그곳을 지날 때마다 축복을 내렸다.   69

아름답고 견고한 요새 페스키에라는
주위의 다른 기슭보다 높은 곳에 있는 덕분에
브레시아와 베르가모 사람들의 침략을 방어했지.   72

베나코의 품속에 들어가지 못한 물은
거기서 넘쳐흘러 베로나의
푸른 들 사이로 강줄기를 이룬다.   75

일단 물이 흐르면 이제 베나코가 아니라,
멘치오라고 불린다. 물은 고베르노에 다다르면
포 강으로 흘러들어 간다.   78

흐르는 물은 머지않아 평지를 만나고
거기에서 넓게 번져 늪을 이룬다.
하지만 여름철에는 물이 부족해서 늪이 썩을 때도 있다.   81

그 야만스러운 여자는 바로 그곳을 지나가다
늪 한복판에서 인적이라곤 찾아볼 수 없는
땅을 발견했다.   84

그녀는 사람들과의 교류를 거부하고
하인들과 함께 마술을 부리며 살다가
그곳에 텅 빈 육신만 남겼다.   87

그 후, 주변에 흩어져 살던 사람들이
사방이 늪으로 에워싸여 안전한
그곳에 모여들었다.   90

그들은 그녀의 유골 위에 도시를 건설하고
이곳을 최초로 선택한 그녀의 이름을 따서,
점을 치지도 않고, 만토바라고 명명했다.   93

어리석은 카살로디가 피나몬테의 계략에
넘어가기 전까지[8]
그곳에는 많은 사람이 살았다.   96

너에게 일러두건대, 내 고향에 대해
이 이야기와 다른 말을 듣게 되거든
거짓이 진실을 왜곡하지 못하게 해야 한다."   99

"선생님, 선생님의 말씀은
지당하며, 제게 믿음을 줍니다.
다른 말들은 제게 불 꺼진 숯과 매한가지입니다.   102

그런데 앞서 가는 저 무리 가운데에서
눈여겨보아야 할 자가 있는지 봐 주십시오.
제 마음은 온통 그것이 차지하고 있습니다."   105

"양 볼 위의 구릿빛 수염을
그을린 등에까지 휘두르고 있는 자는
그리스에 남자들이 없어 요람 속이   108

텅 비었을 때[9] 점쟁이었는데
아울리스에서 칼카스[10]와 함께
닻을 끌어올릴 시기를 결정했다.   111

그의 이름은 에우리필로스[11]다. 나는 나의 숭고한 비극[12]
어느 부분에서 그에 대해 썼다. 그 작품을
훤히 알고 있는 넌 잘 알고 있겠지.   114

옆구리가 앙상한 저자는
마이클 스콧[13]으로, 그는
마술로 능숙하게 사람을 속이는 재주를 지녔다.   117

귀도 보나티[14]가 보이는구나! 아스덴테[15]도.
그는 가죽과 끈에만 전념했더라면 하고
후회하고 있지만, 이미 때는 늦어 버렸다.   120

보아라. 바늘과 베틀, 물레를 버리고
점쟁이가 되어 버린 저 가여운 여인들을!
저들은 풀과 인형으로 마술을 부렸다.   123

자, 이제 가자. 카인과 가시가
남반구와 북반구의 경계선에 걸려
세비야 아래의 물결에 닿는구나.   126

지난밤에 이미 만월(滿月)이었다.
언젠가 네가 어두운 숲 속을 헤맸을 때
저 보름달에게 도움을 받았단 것을 기억해라."   129

그렇게 길잡이가 말하는 동안 우리는 쉬지 않고 걸어갔다.

제21곡

그렇게 우리는 다리와 다리를 건너며
이 희극에서는 노래하지 않는 다른 것들에 관해
이야기를 나누며 걸어갔다.   3

말레볼제의 다음 볼제와 그곳에서 울음을 멈추지 않는 자들을
발견한 것은 그 도랑 위에 걸린 다리의 맨 위에
다다랐을 때였다. 그곳엔 끔찍하도록 짙은 어둠만이 있었다.   6

그것은 배를 타지 못하는 겨울철
베네치아의 조선소에서 온전하지 않는
그들의 배에 칠을 더하기 위해   9

끓이는 역청과도 흡사했다.
배를 띄우지 못하는 대신에 누구는
나무판자를 덧대고, 누군가는 오랜 항해로 인한   12

175

뱃전의 벌어진 자리를 수리하는가 하면
누구는 이물을, 누구는 고물을 수리하고
또 어떤 이는 닻줄을 감고 또 돛을 수선했다.   15

이와 같은 방식으로, 그렇지만 불이 아닌 하느님의 힘으로,
밑에서부터 잔뜩 끓어오른 진한 역청으로
볼제를 전부 시커멓게 덧칠하고 있었다.   18

내 눈에 보인 것은 역청이었으나, 그곳에는
아무것도 없었다. 오로지 커다랗게 부풀어 올랐다가
사라지는 검은 거품밖에 없었다.   21

내가 뚫어지게 그 모습을 쳐다보고 있는데,
순간 길잡이가 "조심해! 조심하라고!"라고 소리치며 나를
자기가 있는 곳으로 잡아당겼다.   24

마치 피해야 할 위험을 보려고 기다리고 있다가
순간 소름 끼치도록 무서운 마음이 들어
달아나면서도 슬쩍슬쩍 뒤돌아보는 사람처럼   27

나는 슬그머니 뒤를 바라보았다. 그 순간
우리 뒤에서 검은 악마 하나가
다리 위를 향해 뛰어오는 것을 보았다.   30

아, 그 악마의 얼굴은 얼마나 무서웠던가! 날개를 쫙 펼치고
나는 듯 걷는 듯 날렵하게 발을 내딛는
그 행동이 얼마나 무섭게 보였던가!　　　　　　　　　　33

악마는 뾰족뾰족한 어깨 위로
죄인 한 명을 둘러메고 있었다.
죄인의 다리 힘줄은 악마의 손에 잡혀 있었다.　　　　　36

우리가 있는 다리에 가까이 다가온 악마가 외쳤다.
"말레브란케여!1 성녀 지타2를 관리하던 자이다.
이놈을 아래에 처넣어라. 이런 놈들이　　　　　　　　39

우글거리는 곳으로 난 다시 갈 것이다. 거기에는
본투로3를 제외하고는 전부 도둑놈들이야. 그곳에는
돈만 있다면 "아니요."를 "예."로 바꿀 수 있다네."　　　42

악마는 아래로 죄인을 떨어뜨리고 험악한 돌다리로
몸을 돌렸다. 도둑을 잡기 위해 끈을 푼 개도
그보다 빠르게 달리지는 못할 것이다.　　　　　　　45

죄인은 풍덩 빠졌다가 뒤집힌 채로 다시 떠올랐는데,
다리 아래에 있던 악마들이 마구 소리를 질러 댔다.
"이곳에선 '산토 볼토'4도 소용없다.　　　　　　　　48

네가 있던 세르키오 강에서 헤엄친 것과 똑같이 해서는
안 된단 말이야. 우리의 쇠갈퀴를 피하고 싶다면
역청 위로 절대 머리를 내밀지 마라!"   51

그런 뒤 그를 수백 개의 쇠갈퀴로 찔러 댔다.
"이곳에선 춤도 역청 아래에서 추어야 한다!
그러니까 가능하다면 아무도 모르게 허우적거려 보라고!"   54

그 모습은 마치 요리사가 조수들에게
가마솥 안의 고기가 위로 떠오르지 않게
갈고리로 집어넣는 모습과 똑같았다.   57

어진 나의 선생님이 말씀하셨다.
"자네는 저들의 눈에 띄지 않는 것이 좋겠다.
몸을 웅크린 채 바위 뒤에 숨어 있거라.   60

악마들이 나를 공격한다고 해도 겁낼 것 없다.
전에도 이런 일을 겪어 봐서
저들이 어떻게 할지 잘 알고 있으니까."   63

선생님은 다리를 가로지르며 저쪽 끝으로 걸어갔다.
여섯 번째 둔덕에 도달했을 때에는
선생님은 단단하게 마음을 다잡았을 것이다.   66

구걸하는 불쌍한 거지에게
갑자기 이빨을 드러내고 으르렁거리며
덤벼드는 개들처럼   69

다리 아래에서 악마들이 튀어나와
나의 선생님을 향해 일제히 갈고리를 치켜들었다. 하지만
선생님이 소리쳤다. "모두 함부로 행동하지 마라.   72

너희의 갈고리로 날 공격하기 전에
너희 중 한 녀석만 나와서 내 말을 먼저 들어 보아라.
그런 뒤 나를 찌를 것인지 의견을 나누어 보아라."   75

그들은 이구동성으로 소리쳤다. "말라코다[5]를 보내자."
그러자 다른 놈들은 움직이지 않고 한 놈이
앞으로 나오며 말했다. "저놈에게 소용이 있을까?"   78

선생님이 대답했다. "말라코다,
너희는 틀림없이 나를 방해할 것인데,
하느님의 뜻과 섭리의 도움도 없이   81

내가 이곳까지 올 수 있을 것이라고 보느냐?
저 사람에게 이 험한 길을 보여 주는 것이
하늘의 뜻이니, 우리를 지나가도록 하라."   84

그러자 거만하던 그놈은 기가 꺾여
발밑에 갈고리를 내동댕이치고 다른 놈들을 향해 말했다.
"그렇다면 방해하면 안 되겠다." 87

길잡이가 나를 향해 외쳤다. "다리의 바위들 틈에
몸을 감추고 몰래 보고 있구나.
자, 이젠 마음 놓고 나에게로 오너라." 90

나는 몸을 일으켜 재빨리 선생님께 갔다.
악마들이 우르르 앞으로 나오자,
나는 그놈들이 약속을 지키지 않을까 봐 겁이 났다. 93

예전에 카프로나[6]에서 조약을 체결하고 나오던 병사들이
적들에게 포위되어 두려움에 떨던 모습을
본 적이 있기 때문이었다. 96

나는 길잡이의 옆에 바짝 달라붙어서
조금도 수그러들지 않은 그들의 태도를
유심히 살펴보았다. 99

그놈들은 쇠갈고리를 내린 뒤 나에 대해 서로
이야기를 나누었다. "이걸로 저놈의 어깨를 한번 찔러 줄까?"
다른 놈이 대꾸했다. "그래, 한번 찔러 주자." 102

하지만 나의 길잡이와 대화했던 악마가
몸을 돌리더니 그들에게 외쳤다.
"내려놓아라. 스카르밀리오네, 내려놔!"   105

그리고 우리를 향해 말했다. "여섯 번째 다리는
바닥이 붕괴되어 있어서
그쪽으로는 더는 지나갈 수가 없을 거요.   108

그래도 지나가기를 바란다면
이 바위 둔덕을 따라가시오.
따라가다 보면 다른 돌다리가 있을 테니까.   111

어제, 지금보다 다섯 시간이 더 지났을 때가
여기 다리가 붕괴된 지 천이백 하고도
육십육 년이 지난 시간이었소.   114

나의 부하를 그쪽으로 몇 명 보내서 혹시라도
머리를 역청 위로 내밀고 있는 놈이 있나 살펴보게 하겠소.
함께 가시오, 해치지 않을 것이오."   117

그는 이어서 계속 말했다. "알리키노, 칼카브리나,
앞으로 나와라. 또 너! 카냐초도 나오너라.
바르바리치아, 네가 이들을 이끌어라.   120

리비코코, 드라기냐초, 날카로운 송곳니의 치리아토,
그라피아카네, 파르파렐로, 그리고
미치광이 루비칸테, 앞으로 나오너라.   123

부글부글 끓고 있는 저 볼제를 돌아서 가거라.
볼제들을 가로지르는 돌다리까지 이들을 데려가고
다음 둔덕까지 무사히 지나가도록 살펴 드리도록."   126

나는 이야기했다. "선생님, 제가 보고 있는 것이 다 뭡니까?
길을 아신다면 안내는 그만두게 하시고 우리만 가시지요.
저는 저놈들이 필요 없습니다.   129

선생님의 눈이 평소처럼 잘 보이신다면
저들이 으드득 이빨을 갈며
눈짓으로 우리를 을러대는 것을 보실 수 있을 겁니다."   132

"두려워하지 마라.
저들이 하고 싶은 대로 이빨을 갈도록 내버려 두자.
역청에 빠져 고통스러워하는 자들에게 그러는 것이니라."   135

왼쪽 둔덕으로 돌아간 부하들은
각자 자기들의 우두머리에게
이빨로 혀를 물면서 신호를 보냈다.   138

그러자 바르바리치아가 엉덩이로 나팔 소리를 냈다.

제22곡

나는 예전에 기사들이 행진하고,
위용을 뽐내며 공격을 시작하거나,
때로는 뒤로 물러나는 것을 본 경험이 있다.   3

아, 아레초 인들이여! 난 그대들의 땅에서
기병들을 보았고, 말을 탄 전위대가 거침없이 달려가서
적의 진지를 아수라장으로 만들고 적을 물리치는 것을 보았다.   6

가끔은 나팔 소리에, 가끔은 종소리에,
가끔은 북소리에, 때론 성(城)의 깃발 신호에 맞춰,
적군과 아군을 막론하고 움직이는 것을 보았다.   9

그러나 모든 기병과 보병, 육지와 별의 신호로 움직이는
모든 배도, 바르바리치아의 이상야릇한
나팔 소리에 따라 움직이는 악마들만큼 질서정연하지는 못했다.   12

우리는 악마 열 마리와 같이 갔다.
오, 얼마나 섬뜩한 동행이었던가! 그러나 교회에는
성인과, 술집에는 술꾼과 동행하는 법이지 않는가! 15

나는 오직 역청에만 관심이 가고 있었는데,
볼제의 모양과 그 안에서 불타고 있는 자들의
여러 모습을 보고 싶었기 때문이다. 18

역청으로 인한 고통을 줄이기 위해
어떤 죄인은 등을 밖으로 내밀었다가
번개의 속력으로 다시 등을 역청 안으로 감췄다. 21

마치 돌고래들이 활을 닮은
자신의 등으로 선원들에게 신호를 보내
그들의 배를 구하도록 하는 것인 양,[1] 24

그리고 웅덩이 기슭의 개구리들이
다리와 몸은 숨기고
코끝만 물 밖으로 내놓은 것처럼 27

여기저기에서 죄인들이 그런 모습을 하고 있었다.
그러나 바르바리치아가 그들과 가까워지자
부글거리는 거품 안으로 순식간에 들어갔다. 30

그때 다른 개구리들은 전부 뛰어드는데 한 마리만
남아 있는 것처럼, 뭔가를 기다리는 한 죄인이 눈에 띄었다.
지금도 그때를 떠올리면 심장이 요동친다.   33

그 죄인과 가까웠던 그라피아카네가
역청에 뒤엉킨 죄인의 머리채를
잡아당겨 들어 올렸다. 그자는 물개처럼 보였다.   36

나는 어느덧 악마들의 이름을 전부 알게 되었는데,
말라코다가 그들을 선발할 때 자세히 보았고, 그 후
그들끼리 부르는 것을 주의 깊게 들었기 때문이다.   39

"루비칸테, 저놈의 등허리에
발톱을 찔러서 가죽을 벗겨 버려."
저주받은 악마들이 소리를 질러 댔다.   42

"선생님, 만일 가능하시다면,
야만스러운 원수들의 손아귀에 사로잡힌
저 가여운 자가 누구인지 알아봐 주세요."   45

나의 길잡이가 그에게 다가가
출신이 어디인지 물으니 그가 말했다.
"내²가 태어난 곳은 나바르 왕국이지요.³   48

아버지가 재산을 모두 탕진하고
자신의 목숨도 스스로 버린 탓에
어머니는 나를 어느 영주에게 하인으로 보냈어요.　　　51

그러다 인자하신 테오발도[4] 왕의 신하가 되었고,
그곳에서 사기를 치기 시작했고,
그로 인해 이 불구덩이 속에 있게 되었답니다."　　　54

그러자 멧돼지처럼 송곳니가
입 밖으로 튀어나온 치리아토가
자신의 송곳니가 얼마나 날카로운지 깨닫게 해 주었다.　　　57

잔인한 고양이 무리에 생쥐가 들어온 형국이었다.
죄인을 두 팔로 움켜잡은 바르바리치아가 소리쳤다.
"내가 이자를 붙잡고 있으니 뒤로 물러서라!"　　　60

그런 뒤 나의 선생님을 향해 말했다.
"이자에게 더 궁금한 것이 있다면
다른 녀석들이 이자를 찢어 버리기 전에 어서 물어보시오!"　　　63

선생님이 물었다. "말해 보거라.
저기 역청 밑에 있는 자들 중에서
그대가 알고 있는 라틴 사람이 있는가?"　　　66

"방금 전 나와 헤어진 사람이 그 부근⁵에서 온 사람인데,
그 사람이 지금 이곳에 함께 있다.
난 발톱도 갈고리도 무섭지 않을 텐데."   69

그의 말이 끝나자 리비코코가 "우리가
너무 참았군."이라며 그의 팔을 갈고리로 찍어
살점 하나를 떼어 가 버렸다.   72

드라기냐초도 달려들며 그의
다리를 찌르려 하였다. 그러자 악마들의 대장이
험악한 표정을 지으며 부하들을 노려보았다.   75

그러자 흥분한 악마들이 겨우 진정되었다.
자신의 상처를 살피던 치암폴로에게
나의 길잡이가 이내 다시 질문했다.   78

"가엽게도 당신이 이곳까지 끌려오면서
헤어졌던 그 사람은 누구인가?" 그가 말했다.
"그자는 고미타⁶라는 수도사였습니다.   81

갈루라 출신이었는데, 갖은 기만의 도가니와 같았습니다.
자기가 모시는 주인의 적들을 손아귀에 넣고,
자신에게 머리를 조아리게 하고,   84

돈을 빼앗은 뒤 그들을 풀어 주었지요. 이 모든 것은
그의 입으로 말한 것입니다. 그는 다른 일을 하면서도
엄청나게 해 먹은 탐관오리였지요.   87

그자가 저 아래에서 같이 있던
로구도로의 미켈레 찬케[7]라는 영주와 사르데냐에 대해서
이야기할 때에는 서로 지치지도 않고 혓바닥을 놀려 대었지요. 90

아이고, 저기 이빨을 갈고 있는 악마를 좀 보십시오!
더 이야기하고 싶지만, 저 악마가 나의 가려움을
긁어 주려고 나설까 봐 겁나는군요."   93

파르파렐로가 금방이라도 달려들 듯이
눈을 부릅뜨고 있었다. 그러자 대장이 고함쳤다.
"썩 물러나라, 이 빌어먹을 날짐승아!"   96

그러자 두려워하던 그가 다시 이야기하기 시작했다.
"여러분이 토스카나 인이나 롬바르디아 인을
찾고 싶다면 내가 그들을 데리고 오리다.   99

그렇게 하려면 말레브란케들을 잠시 물러나 있게 하십시오.
그들은 보복을 무서워하거든요.
그러면 곧바로 이 자리에 앉아서,   102

나는 혼자지만, 일곱이라도 불러올 수 있지요.
내가 휘파람만 불면 올 겁니다. 이건 우리가
밖에 있을 때 자연스레 하는 신호입니다.   105

카냐초가 그 말에 입을 비죽거리며 머리를 흔들었다.
"기껏 생각해 낸 꾀가 저 모양이니, 참!
잽싸게 달아나겠다는 속셈이잖아."   108

그러자 온갖 간교한 술책은 다 갖고 있던 그가
대꾸했다. "나는 굉장히 교활하지. 특히
동료들에게 숨이 끊어질 듯한 고통을 안겨 줄 때는 훨씬 더!"   111

더는 참지 못한 알리키노가 다른 악마들을 무시하고
그자에게 소리쳤다. "네놈이 지금 달아난다면
뒤쫓아 뛰어가지 않겠다. 대신   114

내 날개로 너를 역청 위로 날려서 잡겠다.
네놈이 둔덕을 방패처럼 쓸 수 있도록 우리는 둔덕을 버리겠다.
과연, 혼자 힘으로 우리를 이겨 낼 수 있을지 한번 보자."[8]   117

오, 독자시여! 이 괴이한 내기를 한번 들어 보시오.
모든 악마가 날쌘 날개만 믿고 몸을 둔덕 쪽으로 돌렸다.
가장 반대했던 악마[9]가 제일 먼저 몸을 돌렸다.   120

그 나바라 사람은 기회의 순간을 놓치지 않았다.
그는 발을 땅에 잘 디디고 있다가
대장의 손에서 벗어나자 잽싸게 뛰어 내려갔다.   123

악마들은 서로 자신의 잘못을 후회했는데,
실수를 저지를 놈이 가장 많이 그랬다.
그 악마가 몸을 날리며 소리쳤다. "거기 서라!"   126

하지만 아무 소용이 없었다. 두려움을 앞지르는 날개는
존재하지 않는 법. 치암폴로는 순식간에 아래로 모습을 감추었고,
알리키노는 위로 다시 올라가야만 했다.[10]   129

마치 뒤쫓던 들오리가 잽싸게 물속으로 숨어들자
실망한 매가 화를 내며 맥없이
다시 날아오르는 것처럼.   132

속임수에 걸려들어 화가 난 칼카브리나는
그가 역청 속으로 달려간 것을 내심 고소하게
여기면서도, 훌쩍 날아서 그를 뒤쫓았다.   135

하지만 탐관오리가 달아나 버리자 뒤쫓던 악마는
자신의 동료에게 발톱을 세웠고
그들은 볼제 위에서 서로 뒤엉켰다.   138

그러나 굉장히 매서운 매인 알리키노의
발톱이 칼카브리나를 잡아챘고, 마침내
둘은 웅덩이 속으로 떨어졌다.   141

뜨거움에 깜짝 놀란 그 둘은 서로 떨어졌으나
역청이 들러붙은 날개 때문에
다시 일어날 수 없었다.   144

단단히 화가 난 대장 바르바리치아는 같이 있던 부하들 중
네놈에게 갈고리를 들고 곧장
맞은편 둔덕으로 날아가도록 지시했다.   147

양쪽 기슭으로 내려간 그들은
이미 역청 속에서 익어 버린 악마들을
갈고리로 건져 내려고 노력했다.   150

우리는 그들을 버리고 걸음을 옮겼다.

제23곡

오직 둘만, 동행자도 없이 우리는
작은 형제회 수도사들[1]처럼 각자 떨어져서
한 사람은 앞에서, 한 사람은 그 뒤에서 말없이 걸었다.   3

조금 전 일어난 소동을 보며
내가 생각한 것은
개구리와 생쥐에 대한 이솝 우화[2]였다.   6

그 처음과 끝을 깊게 생각하고 잘 비교해 보니
'이제'와 '지금'의 의미가 유사하듯,
그 소동과 우화도 매우 닮아 있었다.   9

생각은 꼬리를 물고 이어지는 법.
그런 생각에 또 다른 생각이 이어지니,
처음에 품었던 두려움이 곱절로 커졌다.   12

나는 생각했다. '그 악마들은 우리 때문에
속임수에 넘어가고 나가떨어지고 조롱거리가 되었으니
분명히 엄청나게 화가 났을 테고,   15

그들은 타고난 마음이 사악한데 화까지 난다면
산토끼를 물어뜯는 개보다 더 악독하게
우리를 쫓아올 것이다.'   18

나는 겁이 나서 머리칼이 쭈뼛
서는 것처럼 느꼈다. 허둥지둥 뒤를 보며
이야기했다. "선생님! 우리가   21

지금 숨지 않는다면 말레브란케들이 우리를
공격하지 않을까 두렵습니다. 그들은 우리 뒤에 있습니다.
마치 놈들이 뒤쫓아 오는 소리가 들리는 것 같습니다."   24

"내가 납으로 만든 거울일지라도,
너의 외양보다 마음을
도리어 더 잘 비추겠구나.   27

너의 생각들이 매우 비슷한 양상으로
내 머릿속으로 들어왔으니,
난 둘 중에서 하나의 결론을 내렸다.   30

194

오른쪽 경사면이 조금 더 완만하니까 그쪽에서
다음 볼제로 갈 수 있을 것이다.
그러면 우리가 짐작하는 그들의 추격을 따돌릴 수 있을 것이다." 33

그 충고를 미처 다 듣기도 전에
날개를 펼치고
우리를 잡으러 다가오는 악마들을 보았다. 36

길잡이는 곧바로 나를 와락 품에 안았다.
마치 소음 때문에 잠에서 깬 어머니가
가까이에서 불이 난 것을 보고 39

자신의 안전보다 아기를 더 걱정하며
속옷 차림인 채로 아기를 안고
도망치는 것처럼, 42

선생님은 단단한 둔덕의 가장자리에 누워,
다음 번 볼제의 한쪽을 막고 있는 바위를 타고
미끄러져 내려갔다. 45

물레방아의 바퀴를 돌리기 위하여 수로를 타고
바퀴의 널빤지 위로 세차게 떨어지는 물도,
이처럼 빠르지는 못할 것이다. 48

나는 동행자가 아니라 마치 선생님의
아들인 것 같았다. 그는 나를 품에 안고
둔덕의 가장자리를 미끄러져 내려갔다.   51

악마들이 우리를 따라잡은 것은 선생님의 발이
여섯 번째 볼제를 에워싼 둔덕 기슭에
도착했을 때였다. 그때는 벌써 무서움이 사라졌으니,   54

악마들에게 다섯 번째 볼제의 관리만 맡기신
높으신 섭리[3]가 악마들이 그곳을
벗어날 수 있는 능력은 주지 않았기 때문이다.   57

우리는 그 아래에서 황금빛으로 색칠된 사람들을 보았다.
그들은 매우 천천히 주위를 돌면서
피로에 지친 얼굴로 눈물을 흘리고 있었다.   60

그들은 눈까지 가릴 수 있는 모자가 달린
망토를 걸치고 있었는데, 그 망토는
쾰른[4]의 수도사들의 것과 비슷했다.   63

겉은 휘황찬란한 금빛이었지만
안은 전부 납으로 만들어져 엄청나게 무거웠다.
페데리코가 입히던 외투[5]는 오히려 지푸라기일 정도였다.   66

아, 끝없이 지긋지긋한 망토여!
우리는 이전처럼 왼쪽으로 돌아
울고 있는 그들과 같이 걸었다.   69

무게 때문에 탈진한 그들은
굉장히 천천히 걸어갔다. 그래서 우리는 걸을 때마다
새로운 동료들을 만나게 되었다. 나는 길잡이에게   72

이야기했다. "걸어가는 동안 주변을 살펴보고
혹시 이름이나 행동으로 알 수 있는
망령들이 있는지 찾아봐 주십시오."   75

그러자 토스카나의 이야기를 들은 어느 망령이
뒤쪽에서 외쳤다. "멈추시오!
어두운 하늘을 빨리 달리는 그대들이여.   78

내게서 그대들이 바라는 것을 얻을 수 있으리다."
그러자 길잡이가 몸을 돌리며 이야기했다.
"기다려라. 그와 같이 걸어가자."   81

나는 걸음을 멈추었다. 얼굴에 말하고 싶은 마음을
완연히 드러낸 망령 둘이 서두르고 있었다.
하지만 비좁은 길과 짐[6] 때문에 걸음은 느리기만 했다.   84

내 앞으로 오자 그들은 입을 다문 채 곁눈으로
나를 가만히 쳐다보더니
자기들끼리 서로 이야기했다.   87

"목을 움직이다니, 이자는 살아 있는 것처럼 보이는구나.
만일 죽었더라면 대체 어떤 특권을 지녔기에
이 무거운 망토를 입지 않았단 말인가?"   90

그리고 내게 물었다. "위선자의 무리를 찾아온
토스카나 사람이여! 기분 나쁘게 생각하지 말고
그대에 대해 이야기해 주오."   93

"내 고향은
아름다운 아르노 강가에 있는 대도시였소.
아직까지 그곳에서의 육신을 하고 있지요.   96

그런데 당신들은 누구십니까? 그대들의 볼에는
고통이 눈물처럼 흐르고 있군요. 눈부시게 빛나는
그 망토에 들어 있는 형벌은 무엇이오?"   99

그러자 한 명이 말했다. "이 금빛 망토는
굉장히 무거운 납으로 만들어져 있소.
무게를 재면 저울이 삐걱댈 것이오.   102

우리는 볼로냐의, '향락을 즐기는 교단' 수도사들[7]이었습니다.
나는 카탈라노,[8] 이 사람은 로데린고[9]라고 하지요.
우리는 그대가 태어나 자란 피렌체의 평화를 수호하기 위해   105

부름을 받았어요. 대체로 한 사람에게 주어지는 직무인데
우리 두 사람이 뽑히게 되었소. 지금까지도
가르딘고[10] 인근에는 우리의 흔적을 찾을 수 있을 거요."   108

"수도사여! 당신들의 죄는……."
나는 말을 멈추었다. 땅에 누워 말뚝 세 개로
십자가에 못 박힌 자[11]를 발견했기 때문이다.   111

나를 본 그는 몸을 비틀며
수염 사이로 한숨을 내쉬었다.
그것을 본 카탈라노 수도사가   114

내게 이야기했다. "당신이 본 저 사람은
바리새 사람들에게 모두를 위해서는
한 사람의 순교가 필요하다고 말했던 사람입니다.   117

보고 있는 것처럼 그는 나체로 길을 가로질러
누워 있으니, 여기를 지나는 자의 무게를
그가 먼저 느끼게 되지요.   120

그의 장인[12]과 유대인들에게 악의 씨앗이었던
의회[13]의 다른 원로들도 이곳에서
유사한 형벌을 받고 있답니다."   123

베르길리우스는 십자가에 못 박힌 채
끔찍한 모습으로 기한이 없는 형벌을 받고 있는
그 사람을 보고 놀란 것 같았다.   126

그가 이윽고 수사에게 물었다.
"만약 그대들이 불쾌하지 않다면
오른쪽에 어떤 통로가 있는지 알려 주시오.   129

우리가 그쪽으로 나갈 수 있다면
우리를 나가게 하려고 검은 천사들을
여기까지 부를 필요는 없을 거요."   132

한 사람이 말했다. "돌다리는 그대들이 원하는 것보다
더 가까이에 있어요. 다리는 이곳 말레볼제 전체를
에워싼 외벽에서 시작해 무시무시한 볼제들을 지나왔지만   135

여기는 무너져 버려 볼제를 건너가지 못합니다.
당신들은 바닥과 기슭에 쌓인
바위 파편들을 밟고 볼제를 지나갈 수 있을 것입니다."   138

길잡이는 잠깐 동안 머리를 숙이고 있다가
입을 열었다. "저쪽에서 갈고리로 죄인을 찌르던
녀석이 거짓말을 했구나."   141

수사가 이야기했다. "전에 볼로냐에서 사악한 악마에 관해
들은 적이 있습니다. 그놈은 그중에서도
천하의 거짓말쟁이, 거짓의 아비라고 들었습니다."   144

이 말을 들은 길잡이는 약간 화가 난 얼굴로
빨리 걸어갔다. 나도
무거운 짐을 진 자들을 떠나   147

사랑스러운 발길을 뒤따랐다.

새로운 한 해가 시작될 즈음,[1] 물병자리 밑에서

햇살도 따스해지고

어느덧 밤이 하루의 절반을 차지할 즈음   3

서리가 땅 위에 하얀 자기 누이[2]의

모습을 그려 두고 싶어 하지만

그의 붓질이 그다지 오래가지 않을 즈음   6

양에게 줄 여물이 동난 시골 농부가

아침에 들녘이 하얀 눈으로 덮인 것을

보고 실망하고 허리를 두드리며   9

집으로 돌아와 어떻게 해야 좋을지 모르는

사람처럼 집 안을 돌아다니다가

문득 다시 밖으로 나가 보니 순식간에   12

세상이 확 바뀐 것을 보고
희망이 다시 되살아나 지팡이를 쥐고
양 떼를 몰아 풀을 먹이러 가는 것처럼,   15

그와 같이 선생님은 언짢은 표정으로 날
당황하게 하시더니 이내 나의 아픈 곳에
약을 발라 주셨다.   18

무너진 다리에 당도했을 때 선생님은
내가 산기슭에서 처음 보았던 그
인자한 표정으로 나를 마주 보셨던 것이다.   21

선생님은 폐허를 면밀히 살피고
심사숙고한 끝에
두 팔을 벌려 나를 붙잡아 주셨다.   24

그는 생각하고 행동하며
다음 일을 준비하는 사람처럼
삐죽이 뛰어나온 어느 바위 꼭대기로   27

나를 밀어 올리면서 또 다른 바위를 가리키며
내게 주의를 주었다. "다음에는 저기로 올라가거라.
그러나 먼저 널 지탱할 수 있을지 확인해 보아야 한다."   30

그곳은 납 망토를 입은 자들의 행로가 아니었다.
선생님은 가뿐하게, 나는 그가 밀어 주는 대로
가까스로 바위로 올라갔다.   33

오르는 둔덕이 다른 곳보다
더 낮지 않았다면 선생님은 몰라도
나는 올라가지 못했을 것이다.   36

말레볼제 전체가 가장 낮은 웅덩이 쪽으로
완전히 기울어진 형태여서 어떤
볼제든 바깥쪽 둔덕은 높고   39

그에 비해 안쪽 둔덕은 낮았다.
계속해서 올라간 우리는 마침내
깨진 바위 조각들이 끝난 곳에 당도했다.   42

꼭대기에 닿았을 때 나는
어찌나 숨이 찼던지,
더 걷지 못하고 그 자리에 주저앉고 말았다.   45

"지금이야말로 네가 게으름을 던져 버려야 할 때구나.
깃털 방석을 깔고 앉거나 비단 이불을 덮고 자면서는
명성을 얻지 못한다."   48

명성 없이 인생을 낭비하는 자는
공중의 연기나 물위 거품과 같은
흔적만을 세상에 남길 뿐이니라.   51

자, 일어나라! 무거운 육체에 눌려
주저앉지 않으려면, 모든 전투를
승리하는 정신으로 호흡곤란을 이겨 내라.   54

우린 더 높은 계단³까지 가야 한다.
그놈들을 따돌렸다고 모두 끝난 것이
아니다. 내 말을 이해했다면 힘을 내라.   57

그 말에 나는 벌떡 일어났다. 그리고
호흡이 전에 비해 편해진 듯한 얼굴로
말했다. "가시지요. 전 끄떡없습니다."   60

돌다리 위는
자갈투성이에 비좁고 험한 길이었다.
여태껏 오르던 길보다 훨씬 험준했다.   63

나는 나약한 모습을 감추려고
걸으면서 계속 말을 했다. 그때 다음 볼제의 밑바닥에서
알아들을 수 없는 어떤 이의 목소리가 들렸다.   66

활 모양 돌다리의 맨 위에 있어서 소리는 들렸지만
뭐라고 하는지 알아들을 수 없었다.
단지 목소리의 주인은 화를 내고 있는 것 같았다.　　　　　69

아래쪽을 살펴보았으나 어둠 때문에
내 육신의 눈은 바닥까지 보지 못했다. 그래서
선생님께 부탁했다. "선생님! 다음 둔덕에 도착하면　　　72

이 다리 아래로 가 주십시오.
여기서는 소리는 들리지만 그 의미를 분별할 수 없고
아래를 보아도 모습을 분간할 수 없습니다.　　　　　75

"네 말대로 하는 수밖에
다른 대답을 할 수 없구나. 지당한 요구에는
말없이 실행으로 옮겨야겠지."　　　　　78

여덟 번째 둔덕으로 이어지는 다리의
맨 위에서 내려와서야
볼제가 제 모습을 확연히 드러냈다.　　　　　81

그 속에는 어마어마한 수의
뱀이 뒤엉켜 있었다. 그 모습이 너무 끔찍해
지금 생각해도 피가 거꾸로 솟는 것만 같다.　　　　　84

살무사, 날아다니는 뱀, 점박이 독사, 아프리카 독사,
쌍두사를 리비아 사막의 모래가
먹여 살린다고 우쭐거리지 못할 것이며   87

에티오피아와 홍해 인근의 모래까지
더한다고 해도 이 볼제의 퍼져 나가는 독을
먹여 살리지는 못할 것이다.   90

알몸인 자들은 그 끔찍하고 흉악한
무리 속으로 떨어졌다. 겁에 질린 그들은
숨을 구멍이나 혈석⁴을 찾아낼 가망조차 없었다.   93

뒤로 젖혀진 두 손은 뱀으로 묶였고
뱀의 꼬리와 대가리가 허리를 감고
배 앞에서 뒤엉켰다.   96

그 순간 우리 쪽에 있던 한 사람에게
뱀 한 마리가 뛰어올라
목덜미를 물어뜯었다.   99

아무리 O 자와 I 자를 재빨리 쓴다 해도
그자의 몸에 불이 붙고, 타고, 재로 변해
사그라지는 것보다 빠르지는 못할 것이다.   102

그러나 재는 땅에 흩어졌다가
또다시 저절로 뭉치더니
순식간에 본래의 모습으로 돌아갔다.   105

위대한 현자들이 이르기를
불사조는 오백 년이 되는 해에
죽었다가 환생하는데   108

평생을 곡식과 풀은 안 먹고
오직 유향과 발삼의 즙만 먹고살며
몰약[5]과 계피에 싸여 죽는다고 한다.   111

땅으로 잡아당기는 악마의 힘 때문인지
사람을 옭아매는 발작 때문인지
까닭도 모르고 자꾸 쓰러지는 자가   114

다시 일어나서도 자신이 겪은 끔찍한
고통으로 인해 안절부절못하고
주위를 두리번거리며 탄식하듯이   117

우리 앞에서 뱀에게 물린 자가 그러했다.
복수를 위해 그러한 형벌을 내리시는
오, 하느님의 전능이여. 그 얼마나 놀라운가!   120

길잡이가 그자에게 누구인지 물었다.
"나는 며칠 전 토스카나에서
이 끔찍한 볼제로 떨어졌소.   123

후레자식답게 인간보다 짐승의 삶을
사랑한 나는 짐승 반니 푸치[6]요.
피스토이아[7]는 내게 딱 맞는 굴이었소."   126

"선생님! 그에게 달아나지 말라고 하시고
무슨 죄로 이곳에 떨어졌는지 물어봐 주세요.
피범벅이 된 저자를 본 적이 있습니다."   129

내 말을 들은 그는 머뭇거리지 않고
내 얼굴을 유심히 보더니
사악한 부끄러움으로 낯빛이 추하게 바뀌었다.   132

그리고 거칠게 말했다. "네놈이 보듯이
비참한 꼴을 너에게 보인 것이
저 세상에서 목숨을 잃었을 때보다 더 고통스럽구나.   135

그래도 너의 물음을 무시할 수 없겠구나.
제의실에서 아름다운 성물을 훔친
도둑이었는데 그 죄를 다른 자에게   138

뒤집어씌운 이유로 이곳에 빠진 것이다.
네가 이 어두운 곳을 빠져나간다 해도
내 예언을 귀담아 듣고 기억해라.   141

그러면 이곳에서 날 만난 것을 기뻐하지만은 못할 것이다.
우선 파스토이아에서는 흑당이 없어지고
새로운 사람과 법으로 피렌체는 바뀔 것이다.[8]   144

마르스[9]가 검은 구름에 휩싸인
마그라 계곡에서부터 번개를 가져오면
피체노의 벌판 위에서 거친 폭풍우와 함께   147

격렬한 싸움이 일어날 것이다. 번개가
순식간에 구름을 걷어 버리면 모든 백당은
상처를 입고 도망가게 될 것이다.   150

내가 이런 말을 하는 것은 네 마음을 괴롭히기 위해서다."

제25곡

말을 끝내자 도둑은 두 손을 위로 올리고
저속한 손가락질을 하며 소리쳤다.
"하느님아, 이거나 먹어라!"   3

그때부터 뱀들은 나의 벗이 되었다.
뱀 한 마리가 그자의 목을 감았는데
마치 '네 말은 듣기 싫다.'라고 말하는 것 같았다.   6

다른 뱀이 그의 두 팔을 동여매고서
대가리와 꼬리로 앞에서 꽁꽁 묶어 버려
그놈은 옴짝달싹 못하게 되었다.   9

오, 피스토이아여! 피스토이아여![1] 넌 왜
재가 되어 사그라지지 않고,
죄를 지으면서는 조상을 앞지르는가?   12

암흑에 싸인 지옥의 모든 고리를 보았어도
하느님께 이토록 오만한 망령은 없었다.
테베의 성벽에서 떨어진 자[2]도 그렇지는 않았다.   15

그놈은 더는 아무 말도 못 하고 달아나 버렸다.
그때 화가 난 켄타우로스 하나가 달려오며
소리쳤다. "어디야? 그 고약한 놈이 어디 있어?"   18

마렘마[3]의 뱀을 다 더해도 사람의 형체가
시작되는 곳까지 켄타우로스의 등에 달라붙어 있는
뱀보다 더 많지는 않았을 것이다.   21

날개를 편 용 한 마리가
그놈의 목덜미에 타고 앉아
망령들에게 닥치는 대로 불을 뿜고 있었다.   24

선생님이 이야기했다. "이놈이 카쿠스란다.[4]
아벤티누스 산 절벽 밑에 있으면서
몇 번이나 피와 죽음의 호수를 만든 놈이야.   27

동료들과 같이 있지 않는 것[5]은 그놈이
이웃을 속여서 수많은
가축을 훔쳤기 때문이다.   30

헤라클레스의 방망이를 맞고서야
고약한 짓을 그만두기는 했지만, 백 대를 때렸어도
열 대도 채 맞지 않은 느낌이었을 것이다."   33

선생님이 이야기하는 동안 카쿠스는 가 버렸고
망령 셋이 우리 밑으로 조용히 다가왔다.
그들이 외치지 않았다면 알아채지 못했을 것이다.   36

"당신들은 누구요?"
이 말에 우리의 대화는
끊어졌고 그들에게 주의를 기울였다.   39

나는 그들을 몰랐다. 하지만
일은 우연히 일어나듯, 한 사람이
다른 사람의 이름을 말하는 것이 들렸다.   42

"치안파[6]는 어디에 있는 거지?" 그때
나는 집게손가락을 입술에 대며
선생님에게 조용히 하라는 신호를 보냈다.   45

독자여, 이제부터 내가 하는 말을
쉽게 수긍할 수 없더라도 놀라지 마시라!
목격한 나도 인정하기 어려우니까.   48

눈을 크게 뜨고 그들을 보고 있는데
발이 여섯 개인 뱀이 달려들어
세 망령 중 한 명의 몸을 휘감았다.   51

가운데 발로 배를 감고
앞발로 두 팔을 붙잡더니
양 볼을 마구 물어뜯었다.   54

뒷발은 허벅지를 누르고 꼬리는
사타구니 사이로 넣어 허리를 두른 다음에
자기 등 뒤로 뻗어 올렸다.   57

담쟁이덩굴이 아무리 아무를 휘감아도
그 무시무시한 짐승이 자신의 몸으로
다른 놈의 사지를 얽어매는 것보다 못할 것이다.   60

흡사 뜨거운 초가 흘러내리듯
두 몸은 서로 달라붙더니 색깔이 뒤섞여
본래의 모습은 찾아볼 수 없게 돼 버렸다.   63

마치 종이에 불이 붙으면
서서히 적갈색으로 변하면서
시커멓게 되지는 않지만 흰색이 사라지는 것과 같았다.   66

다른 두 망령이 그를 보다가
외쳤다. "아, 아뇰로.[7] 네 몸이 변하는구나.
너는 이제 둘도 아니고 하나도 아니구나."   69

둘의 머리는 어느덧 하나가 되어 있었다.
뒤섞인 두 몸에서 두 얼굴이 있던 자리에
얼굴 하나가 생겨났다.   72

뱀의 앞발과 인간의 두 팔이 사지(四肢)가 되고
허벅지와 다리, 배, 가슴은
한 번도 본 적이 없는 모습으로 변했다.   75

본래의 모습은 완전히 씻겨 나갔다.
기괴한 형상은 둘이면서 아무것도 아닌 듯한
모습으로 느릿느릿 걸으며 사라졌다.   78

그때 한여름에 따갑게 내리쬐는
햇볕 아래서 도마뱀이 울타리 사이를
전광석화처럼 가로질러 가듯이   81

후추 알처럼 까맣고 창백한
새끼 뱀 한 마리가 눈을 이글거리며
다른 두 망령에게 달려들었다.   84

남은 둘 중 한 명에게 달려들어
사람이 태어나 가장 먼저 영양을 섭취하던 부분[8]을 뚫고는
그의 앞에 떨어져 몸을 쭉 뻗었다.   87

배가 뚫린 망령은 뱀을 쳐다볼 뿐 아무 말도
하지 않았다. 도리어 꼿꼿하게 선 채
잠에 취한 듯, 열병에 시달리는 듯 하품을 했다.   90

망령과 뱀은 서로를 바라보았다.
망령은 상처에서, 뱀은 아가리에서 연기를
강하게 뿜었고, 그 연기들이 서로 뒤섞였다.   93

불쌍한 사벨루스와 나시디우스에 관해
이야기했던 루카누스여![9] 지금은 입을 다물어라.
그리고 이제 내가 하는 이야기를 귀담아 들어라.   96

오비디우스여! 카드모스와 아레투사에 대해 말하지 마라.[10]
남자를 뱀으로, 여자를 샘으로 바꾸는
절묘한 시를 노래했어도 난 시샘하지 않는다.   99

두 존재는 서로 모습만 변했을 뿐
서로 질료까지 바뀔 정도로
변하지는 않았기 때문이다.   102

내가 목격한 것은 완벽한 변신이었다.
뱀의 꼬리는 두 개로 나뉘었고
죄인의 두 발은 하나가 되었다.   105

두 다리와 허벅지는 순식간에
합쳐져서 서로 붙은 부분에는
어떤 자국도 남지 않았다. 한편   108

갈라진 뱀의 꼬리는 사라진
죄인의 다리 모양으로 바뀌고, 그 껍질은 부드러워지고
죄인의 피부는 딱딱해졌다.   111

죄인의 팔은 겨드랑이 속으로 들어가
파충류의 앞발만큼 짧아졌고
짧던 뱀의 앞발은 그만큼 길어졌다.   114

뒤이어 뱀의 뒷발은 뒤엉켜 줄어들더니
생식기가 되었고, 동시에
망령의 그것은 둘로 쪼개어져 뱀의 뒷발이 되었다.   117

연기가 둘을 에워싸며 색깔을 바꾸었고
털이 없던 쪽은 털이 나고
다른 쪽은 털이 없어졌다.   120

한쪽은 일어서고, 다른 쪽은 땅에 쓰러졌으나
그들은 서로의 무자비한 시선을
마주하면서 각자의 얼굴을 변신시켰다.   123

서 있는 자는 관자놀이 쪽으로 자기의 주둥이를
잡아당겼다. 유난히도 뒤로 밀린 살점은
귀가 되어 움푹하던 볼 위로 튀어나왔다.   126

뒤로 밀리지 않고 그대로 있던 살점들은
얼굴에 코를 만들었고
알맞게 부풀어 입술이 되었다.   129

쓰러졌던 놈은 주둥이를 내밀고
달팽이가 촉수를 집어넣듯
귀를 머리 안으로 집어넣었다.   132

말을 할 수 있었던 하나의
혀는 둘로 찢어졌고, 다른 놈의 찢어진 혀는
합쳐졌다. 연기가 사라졌다.   135

짐승으로 변한 망령은 씩씩대며
볼제로 달아났다. 그의 뒤에서 다른 놈은
주절대며 침을 뱉었다. 그런 뒤   138

새로 생긴 등을 돌려 멀뚱히 서 있던
다른 놈에게 말했다. "부오소[11]도 나와 똑같이
이 볼제를 기어서 가면 좋겠군."   141

이 일곱 번째 볼제의 망령들은 서로 바꿔
변신하기를 거듭했다. 나의 글이
다소 난해하게 표현되었다 해도 용서해 주길.   144

비록 내 눈이 잘 보지 못하고
정신마저 어지러웠지만, 그 두 자가
몰래 달아나지 못했으니, 난   147

이내 깨달았다. 처음에 다가왔던
세 사람 중에서 모습이 바뀌지 않은
단 한 사람은 푸치오 시안카토[12]였고,   150

다른 사람은 가빌레여, 그대가 원망하는 자[13]였다.

제26곡

기뻐하라, 피렌체여!¹ 위대한
너의 날갯짓은 바다와 육지를 넘어
지옥에까지 이름을 날리고 있으니!   3

내가 만난 도둑들 가운데 다섯 명이나
너의 시민들이었으니, 난 얼굴을 붉혔고
너로서는 이보다 큰 영광이 없겠지.   6

그러나 새벽에 진실을 꿈꾼다면
프라토²가 너에게 원하는 것이 무엇인지
머지않아 알 것이다.   9

벌써 그렇게 되었어도 빠른 것은 아니었을 것이다.
당연히 그리되었어야 할 것을.
나이를 먹을수록 내 고통은 커질 것이다.   12

우리는 거기를 떠났다. 길잡이는
내려왔던 바위 계단을
먼저 올라가 나를 끌어당겨 주었다.   15

돌다리의 바위들을 밟고서
쓸쓸한 길을 따라갔으니
손을 쓰지 않고서는 전진할 수 없었다.   18

그때 목격한 것 때문에 나는 괴로웠다. 지금
다시 떠올려 보아도 괴롭다.
나는 여느 때보다 더 마음을 추스렸다.   21

덕성의 안내 없이 지나치지 않도록 하기 위함이다.
행운의 별 또는 어떤 은총이 나에게
재능을 부여했지만 난 함부로 쓰지 말아야 한다.   24

온 세상을 밝히는 태양이 자기 얼굴을
우리에게 덜 숨기고 있는 계절,[3]
파리가 모기에게 밀려나는 시간에[4]   27

언덕에서 땀을 식히던 농부가
포도를 재배하고 수확하던 저 계곡에 날아다니는
수많은 반딧불을 보듯이.   30

그처럼 많은 불꽃이 여덟 번째 볼제를
구석구석 비추고 있었다. 바닥이 훤히
보이는 곳에 다다랐을 때 그 모습을 보았다.   33

곰을 불러 원수를 갚던 자[5]가
말들이 하늘로 날아오르며
엘리야[6]의 마차가 떠나는 것을   36

눈으로 뒤쫓았지만
높이 솟아오르는 구름 같은 불꽃들밖엔
아무것도 보이지 않았던 것처럼   39

불꽃들이 볼제 어귀를 지나가며
도둑들을 내보이지는 않았지만
불꽃은 각각 죄인을 하나씩 감싸고 있었다.   42

나는 다리 위에서 몸을 내밀어 보고 있었는데
바위 모서리를 붙잡고 있지 않았다면
그대로 추락했을지도 모른다.   45

열중하고 있던 나를 본 길잡이가
이야기했다. "저 불꽃 속에는 망령들이 있다.
그자들은 자신들을 태우는 불에 싸여 있다."   48

"선생님 말씀을 들으니 확실해집니다만,
그럴 것이라고 생각했기에
더 알고 싶은 것이 있습니다.   51

에테오클레스[7]가 그의 형제와 같이 불타던
장작더미에서 솟아오르듯, 저렇게
갈라진 불꽃 속에 있는 사람은 누구입니까?"   54

"저 속에는 오디세우스와 디오메데스[8]가
괴로워하고 있다. 그들은 함께 하느님의
노여움을 샀으니 벌도 함께 받는 것이다.   57

그들은 로마의 고귀한 조상[9]이
나가도록 문을 만들어 준
목마의 기습[10]을 불꽃 안에서 탄식하고 있다.   60

그들은 아직도 아킬레우스 때문에
죽은 데이다메이아[11]가 상심하도록 만든 계략을
뉘우치며 통곡하고, 또한 팔라디움[12]의 벌을 받고 있다."   63

"저 불꽃 속에서도 저들이 말할 수 있다면
선생님, 바라고 또 바라며
간절히 바랍니다.   66

뿔 돋친 불꽃이 이곳에 올 때까지
기다리고 싶습니다. 그러니
몸을 내밀고 있는 저를 봐 주십시오."   69

"너의 부탁은 매우 칭찬을
들을 만하니 내가 들어 주마.
그러니 이제 너의 혀는 가만히 두도록 하라.   72

네가 바라는 것을 알았으니 말하는 것은
나에게 맡기거라. 그들은 그리스 사람들이었으니
아무래도 네 말이 달갑지 않을 것이다."   75

그러고는 불꽃이 우리 쪽으로 오자
적당한 시간과 장소가 되었을 때 길잡이가
그들에게 말하는 소리가 들렸다.   78

"아, 하나의 불 속에 있는 자들이여!
내가 생전에 그대들에게 도움이 되었다면
내가 세상에서 노래한 고결한 시구들이 그대들에게   81

크든 작든 어떠한 도움을 주었다면
가던 길을 멈추고 그대들이 어디에서 헤매다 죽었는지
둘 중 한 사람이 알려 주시오."   84

오래된 불꽃의 큰 뿔이
마치 바람에 나부끼는 듯
신음 소리를 내며 흔들리기 시작했다.   87

마치 말을 하는 혀처럼
불꽃의 끝을 이리저리 내두르며
밖으로 소리를 내뱉었다.   90

"아이네이아스가 가에타[13]라고 부르기 전
태양신의 딸 키르케[14]는 날 일 년 이상이나
붙잡아 두었지요. 그녀의 곁을 떠났을 때   93

내 자식의 사랑스러움도, 늙은 아비에 대한
효심도, 아내인 페넬로페를 행복하게
해 주었어야 할 나의 진실한 사랑도.   96

세상과 인간의 악과 가치에 대해
전부 알고 싶은 내 마음속의
열정을 억누를 수가 없었습니다.   99

그래서 나는 단 한 척의 배에 의지하여
언제나 나와 함께하던 몇몇의 동료들과
광활한 바다로 떠났습니다.   102

에스파냐와 모로코까지, 해안
이쪽과 저쪽을 보았고, 이 바다에 몸을 담그는[15]
사르데냐와 다른 섬들도 보았습니다.   105

나와 동료들이 늙고 몸도 굼떠졌을 무렵
우리는 아무도 넘어갈 수 없도록
헤라클레스가 표시를 해 둔   108

좁다란 어귀[16]에 다다랐소.
오른쪽으로는 세비야[17]를 떠나고
왼쪽으로는 세타[18]를 떠난 후였소.   111

나는 외쳤다오. '오, 형제들이여! 수많은 위험을
감수하고 마침내 우린 세상의 서쪽 끝에
도착했다. 우리에게 생명은   114

이제 얼마 남지 않았다.
그렇지만 태양의 뒤를 좇아 무인(無人)의
세상을 발견하려는 욕망을 간직하라.   117

그대들의 천성을 생각하라. 그대들은
짐승 같은 삶을 살기 위해서 태어난 것이 아니라
덕과 지혜를 따르기 위해 태어났다.'   120

그 짧은 연설에 동료들은
모험심이 불타올라
나중에는 그들을 진정시킬 수 없을 정도였습니다.   123

뱃고물을 동쪽으로 두고 우리는
미친 듯 파닥대는 날개처럼 노를 저어서
계속해서 왼쪽으로 나아갔소.   126

밤에는 다른 극[19]의 별들이 전부
보였소. 우리 극[20]의 별들은 차츰 내려와
수평선 위로 올라오지 않았소.   129

우리가 그 대담한 모험을 떠난 뒤
다섯 번이나 달 아래의 빛이
켜졌다가 꺼졌을 무렵   132

멀리서 산[21] 하나가 흐릿하게 보였는데
어찌나 높았던지
일찍이 그런 산을 본 적이 없었소.   135

우리는 기뻤지만 기쁨은 곧 탄식으로
바뀌었소. 그 미지의 땅에서 회오리바람이 일어나
뱃머리를 들이받았기 때문이었소.   138

회오리바람은 배를 바닷물과 함께 세 번 돌렸습니다.
네 번째에 뱃고물을 쳐올리더니 뱃머리에서 나동그라져
결국 바다가 우리를 덮쳤소.   141

하느님께서 뜻하신 대로였소."

제27곡

불꽃은 더는 할 말이 없었는지 잠잠해지더니
곧게 솟아올랐다. 그리고
인자하신 시인의 승낙을 얻어 떠났다.   3

그때 그의 뒤에서 따라오던 다른 불꽃 하나가
알 수 없는 소리를 내며
우리의 눈길을 끌었다.   6

당연하지만, 자신을
줄로 다듬어 준 사람의 울부짖음을 따라
처음으로 울부짖었던 시칠리아의 황소[1]가   9

고통받는 사람의 목소리와 같이 울부짖으면
비록 구리로 만들어졌지만, 마치
고통으로 찢어지는 사람의 신음처럼 들리듯이,   12

229

불꽃 안에서 불타는 영혼으로부터
헤어날 길도, 구멍도 찾지 못하던 고통의 소리는
불의 언어로 바뀔 뿐이었다.   15

그러나 그 소리가 불꽃의 끝에 닿자마자
죄인의 혀는 불꽃 안에서 소리를 만들던
흔들림을 주었고, 우리에게는   18

이런 말이 들렸다. "여보시오.
당신은 지금 롬바르디아[2]의 언어로 말했소.
'이젠, 가라. 다시는 널 붙잡지 않겠다.'   21

혹시 내가 조금 늦었다고 해서
나와 함께 이야기하기를 싫어하지 말고
이렇게 불타고 있는 나를 보시오.   24

이 암흑의 세계에 떨어진 당신이
내가 온갖 죄를 짓던 저 아름다운
라틴 땅에서 온 거라면   27

지금 로마냐[3] 사람들이 평화로운지,
전쟁 중인지 알려 주시오. 나는 우르비노[4]와
테베레 강이 흐르는 산잔등의 산골 출신[5]이니까."   30

나는 계속 머리를 숙인 채 생각에 빠져 있었는데
길잡이가 내 옆구리를 찌르며
이야기했다. "네가 대답해라. 저자는 라틴 사람이니까."   33

이미 대답을 준비하고 있던 나는
주저 없이 입을 열었다.
"아, 그 아래 불꽃 속에 갇힌 영혼이여!   36

당신의 로마냐는 예나 지금이나
폭군들이 전쟁을 생각하지 않았던 때가 없지만
내가 떠날 무렵에는 공공연한 전쟁은 없었소.   39

라벤나[6]는 오랫동안 그대로이니
폴렌타의 독수리[7]가 그곳을 품고 있듯이
체르비아[8]도 그 날개 아래 놓여 있지요.   42

이미 긴 아픔을 겪었고 또한
프랑스 사람들의 피로 얼룩진 땅은
지금은 푸른 발톱 아래에 놓여 있습니다.[9]   45

몬타냐를 괴롭히던 베루키오의
늙은 사냥개와 젊은 사냥개는 아직 그곳에서
송곳니를 드러내고 있소.[10]   48

라모네와 산테르노의 도시들은
여름부터 가을까지 당적을 이리저리 옮기는
하얀 소굴의 새끼 사자가 통치하고 있으며,[11]   51

옆으로 사비오 강이 흐르는 도시는
들과 산 사이에 위치하고 있듯이
폭정과 자유 사이에서 살고 있지요.[12]   54

이제 당신에 대해 이야기해 주시오.
당신의 이름이 세상에서 오래 기억되길 바란다면
나보다 더 친절하게 답해 주길 바라오.   57

불꽃은 잠시 버릇대로
날카로운 혀를 날름거리다가
한숨을 쉬는 것 같았다.   60

"내 말이 세상으로 돌아갈 자에게
하는 것인 줄 미리 알았더라면 이 불꽃은
흔들리지 않았을 것이지만,   63

이 깊은 바닥에서 살아서 돌아갈
자는 아무도 없다고 하니
부끄러움을 무릅쓰고 이야기하리다.   66

나는 군인이었다가 수도사가 되었소.

허리를 묶으면 죄를 면할 수 있다고 믿었기 때문이오. [13]

그러나 그 저주받을 대성직자[14]가 없었다면   69

나의 믿음은 분명 이루어졌을 텐데!

그자는 나를 과거의 죄악으로 다시 끌어들였소.

일의 자초지종을 그대에게 말하겠소.   72

어머니가 주신 뼈와 살의 형체를

아직 갖고 있었을 때 나의

행동은 사자가 아니라 여우 같았소.   75

나는 권모술수에 밝았기 때문에

그것을 능숙하게 이용할 줄 알았고

내 소문은 땅 끝까지 퍼져 나갔지요.   78

마침내 누구나 돛과 닻을

내려야 하는 나이라고 생각될 시기에

내가 이르렀을 때   81

나는 즐거웠던 일들이 지겨워져

잘못을 참회하며 고백했소.

아, 비참하다. 구원받을 수 있었을 텐데.   84

새로운 바리새 사람들의 왕[15]이
라테라노[16]에서 싸우고 있었는데
사라센이나 유대인과의 싸움이 아니었소.   87

그의 상대는 전부 그리스도교인들이었지요.
아크리[17]를 차지하려는 것도
술탄의 땅의 장사꾼을 치려는 것도 아니었소.   90

그의 높은 지위와 성스러운 임무도
내버려 두고, 허리를 졸라매는 끈이
내게 매어 있는 것도 개의치 않았소.   93

그러나 콘스탄티누스가 나병을 고치려고
시라티 산속의 실베스테르를 찾아갔듯이[18]
그 사람은 내가 의사라도 되는 양 내게 와서   96

자신 안에 있는 오만의 열병을 고쳐 달라고 말했소.
그는 조언을 원했으나, 나는 아무 말도 하지 않았소.
그의 말투가 거만하게 느껴졌기 때문이었소.   99

그러자 그가 말했소. '걱정하지 마라.
지금 너의 죄를 용서할 테니 페네스트리노[19]를
차지할 방법을 알려 주게.   102

너도 알다시피, 내 선임자[20]는 없었던
하늘의 문을 열고 닫을 수 있는
열쇠 두 개를 나는 갖고 있다.'   105

당시 그의 말속에는 권위와 논리가 있었소. 그래서
침묵하는 것보다는 말하는 것이 낫겠다고 판단하고
입을 열었지요. '곧 떨어질 죄악에서   108

절 건져 주시니 말씀드립니다만
약속을 길게 하면서 이행은 짧게 하시면
높은 보좌에서 반드시 이길 것입니다.'   111

내가 숨을 거뒀을 때 성 프란체스코께서 내게
오셨는데 검은 천사 하나[21]가 그분께
이야기했소. '데려가지 마시오. 옳지 않은 일이오!   114

저자는 속임수를 조언했으므로
내 부하들에게로 떨어지는 것이 옳소.
내가 먼저 저자의 머리채를 잡았소.   117

반성하지 않는 자는 죄를 면치 못하오.
또 반성과 동시에 죄를 원하는 것은
모순되기에 불가능한 일입니다.   120

아, 괴로운 몸이여! 그놈이 나를 붙들고
'네놈은 내가 논리가인 줄은 몰랐겠지.'
라고 말했을 때 정말 소름끼쳤소.   123

그놈은 미노스에게 나를 데려갔소. 미노스는
딱딱한 등에 제 꼬리를 여덟 번이나 감은 뒤
꼬리를 물어뜯으며 성난 목소리로 말했지요.   126

'이놈은 불꽃 속의 도둑놈들에게로 갈 녀석이군.'
그대가 보고 있듯이 난 여기에 떨어져
이런 불 옷을 입고 괴로워하고 있소."   129

그의 말이 끝났을 때 불꽃은
뾰족한 뿔을 비틀며
펄럭대면서 곧 떠나 버렸다.   132

우리는 둔덕을 올라
또 다른 활모양 다리 위에 이르렀는데
그 아래 볼제에는 이간질을 한   135

자들이 그 죄의 대가를 치르고 있었다.

제28곡

내가 지금 목격한 피와 상처는
제아무리 쉽게 풀어 쓰고 여러 번 고쳐 써도
완벽하게 표현할 수는 없을 것이다.   3

그 어떤 언어로도 만족스럽지 못할 것이다.
이렇게 어마어마한 것을 이해하기에는
우리의 말과 정신은 충분치 못하다.   6

틀림이 없는 리비우스[1]가 이야기한 것처럼
예로부터 풍요로운 땅 풀리아[2]에서
트로이 사람들로 인해, 그리고   9

무수히 많은 반지를 빼앗은 저
기나긴 전쟁으로 인해[3] 피를 흘리고
괴로워했던 모든 사람을 불러 모은다 해도   12

그 피와 상처를 이해할 수 없을 것이다.

또 로베르 귀스카르[4]에게 맞서 죽음의 고통을 겪은 자들,

풀리아 사람들 모두가 배신한   15

체프라노[5]에, 늙은 알라르도[6]가 무기도 없이

차지한 탈리아코초에 아직 유골을 묻은

사람들을 전부 한곳에 불러 모은다 해도, 그래서   18

어떤 자는 찢기고, 어떤 자는 잘린 손발을

전부 보여 준데도 이 아홉 번째 볼제의

그 참혹한 모습에는 비길 수 없을 것이다.   21

나는 턱부터 방귀 뀌는 곳까지 찢어진

한 사람을 보았는데, 테나 바닥이 뚫어진

낡은 술통일지라도 그만큼 갈라지지는 않았으리라.   24

다리 사이로 창자가 늘어져 있고

내장이 훤히 보였으며 음식을 똥으로

만드는 늘어진 주머니도 드러났다.   27

내가 그를 뚫어지게 쳐다보자

그는 나를 향해 가슴을 열어 보이며

입을 열었다. "자, 내 몸을 보시오.   30

무참히 찢긴 무함마드[7]의 꼴을 보시오!
내 앞에서 울며 가는 저 알리[8]라는 사람은
턱부터 이마의 털까지 찢어져 있소.   33

그대가 이곳에서 보는 자들 전부는
생전에 불화와 분열의 씨를 뿌린 자들이오.
그래서 이렇게 난도질당한 것이오.   36

악마 하나가 우리 바로 뒤에 있다가
우리가 줄을 지어 고통의 길을 한 바퀴 돌면
우리 한 명 한 명에게   39

또다시 이렇게 난도질을 해 놓는다오.
이 상처는 우리가 한 바퀴 돌아
그놈 앞에 오기 전에 아물어 버리기 때문이오.   42

그런데 돌다리 위에서 멍하니 보고 있는 그대는
누구요? 죄를 고백하고 심판을 받았지만
벌을 받으러 가기가 겁나는 거요?"   45

선생님이 말했다. "이 사람에게 죽음이 온 것도,
죄가 그를 여기로 이끈 것도 아니요.
단지 이 사람에게 완전한 경험을 하게 하려고   48

이미 죽은 내가 그를 데리고
지옥의 여러 고리를 지나 이곳까지 왔소.
지금 내 말은 모두 사실이오."   51

그의 말을 들고 깜짝 놀란 수많은 망령이
고통도 잊고 볼제 속에서
멈추어 서서 나를 쳐다보았다.   54

"그렇다면 곧 태양을 보겠군요.
그럼 수사 돌치노[9]에게
내 뒤를 따라오길 원하지 않는다면   57

곡식을 충분히 준비해 두라고 전해 주시오.
그렇게 하면 폭설로 노바라[10] 사람들이 앉아서
이기는 일은 일어나지 않을 거라고 말이오."   60

무함마드는 떠나려고 한쪽 발을 떼었다가
내게 말을 마친 후에야
그 발을 내려놓고 떠났다.   63

목에 구멍이 뚫리고 코는 눈썹까지
찢어졌으며, 한쪽 귀만 남은
한 망령이 다른 망령들과 함께   66

놀란 듯이 보고 있다가
붉은 피로 물든 목구멍을 열어
다른 망자들보다 먼저 말했다.   69

"아, 죄의 형벌을 받지 않는 자여!
너무나 닮아서 내가 속은 것이 아니라면
저 위 라틴 땅에서 당신을 본 기억이 있소.   72

그대가 만약 돌아가서 베르첼리에서
마르카보에 이르는 아름다운 평원[11]을 보게 되거든
메디치나의 피에르[12]를 떠올려 주시오.   75

그리고 우리의 예견이 맞길
바라며, 파노[13]의 훌륭한 두 사람
귀도와 안지올렐로[14]에게   78

잔인한 폭군의 배신으로 인해
그들이 타던 배에서 내던져져
카톨리카[15] 근처에서 익사할 것이라고 전해 주시오.   81

키프로스 섬과 서쪽 끝 마요르카 섬 사이에서,[16]
어떤 해적들이나 그리스 사람들 사이에서도,
그렇게 큰 범죄는 포세이돈도 본 적이 없을 거요.   84

애꾸눈의 그 배신자,[17]
여기 나와 같이 있는 이자[18]가 영원히
보고 싶지 않을 땅을 차지한 그놈은   87

그들에게 회담을 하자고 유인한 후
포카라[19]의 바람을 피하기 위한 맹세나
기도를 할 새도 없게 할 것이오."   90

내가 이야기했다. "당신의 말을 저 위 세상
사람에게 전하고 싶다면, 그 땅이
보기 싫다는 자를 내게 보여 주시오."   93

그러자 그는 동료의 턱을 잡고
입을 벌린 후 말했다. "바로
이자[20]인데 말을 하지 못하오.   96

쫓겨나 있던 이자는 '준비된 상태에서
주저하면 모든 것을 잃고 맙니다.'라고 말하며
카이사르를 선동했지요."   99

아, 그토록 기탄없이 말하던 쿠리오가
목구멍에서 혓바닥이 뽑힌 채
어찌나 두려움에 떨고 있던지!   102

다른 한 망령은 두 손이 잘린
짧은 양팔을 어두운 허공에 쳐들고
뚝뚝 떨어지는 피로 얼굴을 물들이며 외쳤다.   105

"이봐요. 모스카[21]도 기억해 주시오.
'일이 잘되면 모두 끝난다.'라고 이야기했던 난
토스카나 사람들에게 악의 씨앗이 되었지."   108

내가 이어서 말했다. "당신 가문의 멸망도 마찬가지였지."[22]
그러자 그는 고통에 고통이 더해져
미친 사람처럼 떠나 버렸다.   111

나는 볼제 속 망령들을 계속 보고 있었는데
순수라는 갑옷 아래에서
한 사람에게 용기를 주는 훌륭한 친구,   114

양심에게 신뢰를 갖지 못했다면
아무런 증거 없이 그자에 대해
말로 표현할 수 없었을 것이다.   117

하지만 나는 똑똑히 보았다. 여전히 눈앞에 있는 듯하다.
머리가 잘린 몸이 온전한 몸을 가진 다른
사악한 망령들과 태연히 걸어가고 있는 광경을.   120

그자는 잘려 나간 자신의 머리를 초롱불처럼

들고 있었다. 그 머리는

우리를 향해 "가련한 내 신세여!" 하고 한탄했다.   123

제 몸으로 자신의 등불이 되었으니

하나면서 둘이고, 둘이면서 하나였다.

어떻게 그것이 가능한지는 그에게 벌을 내린 분만이 알 것이다.   126

그가 돌다리 근처에 왔을 때

그자는 말소리가 우리에게 잘 들리도록

자신의 머리를 높이 쳐들고 말했다.   129

"이 끔찍한 벌을 보시오.

숨을 쉬며 망자들을 찾아다니는 자여!

이보다 참혹한 형벌을 본 적이 있습니까?   132

내 이야기를 전해 주오. 나는

젊은 왕에게 사악한 충고를 한

보른의 베르트랑[23]이요.   135

부자(父子) 사이를 멀어지게 했죠.

압살롬과 다윗을 이간질한 아히도벨의

교사(敎唆)보다도 더 사악했을 것이오.   138

서로 단단히 맺어져 있던 자들을 내가 갈라놓았으니
내 머리를 몸뚱이에서 잘라 내 이렇게 들고 다닌다오.
아, 비참하구나!   142

인과응보의 이치가 내겐 이렇게 나타났소."

제29곡

피투성이를 한 무수한 망령들과 끔찍한
상처들을 나는 취한 듯
몽롱한 눈으로 바라보았다. 울고 싶었다.   3

그러나 베르길리우스가 말했다.
"무엇을 보고 있느냐? 왜 너의 눈은
저 아래의 난도질당한 망령들만 보고 있느냐?   6

다른 볼제에서는 그러지 않았다.
네가 저들을 모두 보려고 한다면 이 볼제의
둘레가 22마일[1]이라는 것을 염두에 두거라.   9

달은 어느덧 우리 발밑에 있다. 우리에게
허락된 시간은 얼마 남지 않았다.
앞으로 봐야 할 것들이 많이 남아 있다."   12

"제가 멍하니 쳐다보고 있었던 이유를
선생님께서 아셨다면
아마도 조금 더 머물도록 해 주셨을 겁니다."   15

길잡이가 걸어가는 동안 나는
그 뒤를 쫓으며 대답했다.
그리고 말을 덧붙였다. "저 볼제 속에는,   18

제가 뚫어지게 쳐다보던 그곳에는
제 혈육 하나가 비싼 죗값을 치르며
눈물을 흘리고 있는 것 같더군요."   21

"앞으로는 그자를 떠올리며
마음 아파하지 말거라. 그자는
그곳에 그냥 두고, 다른 자들을 보아라.   24

나도 그자를 돌다리 아래에서 보았다.
그는 손가락질을 하며 널 위협했지.
그를 제리 델 벨로[2] 라고 부르더구나.   27

그때 너는 오트포로를 차지했던
자[3]에게 모든 정신이 쏠려 있어
그를 발견하지 못했고, 그는 곧 가 버렸지."   30

"아, 길잡이시여! 제 당숙인 그는
처참하게 죽었습니다. 제 가문은 그의 치욕을
아직까지 갚아 주지 못했습니다.   33

그런 이유로 화가 난 그는
말도 없이 가 버렸을 것입니다.
그래서 더 괴롭기만 합니다."   36

우리는 이런 대화를 나누며 돌다리를
지나 다음 볼제가 보이는 곳에 이르렀다.
빛이 있었다면 속이 잘 보였을 것이다.   39

우리는 말레볼제의 마지막 수도원 위에
당도했다. 그곳의 수도자들이
우리 눈앞에 나타났다.   42

그들은 나에게 수많은 통곡의 화살을
쏘아 댔다. 그 상처는 동정심으로 물들었고
나의 두 손은 귀를 막았다.   45

7월에서 9월까지 발디키아나와
마렘마, 그리고 사르데냐에서 퍼져 나간
모든 전염병과 고통을   48

한 구덩이에 몰아넣은 것처럼
이곳이 그랬다. 이곳의 고약한 냄새는
썩고 있는 인육에서 풍기는 것 같았다.   51

우리는 늘 그랬듯이 왼쪽으로 돌아
긴 다리를 내려가서 말레볼제의 마지막 둑에
이르렀다. 그러자 저 아래 바닥까지   54

볼 수 있었다. 그곳에서는 하느님의 사도,
기만을 용납하지 않는 정의가
세상에서 기록한 위조자들을 벌하고 있었다.   57

아이기나[4]의 백성 전부가 병에 걸리고
대기는 사악한 독으로 가득 차
짐승들뿐만 아니라 작은 벌레들까지 모조리   60

쓰러졌다는데, 또 시인들이 단언하듯이
백성들이 개미들의 알에서
다시 살아났다고는 하지만,   63

이 어두운 골짜기에서 무리를 지어
고통스러워하는 망령들을 보는
것보다 더 큰 슬픔은 없으리라.   66

어떤 자는 배를 깔고, 어떤 자는 서로의 등을
맞대고 눕고, 또 더러는 험난한 길을
괴로워하며 기어가고 있었다.   69

우리는 말없이 천천히 걸음을 옮기며
몸을 일으키지도 못하는 이 병자들을
보고, 그들이 신음하는 소리를 들었다.   72

나는 등을 맞대고 앉은 두 사람을 보았는데,
마치 두 개의 냄비를 기대어 끓이는 것 같았다.
그들의 몸에는 딱지가 정수리부터 발끝까지 뒤덮여 있었다.   75

못 견디게 가려워도 다른 방법이 없는
가려움증 환자처럼 몸부림을 치면서
손톱으로 온몸을 마구 긁어 대고 있었다.   78

조급한 주인에게 들볶인 마구간 소년이나
억지로 밤을 지새우는 마부가 말을
빗질하는 것도 이보다 심하지는 않았을 것이다.   81

그들은 식칼로 잉어나 큼직한
비늘을 가진 큰 물고기의 비늘을 벗겨 내는 것처럼
손톱으로 상처의 딱지를 벗겨 냈다.   84

길잡이가 그들 중 한 명에게 말을 붙였다.
"그대는 손가락으로 집게를 만들어
갑옷 같은 딱지를 떼어 내고 있군.   87

이 중에 라틴 사람이 있는지.
그리고 그대들의 손톱은 영원토록
이런 일만 해야 되는지 알려 주시오."   90

그러자 그중 한 명이 울며 말했다. "그대가 보고 있는
상처투성이의 우리 둘은 라틴 사람이오.
그런데 이런 질문을 하는 그대는 누구요?"   93

길잡이가 말했다. "나는 여기 살아 있는 사람과 함께
여러 고랑을 내려오며
그에게 지옥을 보여 주고 있소."   96

그러자 서로 등을 맞대고 있던 자들이 떨어지며
몸을 떨었다. 길잡이의 말을 가만히 듣던
다른 자들도 떨면서 내게로 몸을 돌렸다.   99

어진 선생님께서 내게 가까이 다가서며 이야기했다.
"네가 알고 싶은 것을 저들에게 물어봐라."
나는 그가 바라는 대로 입을 열었다.   102

"첫 번째 세상 사람들에게
당신들에 관한 추억이
오래도록 기억되길 바란다면,   105

당신이 어디 출신의 누구인지 알려 주시오.
또 당신들의 더럽고 괴로운 형벌을
두려워하지 말고 전부 말해 주시오."   108

그 가운데 한 명이 말했다. "나는 아레초 사람[5]이오.
시에나의 알베로가 나를 불 속에 처넣었소.
하지만 그것 때문에 여기에 있는 것은 아니요.   111

사실은 내가 농담으로
'나는 하늘을 날 수 있다.'라고 하자
허영이 심하고 멍청한 그자는   114

그 재주를 보여 달라고 했소. 그리고 자기를
다이달로스[6]로 만들지 못했다고, 그놈을
아들처럼 생각하는 자를 부추겨 나를 불태웠소.   117

그러나 허위를 허락하지 않는 미노스가 나를
이곳 열 번째 볼제에서 죗값을 치르게 한 것은
내가 세상에서 연금술을 했기 때문이오."   120

나는 시인에게 물었다. "과연
시에나 사람들처럼 허황된 자들이 또 있을까요?
프랑스 사람들도 그렇지는 않겠지요?"   123

내 말을 듣고 있던 다른 문둥이가
이어서 말했다. "물려받은 재산을
알뜰하게 써 버린 스트리카[7]를 제외하시오.   126

또한 니콜로도 제외하시오. 그자는
그 비싼 정향을 곁들인 요리법을 개발했고
철없는 시에나 사람들은 좋아라 했다지.   129

포도밭과 삼림을 팔아먹은 카치아 다쉬안과
자신의 명석함을 자랑하던 압발리아토가 속한
그 낭비족[8]도 제외하시오.   132

그런 시에나 사람들과 다른, 당신 마음에 드는
사람을 찾는다면 나를 자세히 보시오.
내 얼굴이 대답해 줄 것이오.   135

내가 연금술로 금속을 위조했던
카포키오[9]의 망령임을 알아볼 것이오.
내가 당신을 잘못 보지 않았다면, 당신은 기억할 것이오.   138

내가 얼마나 타고난 원숭이였던지를!"[10]

제30곡

헤라가 세멜레 때문에
테베의 사람들에게 수없이
분노를 터뜨리던 때[1]   3

아타마스는 완전히 미쳐서
자신의 두 아이를 양 팔로 안고 가는
아내를 보고 소리쳤다.   6

"그물을 쳐라! 내가 길목에서
암사자와 새끼 사자들을 잡겠다."
아타마스는 무자비한 손을 뻗어   9

레아르코스라는 이름의 아이를 붙잡아
빙빙 돌리다가 바위에 집어 던졌다. 그러자
아내는 다른 아이를 안고 물에 뛰어들어 죽었다.[2]   12

운명이 무엇이든 기세등등하던
트로이 사람들의 오만함을 땅에 떨어뜨리고
그의 왕국과 함께 몰락했을 때   15

포로가 된 가여운 헤카베는
폴리세네의 죽음과 해변에 떠밀려 온 아들
폴리도로스의 시신을 보고   18

가슴이 찢어지는 아픔을 겪으며
개처럼 울부짖었다. 너무나 괴로운 나머지
결국 미쳐 버렸다.[3]   21

그러나 테베와 트로이 사람들의 광기가
아무리 잔인하게 짐승을 찌르고
사람의 사지를 찢었다 해도, 그때 내가 목격한   24

우리에서 풀려난 돼지 떼처럼
서로를 물어뜯으며 내달리던 창백한 두 나체의
망령들보다 잔인하지는 않았을 것이다.   27

그중 하나가 카포키오에게 달려들어
목덜미를 물더니 질질 끌고 갔다.
그의 배가 돌바닥에 긁혔다.   30

이 모습을 보던 아레초 사람이 몸을 떨며
내게 말했다. "저 미친 망령은 지안니 스키키[4]요.
저렇게 미쳐서 우리를 따라다니며 괴롭히지요."   33

나는 그에게 물었다. "다른 망령이 그대를
물어뜯지 않길 바라겠소. 그런데 그 망령은 도대체
누구인지 떠나기 전에 알려 주시오.   36

"발칙한 미라[5]의 오랜 영혼이오.
미라는 올바른 사랑에서 벗어나
자기 아비의 연인이 되었지요.   39

이 계집은 다른 사람으로 가장하여
겁도 없이 자기 아비와 죄를 저질렀소.
저기 가는 저놈과 매한가지였지요.   42

저놈[6]은 가축들 중 최고를 갖기 위해
부오소 도나티로 가장하여
유언하고 유언장을 위조했지요."   45

내가 지켜보던 두 미치광이 죄인들이
가 버린 후 나는 다른 죄인들에게
눈을 돌리다가   48

류트[7]처럼 생긴 자를 보았다. 그는
가랑이 밑이 몸통에서
완전히 잘려 나간 것 같았다.   51

매우 심한 수종(水腫)으로 인한 악성 체액 때문에
사지가 이상하게 뒤틀린 것인데
얼굴은 부어오른 배와 전혀 어울리지 않았다.   54

마치 갈증에 시달리는 폐병쟁이의 아랫입술이
턱을 향하고, 윗입술은 위를 향해
쳐들린 것처럼, 입을 벌리고 있었다.   57

그가 말했다. "이유는 알지 못하지만
당신들은 이 고통의 세상에
어떤 벌도 받지 않고 있군요. 이 불쌍한 장인(匠人)   60

아다모[8]의 모습을 기억해 두시오.
나는 생전에 원하던 것을 모두 가졌지만
지금은 한 방울의 물을 간절히 원하고 있소.   63

카센티노[9]의 푸른 언덕에서 이룬
신선한 물줄기가 아르노 강으로 잔잔하게
흘러드는 실개천들이 시도 때도 없이   66

눈앞에 어른거리오. 그것을
생각하는 것은 내 얼굴을 수척하게 하는
병보다 더 갈증이 나게 하오.   69

내게 고통을 주고 있는 엄격한 정의가
하필 내가 죄를 저지른 곳을 생각나게 하며
더욱 한숨짓게 하는군요.   72

그곳은 로메나,[10] 내가 세례자의 얼굴을[11]
새겨 위조화폐를 만들던 곳이오. 나는
그것 때문에 저 위에 불에 탄 육신을 남겼다오.   75

그러나 만약 귀도나 알레산드로, 또는
그 형제의 고약한 영혼들을 이곳에서 만난다면
내 눈앞에 브란다 샘이 있다 해도 거들떠보지도 않지!   78

주변을 미쳐 날뛰는 영혼들의 말이 사실이라면
이 안에 한 놈은 와 있다고는 하나
사지가 묶여 있는 내게 무슨 소용이 있겠소.   81

백 년에 한 치씩만이라도
이동할 수 있도록 조금만 더 가벼웠다면
나는 그놈을 찾아 이 불구자들 사이로   84

이미 찾아 나섰을 것이오. 설사
볼제의 둘레가 11마일에다
너비가 반 마일일지라도 말이오.   87

그놈들 때문에 내가 이런 무리 속에
섞여 있소. 그놈들이 나를 꼬드겨
삼 캐럿의 쇠 찌꺼기로 피오리노를 만들게 한 것이오."   90

"당신 오른쪽에 매우 가까이
누워서 추운 겨울날 젖은 손처럼 김을
피워 올리고 있는 두 사람은 누구입니까?"   93

"내가 이 볼제에 떨어졌을 때부터
이들은 단 한 번도 움직이지
않았는데, 영원히 움직이지 못할 것이오."   96

한 계집은 요셉을 모함한 거짓말쟁이,[12] 다른 놈은
트로이의 거짓말쟁이 그리스인 시논[13]이오.
그들은 열병에 걸려 악취를 뿜고 있소."   99

그러자 둘 중 한 명이 그런 식으로
이름이 밝혀진 것에 화가 났는지
주먹으로 아다모의 불룩한 배를 쳤다.   102

북이 울리는 것 같았다. 그러
아다모도 지지 않고 뻣뻣한 손으로
상대의 얼굴을 후려갈기며 말했다.   105

"내 몸이 무거워서
움직이지는 못하지만
팔은 아직 자유롭단 말이야!"   108

그러자 시논이 말했다. "화형대에 섰을 땐
이렇게 팔이 빠르지 않았잖아? 물론
돈을 위조할 때는 훨씬 빨랐겠지."   111

수종 환자가 대꾸했다. "네 말은 사실이다. 하지만
트로이에서 진실을 말하라고 했을 때
넌 지금처럼 사실대로 증언하지 않았지."   114

시논이 말했다. "나는 거짓말을 했지만 넌 돈을 위조했다.
난 거짓말 하나로 이곳에 왔지만
넌 어떤 악마보다도 나쁜 놈이야."   117

"맹세를 어긴 놈아! 목마를 잊었나?"
배불뚝이가 말했다.
"부끄러워해라! 온 세상이 알고 있다."   120

그리스인이 맞받아쳤다. "네 혀를 가르는
갈증이나 생각해라. 또 눈앞을 가리도록 빵빵하게 채운
뱃속의 썩은 물도!"   123

그러자 위조범이 말했다. "네 아가리가
아직은 벌어져서 떠들어 댄다만
내가 갈증에 시달리고 배에 물이 차오르면,   126

넌 고열로 몸이 타고 머리통이 지끈지끈 아플 거야.
그러니 네놈은 정신없이
나르키소스[14]의 거울이나 핥아 대겠지."   129

나는 그들의 말싸움에 정신이 팔려있었다.
선생님이 내게 말했다. "실컷 보렴.
하지만 잘못하다간 내가 너와 싸우겠구나!"   132

성난 목소리에 나는 그분에게로 몸을 돌렸다.
어찌나 부끄러웠던지 아직까지도
그 생각만 하면 아찔하다.   135

불길한 꿈을 꿀 때 그것이
꿈이기 만을 바라는, 있었던 일이
실제가 아니기를 바라는 마음처럼.   138

용서를 빌고 싶은 마음이 간절했지만
말을 할 수 없어서 용서를 제대로
빌었는지 모르겠다. 선생님이   141

말했다. "작은 부끄러움은
너의 잘못보다 더 큰 잘못도
씻어 준다. 그러니 이제 걱정하지 마라.   144

또다시 말다툼을 벌이는 자들 사이에
너도 모르게 끼어들게 되면
내가 항상 곁에 있다는 것을 기억해라.   147

그런 것을 들으려는 마음은 천박한 것이니."

제31곡

하나의 혀[1]는 처음에는 나의 양 볼을
깨물어 빨갛게 물들이더니
곧 다시 내게 약을 주었다.   3

아킬레우스와 그 아비의 창[2]도
처음에는 고통을 주었으나 나중에는
좋은 약이 되었다고 들었다.   6

우리는 참담한 골짜기를 뒤로하고
골짜기를 둘러싸고 있는 둔덕 위로
말없이 올라갔다.   9

그곳은 밤도 아니고 낮도 아니었다.
나는 앞을 거의 볼 수 없었다.
어디선가 뿔 나팔 소리가 크게 들렸다.   12

그것은 천둥소리보다 더 컸다.
나는 그 소리가 들려온 길을 향해
두 눈을 집중시켰다.   15

샤를 마뉴[3]가 비통하게 싸움에 패하여
성스러운 용사들을 잃었을 때
롤랑[4]도 그렇게 무섭게 울리지는 않았을 것이다.   18

그쪽으로 머리를 돌린 지 얼마 지나지 않아
멀리 높은 탑들이 눈에 어른거렸다.
"선생님, 여긴 어딥니까?" 내가 물으니   21

그가 대답했다. "내가 어둠 속에서
너무 멀리까지 보려고 하니
진실과 상상을 혼동한 모양이구나.   24

눈은 멀리 있는 것에 속기 십상이라는 것을
저곳에 가 보면 깨닫게 될 것이다.
그러니 조금 더 서둘러 걷도록 하자."   27

선생님은 다정하게 내 손을 잡고 말했다.
"더 나아가기 전에 먼저
네가 알고 있어야 할 것은,   30

사실은 네 눈에 보이는 저것들이
탑이 아니라 거인들[5]이라는 것이다. 그들은 모두 배꼽 아래쪽이
둔덕으로 에워싸인 웅덩이에 잠겨 있다."   33

마치 짙은 안개가 걷히면서
가려져 있던 것이 눈앞에서
서서히 모습을 드러내듯이,   36

어둡고 빽빽한 대기를 뚫고 언덕으로
다가가는 동안 나의 오해는
사라지고 대신 공포가 나를 엄습했다.   39

몬테레지온[6]이 성벽 위에
탑들을 빙 둘러 세우고 있듯이
웅덩이를 둘러싼 둑 위에   42

거인들이 무시무시한 모습으로 상반신
탑처럼 세워져 있었다. 하늘의 제우스는
아직도 천둥소리로 그들을 위협하고 있었다.   45

나는 어느덧 그중 한 거인의 얼굴과
어깨, 가슴, 배의 대부분, 그리고
옆구리에 늘어져 있는 팔을 알아볼 수 있었다.   48

자연이 이런 생명체를 만들지 않고
마르스에게서 그런 전사를 뺏은 것은
분명 잘한 일이었다.   51

자연이 코끼리나 고래 같은 것들을
만들었지만, 그것은 신중히 생각해 보면
정당하고 이치에 맞는 일이었다.   54

왜냐하면 사악한 의지와 폭력에
이성과 사고력까지 더해진다면
아무도 이들을 막을 수 없기 때문이다.   57

거인의 얼굴은 로마의 성 베드로 성당의
솔방울[7]처럼 길고 컸다. 몸의 다른 부위들도
그 얼굴에 비례할 만큼 클 것 같았다.   60

하반신에 치마를 두른 듯한
둔덕 위로도 어마어마하게 높이 치솟아 있었다.
프리슬란트[8] 사람 세 명을 그 위로   63

올려놓는다 해도 사람의 망토 단추를 잠그는 곳에서
아래의 둔덕까지 서른 뼘은 넘어 보였으므로
그의 머리털은 만지지 못하리라.   66

"라펠 마이 아메흐 차비 알미."[9]
그 사나운 입이 외쳐 댔다. 그의 입에
이보다 어울리는 달콤한 성가란 없을 것이다.   69

길잡이가 그에게 큰소리로 말했다. "어리석은 망령아!
분노나 다른 감정이 치밀거든
화풀이로 뿔 나팔이나 불어라.   72

이 얼빠진 놈아, 네 목에 걸려 있는 줄을
더듬어 보면 네 커다란 가슴에 달려 있는
뿔 나팔이 손에 잡힐 것이다."   75

그런 뒤 내게 말씀하셨다. "놈은 고백하는 것이다.
저자는 니므롯[10]인데 저놈의 멍청한 생각[11] 때문에
세상의 언어가 더 이상 하나가 아니게 되었지.   78

저자는 내버려 두고 쓸데없는 말은 그만두자.
그의 말을 아무도 못 알아듣듯이
어떤 말도 그에게는 통하지 않는다."   81

우리는 계속해서 왼쪽으로 돌아갔다.
화살이 닿을 만한 거리에서
더 크고 사나운 놈을 보았다.   84

그놈을 포박해 놓은 분이 누구인지
모르지만, 그 거인은 왼팔은
앞으로 오른팔은 뒤로 돌려진 채 쇠사슬에   87

묶여 있었다. 쇠사슬은 목덜미에서부터
웅덩이 위로 드러난 거인의 상반신을
다섯 번이나 휘감아 단단히 묶고 있었다.   90

길잡이가 말했다. "이 교만한 놈은
지존하신 제우스에 맞서서 자기 힘을
시험해 보려 했다. 그래서 저렇게 벌을 받고 있지.   93

이름은 에피알테스.[12] 거인들이 신들을 위협했을 때
엄청난 힘을 과시하더니 이제는 휘두르던 팔을
움직이지도 못하는구나."   96

"가능하다면, 짐작하기도 힘든
어마어마하게 큰 브리아레오스[13]를
제 눈으로 직접 보고 싶습니다."   99

"너는 가까운 곳에서 안타이오스[14]를 볼 것이다.
그는 말도 하고 움직일 수도 있다.
그가 우리를 죄의 밑바닥으로 보내 줄 것이다.   102

네가 보고 싶어 하는 자는 훨씬 멀리 있는데
그놈은 이놈처럼 묶여 있고
얼굴이 더 험상궂게 생긴 놈이다." 105

그때 별안간 에피알테스가 몸부림을 쳤다.
아무리 큰 지진이 일어나도
그만큼 탑을 흔들지는 못하리라. 108

그때 나는 어느 때보다도 죽을까 봐 겁이 났다.
그놈을 동여맨 쇠사슬이 없었더라면
겁에 질려 죽고 말았을 것이다. 111

우리는 앞으로 걸어가서 안타이오스에게
갔다. 그는 머리뿐만 아니라 두 팔 반이나 되는
몸이 도랑 밖으로 나와 있었다. 114

"당신은 한니발이 부하들과 함께 달아나고
스키피오[15]가 영광스러운 상속자가 되었던
그 행운의 계곡에서 117

천 마리의 사자를 잡아먹었다지요.
또 당신 형제들이 일으킨 전쟁에
당신이 가담했더라면 틀림없이 땅의 아들들이 120

승리했을 것이라고 생각합니다.
바라건대, 추위가 코키토스[16]를
얼리는 곳으로 우리를 보내 주시오.   123

우리를 티티오스나 티폰[17]에게 보내면 안 되오.
이 사람은 당신이 간절히 원하는 것을
줄 수 있으니 얼굴을 찌푸리지 말고 몸을 숙이시오.   126

그는 아직 살아 있고, 운명이 그를
천명보다 일찍 부르지 않는다면 오래 살 것이니
당신의 이름을 세상에 알릴 수 있을 것이오."   129

선생님이 이렇게 말하자
헤라클레스의 손을 호기롭게 붙잡던
그의 손을 뻗어 선생님을 붙잡았다.   132

베르길리우스는 붙잡혔다는 것을 느끼자 내게
말했다. "이리로 오너라. 내가 널 붙잡을 것이다."
이내 그와 나는 한 몸이 되었다.   135

기울어진 가리센다 탑[18] 위로
구름이 지날 때 밑에서 올려다보면 탑이
마치 앞으로 기우는 것처럼 보이듯이,   138

안타이오스가 허리를 굽혔을 때
내 눈에 보인 모습이 그랬다. 나는
너무 무서워서 차라리 다른 길로 가고 싶은 심정이었다.　　　141

그러나 그는 루키페르[19]를 유다와 같이
집어 삼킨 밑바닥에 우리를 사뿐히 내려놓았다.
그는 허리를 굽힌 채 있지 않고 이내　　　144

배의 돛대처럼 큰 몸을 세웠다.

제32곡

지옥의 모든 바위가 짓누르고 있는
저 끔찍한 웅덩이에 알맞은
거친 시를 노래할 수 있다면   3

내 생각의 정수(精髓)를 더 힘껏
짜낼 텐데. 하지만 그렇지 못하므로
두려움 없이는 이야기를 할 수가 없다.   6

전 우주의 밑바닥을 표현하는 것은
농담처럼 가볍게 할 일도 아니고
엄마 아빠를 부르는 말도 아닐 테니까.   9

그러나 암피온[1]을 도와 테베의 성벽을
쌓은 여인들이여! 나를 도와 내 이야기가
사실과 다르지 않도록 해 주시오.   12

아, 그 무엇보다 사악하게 창조되어

형언할 수 없을 만큼 천한 자들이여!

세상에서 차라리 양이나 염소였다면 얼마나 좋았을까.　　　　15

거인들의 발밑을 떠나서 더 아래로

어두운 웅덩이로 내려왔을 때

나는 다시 높은 절벽을 올려다보았다.　　　　18

그때 누군가의 목소리가 들렸다.

"조심해서 걸어라.

가엾고 지친 네 형제들의 머리를 밟지 않도록."　　　　21

뒤를 돌아 앞을 보자.

발아래에 호수가 나타났는데, 얼어붙어

물이 아니라 유리 같았다.　　　　24

겨울철 오스트리아의 다뉴브 강이나

추운 하늘 밑의 돈 강도 물줄기에

이렇게 두꺼운 너울을 펼치진 못할 것이다.　　　　27

탐베르키니 산이나 피에트라피아나 산[2]이

그 위에 무너진다고 해도

가장자리에 금도 가지 않을 것 같았다.　　　　30

촌부(村婦)가 이삭을 줍는
꿈을 꿀 계절에, 개구리가 물 위로
코만 내밀고 개굴개굴 우는 것처럼,   33

얼음 속에 갇힌 슬픈 영혼들이
부끄러움이 먼저 나타나는 얼굴까지 납빛으로 변하여
황새처럼 이빨을 딱딱 맞부딪치고 있었다.   36

전부 얼굴을 숙이고 있었으며
입에서는 추위가, 눈에서는
애수가 어려 있었다.   39

잠시 주위를 둘러보다 발아래를 보니
서로 달라붙어
머리카락까지 한데 엉킨 두 영혼이 있었다.   42

"가슴을 맞대고 있는
그대들은 누구입니까?" 그들은 머리를 돌려
나를 향해 얼굴을 들었다.   45

처음에는 눈에 고여 있던
눈물이 흘러내려 입술을 적셨다. 그러자 추위는
눈물을 얼려 서로를 더 붙여 버렸다.   48

그 모습은 거멀장이 나무와 나무를
죄어 붙인 것보다 훨씬 견고해 보였다. 화가 머리끝까지 난
그들은 두 마리의 숫양처럼 맞붙었던 것이다.   51

추위 때문에 두 귀를 잃은 다른
영혼 하나가 얼굴을 숙인 채 말했다.
"우리를 왜 거울 보듯 보고 있는가?   54

이 두 사람에 대해 알고 싶은가?
비센치오 강³이 흐르는 계곡이
그들과 그들의 아비 알베르토의 것이었다.   57

그들은 한 몸에서 태어났다. 카이나⁴를 모조리
뒤져 보아도, 그들보다 이 얼음에 처박히는 데
어울리는 망령을 찾을 수는 없을 것이다.   60

아서 손에 의해 가슴과 그림자까지도
구멍 난 그놈⁵이나 포카치아⁶도
그들보다 못했다. 그리고 대가리로 내 앞을   63

가리고 있는 사솔 미스케로니⁷란 놈도
그대가 토스카나 사람이라면 잘 알겠지만
역시 그들보단 못했다.   66

276

그러니 당신은 내게 더는 말을 시키지 마라.
나는 카미치온 데 파치[8]였으며, 내 죄를 덜어 줄
카를린[9]을 간절히 기다리고 있다.”   69

나는 추위로 인해 납빛으로 변한 수천 개의
강아지 꼴이 된 얼굴을 보았다. 그래서 아직도
얼어붙은 물만 보면 소름이 끼친다. 앞으로도 그럴 것이다.   72

모든 중력이 모이는 곳, 중심을 향해
가는 동안, 나는 영원히 계속될
그늘에서 몸을 덜덜 떨었다.   75

천명인지 운명인지 알 수 없으나
머리들 사이를 지나가던 중
누군가의 머리를 발로 찼다.   78

그가 울부짖었다. “왜 날 차는 거야?
몬타페르티의 복수[10]를 하려는 거냐?
그게 아니라면 왜 날 괴롭히는가?”   81

“선생님, 저에 대한 저자의
의심을 없앨 수 있도록 여기서 절 기다려 주세요.
그런 뒤 바라시는 대로 재촉해 주십시오.”   84

선생님은 멈추어 섰다. 나는 여전히
함부로 지껄이고 있는 그자에게 말했다.
"그렇게 사람을 욕하는 넌 누구냐?"   87

그가 응수했다. "네놈은 누구이기에 남의 머리를
함부로 발로 차며 안테노라[11]로 가는 것이냐?
살아 있다고 해도 너무 심한 것 아니냐?"   90

"나는 살아 있는 사람이다. 너의
이름이 세상에 알려지길 바란다면, 네 이름을
내 머릿속에 새겨 두겠다."   93

"내가 바라는 것은 그와 정반대다.
더는 날 괴롭히지 말고 당장 여기를 떠나라.
그런 감언이설은 여기서는 아무 소용없다."   96

그래서 나는 그놈의 머리채를 휘어잡고 말했다.
"네놈 이름을 말해라.
그렇지 않으면 머리카락을 몽땅 뽑아 버리겠다."   99

"머리카락을 모두 뽑아 버리든
내 머리통을 수천 번 걷어차든
내 이름은 절대 말하지 않겠다."   102

나는 이미 휘어잡은 그의 머리카락을
한 움큼이나 뽑아 낸 상태였다.
그놈은 눈을 내리깐 채 울부짖었다.   105

그때 다른 한 놈이 외쳤다. "보카, 왜 그래?
이빨 부닥치는 소리만으로도 충분한데 이젠 악을 쓰는구나.
어떤 악마가 널 못살게 구는 거야?"   108

내가 대답했다. "이제 네 말 따위는 듣고 싶지 않다.
이 극악무도한 반역자야. 너의 치욕과
뻔뻔스러움을 온 세상에 퍼뜨려 주겠다."   111

그가 응수했다. "꺼져라. 가서 네 마음대로 지껄여라.
그러나 이곳을 빠져나가면 혀를 함부로 놀린
저놈에 대해서도 말해야 한다.   114

저놈은 프랑스인들에게 받은 은화 때문에
이곳에서 울고 있다. 가서 이렇게 전해라. '죄인들이
얼어붙은 곳에서 두에라의 그놈을 봤다.'   117

누가 '거기에 또 누가 있던가?'라고 묻거든
피렌체 사람들에 의해 목이 날아간
베케리아의 그놈[12]이 네 옆에 있었다고 말해라.   120

저기 잔니 데이 솔다니에르[13]가 있을 것이다.
가넬로네[14]와, 사람들이 잠든 사이에
파엔차의 성문을 열어 준 테발델로[15]가 같이 있을 것이다." 123

우리는 이미 그자로부터 멀어졌다. 한 구멍에
얼어붙어 있는 두 망령을 발견했다.
한 망령의 머리가 다른 자의 모자가 되어 있었다. 126

허기가 져서 빵을 허겁지겁 먹는 것처럼
위에 있는 자가 밑에 있는 자의 머리와 목이
이어진 곳을 쉼 없이 물어뜯고 있었다. 129

머리와 다른 여러 곳을 물어뜯고 있는
그 모습이 티데우스가 미친 듯이 멜라니포스의
관자놀이를 물어뜯는 것[16]과 흡사했다. 132

내가 그에게 물었다 "이자를 이토록
짐승처럼 게걸스럽게 먹으며 미워하고 저주를
퍼붓는 이유가 무엇이오? 만약 그대에게 135

정당한 이유가 있다면, 또 그대들이 누구이며,
저지의 죄가 무엇인지 알려 준다면
내 혀가 마르지 않는 한 138

저 위 세상에서 그대에게 보상해 주겠소."

제33곡

그 죄인은 참혹하게 변한 먹이에서
입을 떼고 자기가 뜯어 먹던 머리통의
흐트러진 머리카락으로 입을 닦았다.   3

"내 사연을 말하자니 생각만으로도
가슴을 짓누르는 이 절망스런 고통을
그대는 또 되새기라는 것이오?   6

하지만 나의 말이 씨가 되어 내가 물어뜯었던
이 반역자에게 치욕을 맛보게 할 수만 있다면
눈물을 흘리며 이야기해 주겠소.   9

난 당신이 누구인지 또 어떻게 이 아래
세상으로 왔는지 알 수 없지만, 말투를 보아 하니
분명 피렌체 사람인 것 같군요.   12

난 우골리노 백작이었소. 이놈은
루지에리 대주교였다는 것을 먼저 알아두시오.[1]
이놈 옆에서 왜 이런 짓을 하고 있는지 말하겠습니다.   15

이놈의 사악한 술수에 넘어가
놈을 믿고 있던 내가 붙잡혀
죽게 되었다는 것은 다시 말할 필요도 없겠지요.   18

하지만 당신이 들어 보지 못한 것,
내 죽음이 얼마나 끔찍했는지를 들어 보면
이놈이 내게 얼마나 가혹했는지 알게 될 것이오.   21

나 때문에 '굶주림'이란 이름을 갖게 된,
지금까지도 다른 사람들을 감금하고 있는
그 탑 골방의 작은 창문 틈으로   24

벌써 여러 번 달빛이 새어 들어온 후
난 내 앞날의 너울을 걷어 주는
매우 흉측한 꿈을 꾸었소.   27

꿈에서 이놈이 나왔는데, 그는 피사 사람들이
루카를 볼 수 없도록 만드는 산에서 늑대와
그 새끼들을 잡는 자들의 우두머리처럼 보였소.   30

이놈은 날씬하고 민첩한 암캐들을 데리고
구알란디, 시스몬디, 란프란키[2]를
앞장세우고 있었소.   33

얼마 달아나지도 못하고 늑대와 새끼들은
지친 듯 보였소. 곧이어 날카로운 이빨이
그들의 옆구리를 물어뜯는 것을 보았소.   36

나는 새벽녘에 꿈에서 깼는데
나와 함께 갇혀 있던 자식들이 잠결에
울면서 빵을 달라고 조르는 소리를 들었소.   39

꿈이 다가올 고통을 예고하는 내 심정을 생각해도
눈물이 흐르지 않는다면 정말 그대는 매정한 사람이오.
이럴 때 울지 않는다면 대체 무엇 때문에 운단 말이요?   42

그들도 이미 깨어 있었소.
식사 시간이 다가오는데, 각자
꿈이 현실로 일어날까 봐 걱정하고 있었소.   45

그때 그 무서운 탑 아래에서
문에 못을 박는 소리가 들려왔소. 나는
아무 말도 못하고 자식들의 얼굴만 쳐다보았소.   48

나는 울지 않았지만 가슴속은 돌처럼 굳었소.
자식들은 울었소. 안셀무치오가 말하더군요.
'아버지, 왜 그렇게 보세요? 무슨 일이에요?'   51

그날 온종일, 그리고 밤이 지나 또
다른 태양이 세상에 나타날 때까지
나는 울지도, 대답하지도 않았소.   54

그 끔찍한 감옥에 희미한 빛이
새어 들어왔소. 눈에 비친 자식들의 얼굴과
내 모습이 똑같을 것이라 생각하니,   57

너무 마음이 아파서 손을 물어뜯게 되었소.
그러자 내가 배가 고파서 그러는 줄로 알고
자식들이 일어나서 말했더군요.   60

'아버지, 저희를 잡수시면 저희들의 괴로움이
그만큼 줄어들 거예요. 아버지께서 불쌍한 육신을
입혀 주셨으니 이제는 벗겨 주세요.'   63

나는 자식들의 마음을 더 아프게 하지 않으려고 진정했소.
그날도, 그다음 날도 우리는 아무 말도 하지 않았소.
아, 비정한 땅이여! 어째서 열리지도 않았단 말인가.   66

그렇게 나흘이 지났을 때
큰아들 가도가 내게로 쓰러지더니
'아버지, 왜 절 도와주지 않나요?' 하고는   69

그 자리에서 죽어 버렸소. 당신이 지금
날 보는 것처럼 닷새, 엿새 동안 한 명씩
남아 있던 세 명의 자식이 죽어 가는 것을 보았소.   72

이미 앞을 볼 수 없게 된 나는 그들의 몸을 더듬었소.
아이들이 죽고 나서 이틀 동안 그들의 이름을 불렀는데
슬픔보다도 허기가 더 견딜 수가 없었소."   75

여기까지 이야기한 그는 증오에 찬 눈으로
뼈다귀를 씹는 개처럼 그 날카로운 이빨로
그 참담한 머리통을 다시 물어뜯었다.   78

아, 피사여! '시'³ 소리가 울려 퍼지는
아름다운 나라 사람들의 수치여!
주변 도시가 너를 벌하는 데 꾸물거린다면,   81

카프라이아 섬과 고르고나 섬이 움직여
아르노 강 어귀를 막아서 너의 사람 모두가
그 안에 빠져 죽어 버렸으면!   84

비록 우골리노 백작이 너의 성들을
팔아먹었다는 소문이 있다고는 할지라도
네가 그의 자식들까지 십자가에 매달 수는 없는 것이다.　　　　87

새로운 테베여!⁴ 우구치오네와 브리가타
그리고 앞에서 이야기한 두 아이들은
아무 죄도 없는 어린아이였다.　　　　90

우리는 그곳을 떠나 다른 한 무리가 참혹하게
얼어붙어 있는 곳에 다다랐다. 그들의 얼굴은
아래로 숙이지 않고 모두 위로 추어올려져 있었다.　　　　93

그곳에는 울음이 울음을 받아들이지 않았다.
울음은 두 눈을 가리는 고통스러운 눈물로 바뀌어
눈 안으로 들어가 더 큰 고통을 주었다.　　　　96

그렇게 눈물은 단단한 응어리로 굳어져
수정으로 된 눈꺼풀인 것처럼 눈썹 아래
움푹 팬 곳을 가득 채우고 있었다.　　　　99

매서운 추위가 내 얼굴의
모든 감각을 마치 못이 박힌 것처럼
모조리 없애 버린 것 같았지만　　　　102

어디선가 한 가닥 바람이 불어오는 것을 느꼈다.
"선생님, 누가 이 바람을 일으키는 겁니까?
여기는 바람을 일으키는 열기가 없지 않습니까?"   105

그가 대답했다. "머지않아 너는
해답을 찾아 줄 곳에 도착할 것이다. 그리고 네 눈으로
그 정체를 보게 될 것이다."   108

그때 차가운 얼음 속의 한 불쌍한 망령이
우리를 향해 외쳤다. "아, 마지막 장소[5]로 가고 있는
사악한 망령들이여!   111

내 얼굴에서 이 딱딱한 너울을 벗겨
눈물이 얼어붙기 전에
가슴에 사무치는 괴로움을 하소연이라도 하게 해 주시오."   114

내가 말했다. "내 도움이 필요하다면
당신에 대해 말해 주시오. 만약 내가 당신을
도와주지 않는다면 난 얼음 아래로 가게 될 것이오."   117

"나는 수도사 알베리고[6]라고 하오.
악의 동산에서 키운 과일 때문에 여기에 있소.
이곳에서는 무화과 대신 대추야자를 따고 있소."[7]   120

"오, 당신이 벌써 죽었단 말인가?"

그가 대답했다. "저 위 세상에서 내 육신이

어떻게 되었는지 난 아무것도 알지 못하오.   123

이 프톨레매오[8]는 그런 특권이 있어서

아트로포스[9]가 움직이기 전에

영혼이 이곳에 떨어지는 일이 가끔 있다오.   126

당신이 좀 더 흔쾌히 내 얼굴에서

얼어붙은 눈물을 떼어 주고 싶도록 이 얘기를 해 주겠소.

내가 그랬듯, 영혼이 배신을 저지르면   129

그 육신은 악마가 빼앗아 가고

그 이후의 모든 시간은 모조리

악마의 지배를 받는다는 것이오.   132

내 뒤에서 겨울을 보내고 있는 자들도

영혼은 이 큰 웅덩이에 빠져 있지만

아마도 육신은 저 위 세상에서 볼 수 있을 거요.   135

당신은 지금 이곳에 왔으니

그가 브란카 도리아[10]라는 것을 알 텐데,

이렇게 갇혀 있은 지도 벌써 여러 해가 지났소."   138

내가 말했다. "당신은 거짓말을 하고 있는 것 같군.
브란카 도리아는 안 죽었소.
멀쩡히 먹고 마시고 자고 옷을 입고 있소."　　　　　　141

"위쪽에 끈적대는 역청이 끓고 있는
말레브란케의 도랑을 알지요? 그곳에
미켈레 찬케가 아직 도착하기 전　　　　　　　　　144

이자는 자신의 영혼 대신에 악마에게
자신의 육신을 넘겼소. 그자와 함께
배신을 꾀했던 친척 하나도 그랬지요.　　　　　　147

아무튼 이제 당신 손으로 내 눈을
열어 주시오." 그러나 나는 그와의 약속을 어기는 것이
예의였으므로, 그의 요구를 들어주지 않았다.　　　　150

아, 제노바 사람들이여! 모든 정직한 전통은
모조리 버리고 악의만 남긴 자들이여!
어째서 너희들은 세상에서 없어지지 않는가!　　　　153

너희들 가운데 한 명이 로마냐의 극악무도한 영혼[11]과
같이 있는 것을 보았는데, 그 죄로 인해
그 영혼은 코키토스에 빠져 있지만　　　　　　156

육신은 지금도 저 위쪽 세상에 살아 있는 듯하다.

제34곡

"지옥을 다스리는 자들의 깃발이 점점
가까워지고 있다. 네가 느낄 수 있는지
앞을 잘 살펴라." 선생님이 내게 일러 주셨다.   3

뿌연 안개가 밀려오듯이 또는
우리의 반구가 어둠에 가라앉을 때
바람에 움직이는 풍차가 저 멀리 모습을 드러내듯이,   6

뭔가 기이한 것이 보이는 듯했다.
바람은 나를 밀리게 하는데 나는 딱히 숨을 장소도
찾을 수 없었기에 길잡이 뒤로 몸을 가렸다.   9

어느새 망령들이 무리 지어 얼음에 갇힌 상태로
유리 속 짚처럼 있는 그대로가 고스란히 보이는 곳.
두려움을 안고 이를 시에 쓰고자 한다.   12

이놈들은 엎어져 있고 저놈들은 빳빳하게 서 있는데
누구는 머리를 아래로 향했고, 누구는 발을 아래로 뻗었고,
또 누구는 활같이 몸을 움츠려 얼굴이 발과 맞닿아 있었다.　　　15

길잡이는 한동안 앞을 향해 나가다
과거에 아름다운 외모를 가지고 있었던
피조물[1]을 알려 주시는 것이 재미있었던지　　　18

나의 앞을 막아서고는 이야기를 했다.
"이곳에 디스[2]가 있다.
마음을 단단히 다잡아야 할 것이다."　　　21

이 말을 듣자마자 어찌나 온몸이 굳고 힘이 빠져 버렸는지,
독자여, 부디 궁금해하지 마라! 굳이 쓰지 않는 것은
도저히 형언할 수 없기 때문이다.　　　24

나는 목숨을 잃은 것도, 유지하는 것도 아니었으니
당신들이 약간의 그런 재능을 가지고 있다면, 내가 감지하고 있는
것을 마음으로 잘 느껴 보기를 바란다.　　　27

힘겨운 왕국의 황제가 자신의 상반신을
가슴부터 얼음 위에 얹고 있었다.
과거에 마주친 거인들은 그의 팔뚝에 감히 견줄 수 없었다.　　　30

되레 거인들을 나와 비하는 것이 더 괜찮을 상황이었다.
일정한 부분이 그러니, 신체 전부는
얼마나 거대하겠는가! 부디 떠올려 보시라!   33

그는 일전에 눈이 부셨던 만큼 지금은 지저분한 모습인데
자신을 만들어 준 분께 눈썹을 찌푸렸으니
악과 고통 전부는 반드시 그놈한테서 시작되었다.   36

아, 그놈 머리에 달려 있는 세 개의 얼굴을 마주했을 때
나는 얼마나 깊은 놀라움에 빠져 있었던가!
가장 앞은 빨간색[3]을 하고 있는 얼굴이었다.   39

나머지 두 얼굴은 맨 앞 얼굴에 붙어
좌우 어깨 중앙에 불뚝 튀어나와
머리카락이 하나로 합쳐져 있었다.   42

오른쪽 얼굴은 하얀색과 노란색 사이[4]였고,
왼쪽 얼굴은 나일 강의 지역에서 살아온
사람[5]인 것만 같았다.   45

세 얼굴 밑에 거대한 몸집의 새한테나
어울릴 법한 커다란 두 날개가 곧게 뻗어 있는데, 나는 범선의
돛이라도 그것에 필적할 만큼 큰 것을 본 기억이 없었다.   48

날개에는 깃털이 달려 있지 않아

박쥐의 것과 비슷했다.

한 번 날갯짓을 하면 세 방향으로 바람이 일어나   51

코키토스 전부를 꽝꽝 얼려 버렸다.

그가 여섯 개 눈으로 흘린 눈물이 세 개의 턱 위로

떨어져 피 섞인 침과 섞여 고드름이 되었다.   54

세 개의 입은 죄인 한 명씩을 물어뜯는데

흡사 삼[麻]을 너덜너덜 찢어 버리는 것 같았다.

세 명의 죄인은 진심으로 괴로워했다.   57

앞의 놈에게 물어뜯기는 것은

다른 두 놈의 손톱이 할퀴고 지나가는 것에 비해 양호했다.

등껍질이 한 꺼풀 나가면 새로 돋아나곤 했다.   60

선생님이 이야기를 했다. "저 중앙서 가장 혹독한

벌을 치르는 망령이 가리옷인 유다[6]이다.

머리가 입 안에 들어갔고 다리는 밖으로 나와 있구나.   63

머리가 밑으로 간당거리는 두 망령 중

검정 얼굴에 달려 있는 놈은 브루투스[7]다.

보거라. 입도 못 열고 몸을 비트는구나.   66

덩치가 더 큰 다른 놈은 카시우스[8]다.
밤이 다가온다. 이제 가야 할
순간이다. 봐야 할 것은 모두 봤다.”   69

선생님이 시키는 대로 나는 그의 목을 부둥켜안았다.
선생님은 시간과 장소를 따져 보다가
그놈이 날개를 얼추 폈을 때   72

털이 수북한 겨드랑이에 착 매달려
긴 털을 타고 미끄러져 밑으로 얼음덩이들과
무성한 털 사이로 내려왔다.   75

엉덩이의 곡선, 엄밀히 넓적다리
부분에 도착했을 때
길잡이는 힘이 달려 숨을 헐떡이며   78

그놈의 정강이 쪽으로 머리를 향하면서
위로 다시 올라가려는 듯 털을 꽉 쥐었다.
나는 그가 지옥으로 다시 가려는 줄 알았다.   81

선생님이 숨을 급하게 내쉬며 이르렀다.
“꼭 잡아라. 길은 이것뿐이다. 이 사다리를 타고
괴로운 악의 세계를 탈출해야 한다.”   84

그러고서는 바위 사이 커다란 틈으로 나가

나를 가장자리에 내려놓고

조심히 몸을 움직여 내 옆으로 올라왔다.　　　　　　87

나는 루키페르가 과거에 떠났던 그대로

있으리라 짐작하며 시선을 옮겼는데

이번에 다리를 위를 향해 쳐들고 있었다.　　　　　　90

그 모습에 내가 어지러워했을 것이라고

아무것도 모르는 사람들은 생각하겠지만, 단지 그들이

내가 스친 지점이 어떠했는지를 알 수 없기 때문이다.　　　93

선생님이 일렀다. "두 다리로 일어서라.

가야 할 길은 아직 멀고 행보는 무척 힘이 드는데

금세 해는 세 번째 시간 반[9]이 되었구나."　　　　　96

우리가 다다른 곳은 궁전의

넓은 정원이 아니었다. 어렴풋한 빛이 새는

울룩불룩한 바닥의 자연 동굴이었다.　　　　　　99

나는 몸을 바로 일으키며 말했다. "선생님,

깊은 곳에서 나가기 전에 제가

잘못된 생각을 갖지 않도록 잠시라도 가르쳐 주세요.　　　102

우리가 금방 확인한 얼음은 어디에 존재하며
이 사람은 어찌 이다지 거꾸로 꽂혀 있는 것입니까?
해는 왜 저녁에서 아침으로 금세 달라졌습니까?"   105

"여전히 너는 네가 지구의 중심 저곳에 위치하는 것으로
알고 있구나. 나는 그곳에서 세계를 뚫고 지나가는
괴상한 벌레의 털[10]을 쥐고 있었다.   108

내가 아래로 가는 동안 네가 거기에 자리하고 있었다만
내가 몸의 방향을 틀었을 때 너는 이미 모든 것을 잡아당기는
중력이 모이는 곳을 지나간 것이었다.   111

우리는 커다란 메마른 땅으로 싸인 장소의
맞은편 반구 바로 밑에 있다.
거기 중앙에서[11] 죄 없이 태어나   114

죄를 저지른 적 없이 산 분께서 스스로를 희생하셨지.[12]
너는 현재 주데카의 맞은편 얼굴을 이루는
협소한 공간에 머무르고 있다.   117

이곳은 아침이지만 저곳은 저녁이란다.
털을 이용해 우리가 사다리로 쓸 수 있도록 해 준 이놈은
처음 그대로 계속 처박혀 있어.   120

298

그놈이 하늘에서 추락한 지점이 바로 이곳이다.
과거에 여기서 봉긋 솟아 있던 땅은
그자가 겁이 나 바다의 너울을 뒤집어 쓴 채   123

우리의 반구로 이동했지. 그리고 여기에
보이는 땅[13]도 그자를 피하기 위해
이곳에 동굴을 둔 채 솟아오른 것이다."   126

거기 아래 보이지는 않지만 개울 물소리를 듣고 알 수 있는
베엘제불[14]로부터 멀어진 만큼
그의 무덤이 닿지 않는 공간이 존재한다.   129

개울은 물줄기가 지나간
바위에 생긴 구멍을 통해, 완만한 경사를 만들어
고불고불 휘감아 흐른다.   132

길잡이와 나는 환한 세상 속으로
다시 가기 위해 그 험난한 길로 갔다.
휴식을 취할 틈도 없었다.   135

그가 앞장서고 내가 뒤를 쫓아 위로 향했다.
드디어 우리는 곡선으로 열린 사이를 지나
하늘이 가져오는 찬란한 것들을 목격했고   138

그렇게 바깥에서 별들을 다시 마주했다.

옮긴이 주

《 제1곡 》

1 우리네 인생길의 반에 이르렀다는 의미이다. 여기서 인생길의 반이라 함은 그의 나이 35세 되던 서기 1300년을 나타낸다. 그의 작품 《향연(Convivio)》을 보면 그는 삶의 정점은 35세라고 했다. 이것은 인간의 자연 수명이 70세라는 〈시편〉(90편10절)의 내용을 받아들였던 것 같다. 1300년은 또한 단테가 정치적으로 최고의 시점, 피렌체를 다스리는 최고위원으로 선출되기도 한 해이다. 그러나 정점은 내리막길의 시작이기도 한 것처럼 단테는 온갖 음모에 휘말려 추방당하고 다시는 피렌체로 돌아가지 못하였다. 어찌됐든 1300년은 단테에게 큰 의미를 갖는다.

2 고대의 어두운 숲은 악이나 죄의 의미로 쓰였다. 숲은 빛이 들지 않는, 즉 하느님의 빛이 들지 않는 곳이라는 은유적인 표현이다.

3 《신곡》에서 '나'라는 일인칭은 작가 단테와 순례자 단체를 가리킨다. 순례자 단테는 작가 단테가 창조한 허구적 인물이다. 허구에 일어난 사건은 과거에 일어난 사건을 나타낸다. 작가의 기억 행위와 글쓰기는 현재 일어나고 있는 것으로 나타난다. 그래서 순례자 단테가 과거에 겪은 일을 작가 단테가 지금 토로하고 있는 것이다.

4 배움의 과정을 의미한다.

5 지구의 주변을 도는 프톨레마우스의 체계에서 보면 태양을 의미한다. 태양은 하느님을 은유적으로 표현한 것이다.

6 비평가들을 혼란스럽게 하는 구절로 두 다리는 인간의 사랑을 의미한다. 하나는 하느님에 대한 사랑이고, 다른 하나는 세상을 향한 사랑이다. 낮은 쪽 다리가 더 단단한 이유는 뒤를 받치고 있기 때문이다. 이 낮은 다리는 세상에 대한 사랑으로 간주한다.

7 단테는 〈지옥편〉, 〈연옥편〉, 〈천국편〉에서 순례의 시기를 제시한다. 이 문장은 단테가 태양이 양자리에 위치하여 그리스도가 잉태되고, 부활의 역사를 이룬, 가장 큰 축복받은 기간인 '달콤한 계절'에 순례를 시작함을 알려 주는 구절이다. 1300년 3월 25일에서 4월 1일 목요일까지 순례하였는데, 보편력에서는 3월 25일이 그리스도가 잉태된 날이자, 십자가에 못 박힌 날이고, 아담이 창조된 날이기도 하다. 교황 보니파키우스 8세는 이날을 모든 사람이 교회에 나가 죄를 씻을 수 있는 날로 선포하였다. 이날에 순례를 시작한 것은 모든 것의 시작과 구원을 상징한다.

8 짐승 살쾡이와 사자, 늑대가 나오는데, 이 셋은 음란과 오만 그리고 탐욕을 상징한다.

9 베르길리우스를 말한다. 로마의 건국 신화가 담긴 서사시 《아이네이스(Aeneis)》

를 썼다. 단테의 정신적 선생이라고 말한다.

10 일리온은 트로이에 있는 신전이고 안키세스는 트로이와 로마의 신화적 영웅인 아이네이아스의 아버지이다. 베르길리우스는 《아이네이스》에서 트로이 멸망 후 이탈리아 반도로 건너와 로마를 건국한 시조로 묘사하고 있다.

11 베르길리우스의 《아이네이스》를 가르킨다.

12 베르길리우스의 숭고한 비극적 문체를 가리킨다. 단테는 문체를 세 가지로 나누었는데, 서사시의 엄숙하고 고급스런 체를 비극적 문체와 희극 문체와 애가의 문체로 나누었다.

13 시의 유명한 은어(수수께끼) 중 하나이다. 이것은 예언적이고 난해해서 정확히 무엇을 상징하는지는 힘들다. 그래서 이 부분은 여러 견해가 있는데, 아리고 7세, 혹은 칸그란데 델라 스칼라, 혹은 우구치오네 델라 화졸라 등으로 참으로 많다. 다만, 단테가 심판과 평화를 가져올 구세주가 보낸 신의 사람으로 상징한 것은 분명하다.

14 카밀라는 메탑부스의 딸로 아이네이아스에 대항에 싸운 전사이고, 투르누스는 누툴리 족의 왕으로 아이네이아스에게 살해되었으며, 에우리알로스와 니소스는 루툴리 족에 야간 습격을 하다가 전사한 트로이 군인들이었다.

15 오랫동안 지옥에 떨어져서 영원한 형벌을 받기 때문에 두 번째 죽음, 즉 영혼의 죽음을 원한다.

16 "축복을 가진 영혼들"은 천국의 영혼들이며, "불 속에 있으면서도 만족해하는 영혼들"은 연옥에서 있는 영혼들로 일정한 벌을 받아 죄를 씻은 뒤에 천국에 갈 수 있다.

17 베아트리체에게 천국의 여행을 맡긴다는 의미이다. 베아트리체는 하느님과 인간를 매개하는 천사의 존재이다.

18 연옥의 문을 말한다.

〔 제2곡 〕

1 단테는 뮤즈를 불러들이면서 글을 시작하는 고전 서사시 전통을 인용하고 있다. 1곡은 신곡 전체의 서두이고, 2곡은 여행의 시작이기에 뮤즈를 초대하였다.

2 《아이네이스》에서 실비우스의 아버지인 아이네이아스는 죽은 영혼의 세계를 여행한다.

3 하느님을 가리킨다.

4 고대 로마와 신성 로마 제국을 가르킨다.

5 사도 바울을 가르킨다.
6 림보는 지옥의 첫 번째 고리로, 예수 그리스도를 모르고 죽은 영혼이나, 세례
   를 받지 못하고 죽은 영혼들이 정신적인 고통을 받고 있는 곳이다. 구원은 교
   회 안에서만 이루어진다는 기독교의 교리를 잘 드러내는 장소이다.
7 달의 하늘을 이야기한다. 단테의 우주관을 보면 하늘은 아홉 개의 구역으로
   나뉘고 달의 하늘은 그중 지구에 가장 가까우며 가장 작은 원주를 그린다.
8 성모 마리아를 의미한다.

🌿 제3곡 🌿

1 이 인물에 대해서는 아직도 비평가와 주석가 사이에 많은 의견이 오가고 있
   다. 추측되는 인물은, 필라테, 줄리아노 라포스타타, 지아노 델라 벨라, 비에
   리 데 체르키 등등이다. 그러나 가장 유력하게 추측되는 인물은 교황 켈레스
   티누스 5세이다. 그는 교황이 된 지 5개월 만에 사퇴하고 보니파키우스 8세에
   게 자리를 넘겨 주었다.
2 그리스 신화에 나오는 카론이다. 에레보스와 닉스 사이에 태어난 아들이다.
   죽은 자들의 영혼을 저승으로 실어 나르는 사공이다.
3 단테가 살아 있는 영혼임을 알자 탑승시키길 거부한다. 이 구절은 단테가 구
   원을 받는다는 것을 암시한다.

🌿 제4곡 🌿

1 3곡 마지막에서 시인이 쓰러진 깊은 혼수 상태를 의미한다.
2 시인이 서 있다는 지옥의 나라 끝을 말한다.
   베르길리우스가 그의 죄를 경감받는 림보의 입구에 있었다는 것을 잊지 말아
   야 한다.
   림보를 말한다.
5 육체적 고통을 당하지 않고 천국에 오를 희망이 없기 때문에 정신적 고통을
   당한다.
6 첫 번째 고리, 즉 림보를 말한다.
7 예수 그리스도를 의미한다. 그리스도가 부활했을 때 그는 림보의 영혼을 선별

하여 천국으로 올려 보냈다.

8 아담을 의미한다.

9 야곱을 의미한다.

10 이삭을 의미한다.

11 야곱은 그의 외삼촌 꾀에 속아 라헬의 언니 레아를 먼저 부인으로 맞이하고, 7년을 더 일하여 라헬을 아내로 맞이하였다.

12 인간의 지성을 상징한다. 뒤에서 말하는 고귀한 성에서 나왔다.

13 시인을 의미한다. 베르길리우스 자신도 네 명과 함께 시인으로 불린다는 것을 말한다.

14 호메로스를 가리킨다. 전에는 네 명의 시인과 베르길리우스를 가리키는 것으로 보았으나, "참으로 고귀한 노래"란 것을 토대로 호메로스와 베르길리우스로 좁혀진다. 그러나 그리스 문학을 전통으로 삼았던 그 시대상으로 보아서 호메로스일 가능성이 크다.

15 아리스토텔레스를 가리킨다.

16 아리스토텔레스에 대한 주석을 의미한다.

17 이야기나 말이 진실을 전달하기에 충분치 못함을 의미한다.

제5곡

1 지옥의 형태는 깔때기의 모양이다. 그래서 첫 번째 고리에 비해서 더 좁다.

2 미노스는 총명함과 뛰어난 판단력으로 고전문학에서 지하 세계의 심판관으로 자주 등장한다. 단테는 미노스의 역할을 바꾸지 않았으나 육체적 특징과 행동을 악마의 모습으로 변형하였고, 두 번째 입구에서 그를 묘사함으로써 프란체스카의 안타까운 이야기를 들은 독자가 미노스의 매정한 모습을 떠올리도록 하고 있다.

3 지옥을 의미한다.

4 영혼들이 심판받는 곳을 은유적으로 표현하였다.

5 "벼랑"은 미노스의 심판대를 의미한다. 저주받은 영혼들이 심판하는 미노스 앞으로 떨어지는 곳이다.

6 세미라미스(기원전 1356~1314년) 아시리아의 니누스 황제의 아내였다. 니누스가 죽고 나서 정권을 이어받았는데, 페르시아에서부터 아프리카에 이르기까지 광대한 영토를 지배할 만큼 뛰어난 리더십을 가졌다. 다만, 정욕이 강해 음란을 합법화할 정도였다.

7 카그리스 신화에 나오는 카르타고의 여왕 디도를 말한다. 그리스 신화 속에서는 그녀의 남편 시카이우스가 살해당하고 나서 아프리카로 도망쳐 카르타고를 건설하였으나, 주위에서 원하지 않는 결혼을 강요하기에 자살을 택했다는 내용이다. 그러나 베르길리우스는 디도와 아이네이아스를 사랑하는 사이로 설정하고, 아이네이아스를 향한 그녀의 사랑이 좌절되어 자살한 것으로 그렸다.

8 헬레나는 스파르타의 왕 메넬라오스의 아내였으나 트로이의 왕자 파리스를 사랑하여 그와 함께 트로이로 도망갔다. 그로 인해 십 년 동안 전쟁이 일어났다. 이것이 트로이 전쟁이다.

9 트로이 전쟁 중 트로이 왕 프리아모스의 딸 폴리세네를 사랑했고, 그로 인해 계략에 휘말려 죽었다.

10 켈트 족에서 오랫동안 전해 내려오는 전설의 주인공 트리스탄은 마법에 걸려 숙모 이졸데를 사랑한다. 그러나 끝내 둘 다 비극적인 죽음을 맞는다.

11 라벤나 영주의 딸 프란체스카와 그의 시동생이자 연인 파올로를 말한다. 프란체스카는 라벤나의 귀족 구이도 다 폴렌타의 딸이다. 1275년 리미니의 귀족 잔초토 말라테스타와 결혼하기로 했는데, 잔초토의 몸에 장애가 생겨 결혼식장에 동생 파올로를 보냈다. 프란체스카는 파올로가 잔초토인 줄 알고 서로 사랑하게 되지만, 나중에야 이 사실을 알게 되었다. 결국 두 사람은 잔초토에게 죽임을 당한다. 특이한 점은 이 둘의 죄가 지옥에서 가장 위쪽에 배치된다는 점이다. 즉 가장 가벼운 죄로 보았다는 것이다. 단테 스스로도 이 죄에 대해서 떳떳하지 못했음을 알 수 있는 대목이다.

12 단테는 프란체스카와 파올로를 주목한다. 내용으로 보아 그녀는 단테가 자신들에게 연민을 느끼고 있음을 알고 자신들의 애틋한 사연으로 보답한다. 단테가 청년 시절에 몸담은 청신체파의 우아한 주제와 분위기를 반영하며 그녀의 사랑 이야기는 애절한 울림을 지닌다. 그러나 우리는 프란체스카의 가식과 허영, 그리고 거짓말을 발견할 수 있다. 랜슬롯의 사랑 이야기에서 보면 먼저 입을 맞춘 것은 랜슬롯이 아닌 여왕이다. 만일 이 사람이 랜슬롯의 사랑 이야기에 자극을 받아 입을 맞췄다면 여왕이 그러했듯이, 에덴동산에서 이브가 아담을 유혹해 죄를 짓게 했듯이 프란체스카는 파올로를 유혹했을 것이다. 프란체스카는 파올로와 함께 읽고 있던 책을 왜곡함으로써 결백을 증명하려 한다. 단테는 마음이 혼란스러울 정도로 그들이 불쌍해서 그녀의 무죄를 확신한 듯 보인다. 많은 비평가들은 프란체스카의 애절한 사연에 감동, 그녀와 파올로의 사랑이 지옥을 따스하게 했다고 주장한다. 지옥에서도 떨어지지 않고 함께 있다는 것이다. 그러나 함께 있음은 분명 그들이 받는 형벌이다. 단테는 하느님의 구원을 인간의 궁극적 목표로 제시하는 이성을 놓치지 않고 프란체스카

의 사랑을 지옥에 두고 애욕의 죄로 규정하고 있다.

13 우주의 왕, 즉 하느님은 지옥에 있는 죄인들의 기도를 들어줄 수 없다. 지옥에 있는 죄인이 기도한다는 자체가 모순이다. 프란체스카의 가식과 허영이 드러 난다.

14 라벤나는 아드리아 해로 흘러드는 어귀에 있다. 포 강은 이탈리아 중북부를 가로지르는 큰 강이다.

15 파올로를 가리킨다.

16 그녀가 죽는 장면은 아직도 그녀를 괴롭히고 있는데 그 이유는 영원히 벌거벗 은 애인과 함께 있어야 하기 때문이다. 그는 그녀를 떠나지 않고 있으며 그녀 가 지옥에 있는 이유와 그녀의 후회를 계속 일깨우고 있다.

17 "하나의 죽음(una morte)"의 발음으로 보아 사랑이라는 뜻도 담고 있다. 사랑 은 죽음으로 이끌었지만, 그 죽음도 사랑이기에 갈라놓을 수 없다는 의미로 두 사람의 운명적인 결합이 죽음까지 초월하고 있음을 표현한다.

18 단테는 지옥의 아홉 번째 고리의 첫 구역을 동생 아벨을 죽인 카인의 이름을 따서 '카이나'라 불렀다.

19 아서 왕의 전설 중 하나로, 아서 왕의 기사 랜슬롯과 왕비 귀네비어의 사랑 이 야기이다.

제6곡

1 제5곡에서 단테와 만난 프란체스카와 파올로이다.

2 아베르노의 고대 괴물로, 기독교 사상에 입각하여 미노스나 카론과 같이 악마 를 인간의 모습으로 변형시켰다. 케르베로스는 티폰과 에키드나의 아들이며 머리는 세 개, 꼬리는 뱀과 같고, 뱀들로 덮인 개와 비슷하다고 상상했다. 베 르길리우스와 오비디우스는 단테에 앞서 그를 아베르노를 지키는 자로 묘사 했다(《농경시》 IV 483, 《변신 이야기》 IV 450-451). 그러나 단테는 세 번째 고리 를 지키는 감시자로서 탐욕의 상징으로 인간과 짐승의 특성을 부여했다(《지옥 편》 6곡 13, 16, 17행).

3 이 영혼들은 오직 몸의 겉모양만 있다. 그래서 단테와 베르길리우스는 그들이 존재하지 않는 것처럼 밟고 갈 수 있었다. 다른 곡의 경우에는 영혼에 마치 몸 이 있다고 묘사했다(《지옥편》 5곡 101행). 이것은 나중에 단테의 비평에서 치열 한 논쟁의 문제가 되었다. 문제는 그 영혼들의 몸에 대한 견고성이었다. 지금 은 이 부분에 대해 은유적으로 몸의 환상적인 부분으로 인정하고 있다. 단테

가 이 조건을 항상 사용하지 않은 사실로 보아 시적으로 필요할 때만 부분적으로 사용했던 것으로 보인다.

4 피렌체를 말한다.

5 단테는 피렌체가 정치적으로 두 당파로 나뉘었다고 묘사했다.

6 비앙카 당을 의미한다. 대표자는 체르키였다. "미개한"이란 단어는 전문적인 용어로 코뮨 조합규정에서도 찾아 볼 수 있으며, 사실 체르키가 시골 출신이 었기에 이 단어를 사용한 것으로 보인다. 피바람이 분 날은 1300년 5월 1일이다. 이때 그 반대당이었던 네라 당이 추방당하고, "삼 년이 채 지나지 않아" 이 대목에서 볼 수 있듯이 1302년에 돌아온다. "둘 사이에서 평형을 유지하는 사람"은 교황 보니파키우스 8세를 말하고, 이 사람의 힘을 빌려 비앙카 당을 추방한다.

7 네라 당은 비앙카 당의 저항에도 불구하고 오랫동안 권력을 쥐었다. "정의로운 자는 오직 두 명"이라고 말했듯이 의로운 사람은 거의 남지 않는다. 여기서 말한 두 사람은 보통 단테와 디노, 혹은 단테와 구이도 등으로 해석하고 있다. 비앙카 당에 속했던 단테는 1302년에 추방당하고 1304년부터 신곡을 썼으며 교황 보니파키우스 8세는 1303년에 죽었다. 고로 이 예언은 이미 일어난 일들이다.

8 "사악한 저들의 적"은 심판자 그리스도를 말하며, "그의 권력이 올 때"는 최후의 심판을 말한다.

제7곡

1 이 부분은 다양하게 해석되고 있는데, 현재는 "오, 사탄! 오, 사탄! 지옥의 신이여!"란 의미로, 플루토가 사탄 루키페르를 찬양하는 것으로 해석된다.

2 부를 상징하는 그리스의 신이다. 자시오니와 데메테르 사이의 아들이다. 이 신은 크로노스와 레아의 아들 플루톤과 혼동된다. 이 두 이름은 라틴어와 그리스어로 각각 같은 의미, 즉 '부'를 상징한다. 현재 비평에서는, 단테는 두 신을 구분하였는데, 플루톤은 디스 루키페르(《지옥편》 11곡 65행, 34곡 20행)로 지옥의 왕으로 불리고, 플루토는 인색가들과 낭비가들이 있는 네 번째 고리를 지키는 신으로 불린다.

3 이탈리아 시칠리아 섬의 메시나와 본토 사이에 있는 좁은 해협으로 인한 바다 밑의 소용돌이를 말한다. 두 바다의 흐름의 만남이 원인이 된다.

4 인색과 낭비를 가리킨다.

5 "무덤에서 일어날 것이다."란 최후의 심판을 말한다.

6 하느님께서 세상의 빛을 두루 비추듯이 "세상의 부"도 운명의 여신에게 관리
하도록 하셨다.

7 운명의 여신을 가리킨다.

제8곡

1 앞의 7곡에서 중단된 이야기를 계속하겠다는 뜻이다. 《신곡》에서 통과 방식의
서술이 보기 드물게 전통적으로 다르다. 일반적으로 다른 곡—3, 4, 5, 6곡—은
마지막이 한 고리에서 다른 고리를 통과하는 것으로 나타난다. 그리고 새로운
고리 이야기로 다음 곡이 시작한다. 그러나 이 곡에서 "계속해서"란 말로 보
아, 처음으로 한 곡이 같은 고리의 전 이야기를 이어 간다고 설명할 수 있다.
여기서 단테는 우리가 보는 것처럼 그의 언어 기능과 이야기를 소생시키는 변
화로 규칙을 깼다. "탑"은 놀랄 만한 소식과 예상으로 이미 7곡 마지막에 나
타나 있다. 그런데 이 곡의 시작을 단테는, 현대 소설의 기술에 앞선 서술 진
행 방법으로, 도착 전의 순간을 "오래전부터" 언급하면서 7곡 다음 이야기를
이어 간다.

2 플레기아스는 그리스 신화의 한 인물로 마르스와 크리세스 사이의 아들이다.
매우 호전적인 그는 신 아폴로가 자기 딸 코로니스를 유혹하자 분노에 차서
델포이에 있는 아폴로 신전을 불태우고 아폴로의 아들 필람몬을 죽여 타르타
로스(지옥)로 떨어지는 처벌을 받았다. 옛 신화학자들은 불경건한 신성 모독의
상징으로 썼으나, 단테는 조금 남은 고전의 글에서 그만의 방법으로 인물 성
격을 재창조하여 분노의 상징으로 다섯 번째 고리의 수장으로 세웠다.

3 영혼에는 무게가 없으므로, 단테가 배에 올라탔을 때 무게가 느껴짐을 말한다.

4 배를 전복시키려 함을 의미한다.

5 죄인들을 의미한다. 지금까지 이렇게 심하게 표현되지 않았지만 여기서는 짐
승 중의 짐승인 개로 표현하였다.

6 필립보 데 카비출리이다. 아디마리 가문 출신이며 피렌체의 기사이다. 그는
허영심이 많고 자만한 사람으로 다뤄졌고 그의 이야기는 보카치오의 《데카메
론(Decameron)》아홉 번째 날 여덟 번째 이야기에서 볼 수 있다. 단테와 네로
당인 아르젠티는 늘 적이었고 아디마리 가문은 비앙카 당을 피렌체에서 추방
했다. 그리고 그의 형제는 단테의 재산을 몰수한 것을 즐겼다고 한다.

7 원래는 디스파테르(Dis Pater)이다. '부(富)의 아버지'란 뜻으로, 여기서는 지옥

의 맨 밑바닥에 있는 도시를 의미한다. 더 무거운 죄를 지은 죄인들을 모아 벽으로 가둔 곳이다. 단테는 베르길리우스와 오비디우스의 작품에서 "그의 디스의 왕"을 인용하여 사용한 것으로 본다. 이 이름은 플라톤의 이름 중 하나이며, 단테는 지옥의 도시의 왕 루키페르에게 이 이름을 준다.
8 지옥 입구, 문의 외부를 의미한다.
9 그리스도가 의로운 영혼들을 구하러 지옥에 내려왔을 때 악마들이 저항하자 그 문을 부쉈고, 이후로 한 번도 닫힌 적이 없다고 한다.

제9곡

1 이 부분은 무슨 의미를 말하려고 하는지 정확하게 말하기 어려우나 추측하건대, 갑자기 찾아온 두려움이 아닐까 한다.
2 테살리아의 마녀이다. 루카누스의 《파르살리아(Pharsalia)》(VI, 507-827)에 등장하는 인물이다. 마법으로 어느 죽은 병사의 영혼을 불러서 폼페이우스에게 파르살로스의 전쟁의 결과를 알려 주었다.
3 베르길리우스가 에리톤의 마법에 홀려 유다의 고리로 내려갔다는 내용은 단테의 상상으로 만들어진 이야기다. 유다의 고리는 지옥의 아홉 번째이자 마지막 고리이다.
4 그리스 신화에 나오는 인물들이다. 아케론과 닉스의 딸들로, 살인(반역) 죄인들을 고문한다. 에리니스로 일컬어지며 복수의 여신들로 상징된다. 이들은 날개가 달려 있고, 뱀들이 머리칼에 뒤엉켜 있으며, 횃불과 채찍을 들고 있다. 정신, 말, 행동이 나쁜 세 형태의 모습으로 메가이라(질투하는 여자), 알렉토(멈추지 않는 분노), 티시포네(살해의 복수자)로 나타난다.
5 지옥의 왕 플루톤의 아내 페르세포네를 가리킨다.
6 베르길리우스는 그리스도 로마 신화를 잘 알고 있다.
7 그리스 신화의 인물이며, 포르키스의 딸, 고르곤의 세 자매 중 막내이다. 페르세우스에 의해 목이 잘린다. 메두사의 얼굴을 보는 사람은 돌로 변한다는 신화가 있다.
8 신화에 따르면, 테세우스는 페리토오스와 함께 페르세포네를 구하기 위해 아베르노에 내려갔다. 페리토오스는 케르베로스에게 먹혔고, 테세우스는 헤라클레스가 구해 주기 전까지 지옥에 갇혀 있었다. 만약에 테세우스가 죽었다면 이 지옥의 세계로 내려오려는 자가 없을 것이다.
9 그리스 신화의 괴물로 원래는 한 마리였으나 헤시오도스에 의해 세 자매(스테

노, 에우리알레, 메두사)로 늘어났다. 원래 원어로 보면 정관사를 여성이 아닌 남성형으로 쓰인 것이 이상하다. 아마도 단테가 몸(busto, 남성형)에서 분리된 머리(capo, 남성형)를 생각했기 때문이라고도 하고, 혹은 중성을 의미한다고 한다. 이러한 시적 언어 표현은 현대 문학에서도 많이 사용되고 있다.

10 지옥의 도시 입구 앞에 있는 악마들에 대항하여 하늘에서 보내신 자가 드라마 틱하게 나오는 장면이 있기 직전의 부분으로, 단테는 독자들을 불러들여 모든 장면의 의미에 집중시키려 했다. 이러한 환기 장치는 〈연옥편〉 제8곡 19~21 행에서도 나온다. 지옥편에서는 퓨리와 메두사가 지옥 입구에 등장하여 그리 스도의 시대가 시작되기 전, 이교도 시대를 상징했으며, 단테를 구하기 위해 서 하느님의 천사가 내려와 지옥문을 열어 주듯, 연옥편에서는 연옥 입구에서 죄의 상징인 뱀과 싸워 이기는 장면과 유사하다.

11 스티스의 늪을 의미한다.

12 헤라클레스가 지옥에 내려와 테세우스를 구하려 할 때 케르베로스는 입구에 서 이를 방해하려다 헤라클레스에 의해 사슬에 목이 묶였다. 이때 목과 턱의 털이 다 빠졌다고 한다. 단테는 고대의 신화를 실제로 있었던 것처럼 자신의 상상력을 특별하게 보여 주는 부분이다.

13 아를은 프로방스에 위치한 곳으로 로마와 그리스도 묘지였다. 풀라는 쿠아르 나로 만이 있는 곳으로 이스트리아에 있다. 이곳에는 700여 개의 무덤이 있는 묘지가 있다고 한다.

14 고문, 고통, 형벌에 쓰이는 도구 등으로 해석되며 뜨겁게 달구어진 무덤을 의 미한다.

제10곡

1 최후 심판의 날이 올 예루살렘에 있는 골짜기로, 모든 열린 무덤은 죄인들의 육체를 기다린다.

2 그리스의 철학자이다. 그의 철학은 대개 물질주의, 쾌락주의이다. 지구는 원 자에 의해 형성되었고, 결합과 분리는 우연히 발생하며, 모든 것은 죽는다는 주의이다. 또한 영혼은 더 얇은 원자로 형성되었고 죽음으로 분해된다고 주 장한다. 그러나 신의 존재를 부정하지 않았다. 신은 인간과의 일과 무관하다 고 생각했다. 그래서 신들에 대한 두려움과 죽음에 대한 공포를 제거하려고 했다. 그들의 이상적인 사상은 혼란이 없는 것(아타락시아)과 인간의 쾌락이다. 단테는 치체로네의 작품을 통해 이 물질주의에 대해 알고 있었다.

3 베르길리우스는 여러 번 단테의 과잉된 호기심을 제지시켰고, 먼저 알아서 그 호기심을 채워 주었다.

4 이아코보 델리 움베르티에 따르면, 13세기 초 피렌체에서 태어났다. 길벨리나 당의 탁월한 지도자로 정치적인 인물이다. 무엇보다도 그는 몬타페르티의 전쟁에 관련이 있는데, 길벨리나 망명자들이 피렌체를 이끌고 구엘페에서 이긴 만프레디에 합류하여 피렌체를 구한다. 1248년과 1260년 두 차례 구엘페 당을 꺾고 피렌체로 진군했다. 그는 1264년에 죽었고, 그의 이름은 1283년 종교재판에서 이단자로 선고되었다.

5 화리나타는 단테가 피렌체 사람이란 것을 그의 말하는 방법으로 알았으나 그가 어떤 사람인지는 몰랐다. 그가 죽었을 때 단테는 고작 18세였기 때문에 적인지 동지인지 몰라 이런 질문을 하였다. 이 부분은 그의 거만한 성격을 보여준다.

6 구이도 카발칸티를 말한다. 그는 단테보다 몇 년 앞서 태어났으며, 피렌체의 새로운 서정시를 보다 더 활발하게 소개하였다. 그는 또한 에피쿠로스 추종자라고도 한다. 단테는 그와 함께 청신체파로 젊은 시절을 보냈고, 단테의 절친한 친구이기도 한다. 1300년 6월의 분쟁으로 전염병이 돌고 있는 사르자나로 추방되었다. 1300년 8월 그는 병으로 죽고 얼마 후 고향으로 돌아왔다. 이 점으로 보아 구이도는 단테가 지옥을 여행하는 동안 살아 있다는 것을 알 수 있다.

7 베아트리체를 가리킨다.

8 지옥의 여신 페르세포네를 말한다.

9 '50개월이 지나지 않는다.'란 의미이다. 비앙카 당은 피렌체로 돌아오기를 시도하지만 실패하고 단테 또한 1304년 6월 피렌체를 떠난다. 이 글은 1300년 4월에 상상한 것으로 계산하면 정확하게 50개월이다.

10 1260년 아르비아 강가의 몬타페르티에서 벌어진 기벨리나 당과 구엘페 당의 전쟁이었다. 화리나타의 말(27행)에서 이 기억을 소개해 준다. 단테는 우리에게 이 기억은 피렌체 역사상 고통스럽고 시민의 악몽으로 남았다고 암시한다.

11 간략하게 말하면, 우베르티에 반대하는 규정들을 만드는 것이다. 이 시대에는 의원들이 옛 교회 안에서 법이나 규정들을 만드는 것이 통상적이었다. 성전은 은유적인 표현이고, 기도했다는 표현은 반어적 표현이다.

12 최후의 심판과 함께 미래의 지식, 과거의 지식 모두 사라진다. 과거, 현재, 미래가 남지 않기 때문이다.

13 시베비아의 황제, 페데리코 2세이며 나폴리의 왕이었다(1194~1250). 단테로부터 엄청난 칭송을 받았다. 교회와 모든 구엘페 당으로부터 정치적 명목하에 이교자로 기소당했다.

14 오타비아노(혹은 아타비아노) 델리 우발디니로 1240년까지 볼로냐의 주교로 알

려졌다. 1244년에 추기경이 되었고 1273년에 죽었다. 오랫동안 교황을 위해 페데리코 2세와 싸웠음에도 대부분의 주석가들은 그를 길벨리나 분노자라고 한다.

15 베아트리체를 가리킨다.

제11곡

1 정통 교리, 즉 그리스 정교를 가리킨다.

2 496년부터 498년까지 교황으로 있었던 아나스타시우스 2세이다. 그는 콘스탄티노플 총 대주교 아카키우스의 단성론자 이단설 시대에 살았다. 아나스타시우스는 이 이단설을 부교 포티누스에 의해 받아들였다. 많은 주석가는 단테가 황제 아나스타시우스 1세(491~518)와 아나스타시우스 2세와 혼동한다고 보고 있다. 왜냐하면, 이 황제가 포티누스에 의해서 그 이단설을 받아들였기 때문이다.

3 제7지옥, 제8지옥, 제9지옥을 가리킨다.

4 인간이나 신이 지은 법에 대한 폭력, 즉 모욕, 부정을 의미한다.

5 제7지옥을 가리킨다.

6 창세기에 나오는 도시로 신의 분노를 사서 고모라와 함께 불로써 파괴된 곳이다. 이곳 사람들은 자연에 거슬리는 행동을 했다고 한다. 여기서 말하는 소돔의 의미는 성도착자를 의미한다. 카오르는 프랑스의 도시로 이곳 사람들은 중세 시대에 고리대금업을 했던 것으로 유명한데, 그것으로 인해 금융 중심지가 되었다.

7 제7곡 참조.

8 제5곡 참조.

9 제6곡 참조.

10 제7곡 참조.

11 아리스토텔레스의 저서로 단테는 이것에 대해서 잘 알고 있었으며, 그것을 습득하기 위해서 주의 깊게 공부하였다고 한다.

12 아리스토텔레스의 저서이다.

13 인간은 하느님이 창조한 자연을 모방하고 있음을 의미한다.

14 기술을 의미한다.

15 큰곰자리가 북서쪽에 있다는 것은 이 자리가 지고 있다는 이야기이고, 물고기자리가 지평선에 있다는 이야기는 태양이 있는 양자리가 뜨기 2시간 전에 물

고기자리가 동쪽에서 뜬다는 의미이다. 그러므로 오전 4시쯤이라고 추측할
수 있다.

◎ 제12곡 ◎

1 미노타우로스를 가리킨다. 지금 단테는 폭력죄를 가진 자들이 벌을 받는 곳에
   있다. 미노타우로스는 자연에 폭력을 행사한 결과로 탄생했고, 인간과 황소
   의 모습 반반씩 가져 야수성을 띠기 때문에 폭력죄의 야수성과 상응한다.
2 이탈리아 북부 알프스의 가파른 계곡 사이에 있는 도시다. 옆에는 아디제 강
   이 흐른다.
3 크레타의 왕 미노스의 아내 파시파에가 황소와 사랑에 빠져 미노타우로스
   를 낳은 신화 이야기이다. 이 신화는 오비디우스의 《아르스아마토리아(Ars
   Amatoria)》(I 289-326)와 《변신 이야기(Metamorphoses)》에 이야기되고 있고,
   또한 단테의 〈연옥편〉 제26곡 41~42행에서 자연에 반대하는 애욕의 예로 기
   록되고 있다.
4 아테네의 왕자 테세우스를 가리킨다. 단테는 시대착오적인 계급을 사용했다
   (13세기 아테네는 군주 시대였다.). 《변신 이야기》(VIII 169-176)에 따르면 미노타우
   로스는 인간고기를 먹는 괴물이며 미궁에 갇혀 있었는데, 크레타의 왕 미노스
   는 젊은 남자 7명와 여자 7명을 헤마다 이 괴물에게 재물로 바쳤다. 그러나 아
   테네의 왕 아이게우스의 아들 테세우스의 순서가 왔을 때 미노타우로스를 죽
   이고 이 미궁을 빠져나와 아테네를 이 괴물로부터 해방시킨다. 그리스도 전통
   에 의해서 테세우스를 악에서 인류를 구원한 그리스도로 해석하기도 한다.
5 미노스의 딸 아리아드네이다. 아테네의 영웅 테세우스와 사랑에 빠졌고, 테
   세우스에게 미궁에서 빠져 나올 수 있게 실타래를 준다.
6 여기서 단테는 죽은 자가 아닌 산 자이기에 육신의 무게가 있다.
7 예수가 부활하여 림보의 영혼들을 선별하여 구한 것을 말한다.
8 엠페도클레스 이론이다. 우주는 4개의 요소로 되어 있는데 우주가 사랑을 시
   도하면 그들 사이의 조화되는 것을 말하나 혼돈을 시도하는 것은 이들 사이에
   미움이 들어와서 이들이 분리하는데 이때 다양한 사물들이 발생된다. 사랑은
   이들을 다시 조화시키고 미움은 다시 이들을 분리시키는 과정을 말한다. 베르
   길리우스는 그리스도가 지옥에 내려온 것을 이교도 측면에서 설명했다.
9 플레케톤 강을 의미하며 이 이름은 〈지옥편〉 제14곡 131행과 134~135행에서
   나올 것이다.

10 신화에서 켄타우로스는 익시온과 한 구름의 자식이다. 반인반마이며 폭력과
    약탈자로 여기에 눈먼 탐욕과 미친 분노와 상응한다.

11 켄타우로스의 우두머리이다. 크로노스와 필리라의 아들로 아킬레우스, 헤라
    클레스 등의 스승이기도 하다. 성품이 온화하고 정의를 존중하며 매우 공정한
    성격을 가지고 있고 예술과 의술, 교육과 천문학에 재질이 있었다고 한다. 그
    래서 신들이 자식을 낳으면 케이론에게 교육을 맡겼다고 한다.

12 오비디우스의 《변신 이야기》(IX 101 이하)에 따르면, 켄타우로스인 네소스는
    헤라클레스의 아내 데이아네이라를 사랑했다. 그녀를 겁탈하려다 헤라클레
    스가 쏜 히드라의 독화살을 맞아 죽는다. 죽기 직전에 데이아네이라에게 자신
    의 피가 묻은 겉옷을 주면서 헤라클레스의 영원한 사랑을 얻으려면 겉옷을 입
    히라고 유언한다. 헤라클레스가 이올레와 사랑에 빠지자 데이아네이라는 헤
    라클레스에게 이 옷을 입혔는데 헤라클레스의 몸에 독이 퍼져 미칠 듯한 고통
    에 휩싸여 죽는다. 네소스는 이렇게 해서 헤라클레스에게 복수하였다.

13 아래를 보고 있다고 해석하거나 생각에 잠겼다라고 해석한다.

14 켄타우로스 중에서 제일 폭력적이다. 라피테스의 왕 페리리토스와 히포다메
    이아의 결혼식에 술이 취한 켄타우로스들은 여자들을 납치하려 했고, 그는 신
    부를 납치하려고 했다.

15 이곳의 영혼들은 자신이 받아야 할 형벌에 따라 피의 강물 속에 잠겨 있는 정
    도가 다르다.

16 베아트리체를 가리킨다.

17 마케도니아의 알렉산더 대왕과 테살리아 페레의 알렉산더라는 의견으로 나
    뉜다. 단테는 발레리우스 막시무스와 키케로 등의 작품을 통해서 테살리아
    페레의 알렉산더가 폭군이었음을 알 수 있었다. 대부분의 주석가들은 단테의
    《향연》(IV)에서 말한 마케도니아의 알렉산더 대왕이라고 추측하고 싶어 하지
    만, 폭군이라는 이미지로 보았을 때 테살리아 페레의 알렉산더가 더 유력하다
    고 추측된다.

18 기원전 4세기경에 시라쿠사(시칠리아의 도시)의 폭군. 무자비한 폭군의 예로 많
    이 나왔다.

19 로마노 출신의 에첼리노 3세로 1223년부터 1259년까지 마츠카 트레비지아나
    를 다스린 폭군이었다.

20 오비초 3세 디 에스테이다. 페라라의 군주로 매우 잔인했다고 한다. 1293년에
    죽었고 소문에 의하면 아들 아초 8세(《연옥편》 5곡에서 재등장)의 손에 죽었다고
    한다. 단테는 "실제로"란 단어를 써서 이 소문을 믿게 하고 싶어 하고 "의붓
    자식"이란 단어로 오비초 3세에 대해 경멸감을 나타낸다.

21 레스터의 군주 시몽 드 몽포르의 아들 기 드 몽포르를 가리킨다. 아버지의 죽

음을 복수하기 위해서 영국의 왕과 맞서 싸웠다. 비테르보 교회에서 미사 중에 왕의 사촌 헨리를 죽이고, 그 시체를 진흙탕에 끌고 다녔으며 모욕하였다.

22 빌라니의 《라 누오바 크로니카(La nuova cronica)》(VII 39)에 따르면 헨리의 심장은 황금 잔에 담겨 템스 강 다리 위에 걸렸다고 하고, 벤베누토에 따르면 그의 무덤에 위치한 왕의 조각상의 손에 있는 잔에 놓였다고 한다.

23 잔인한 훈족의 왕으로 '신의 채찍'이라는 별명이 있다. 아마도 아킬레우스의 아들 피로스와 에페이로스의 왕 피로스로 추측되는데 아직까지 확실한 것은 없다. 에페이로스의 왕 피로스는 로마와 세 차례에 걸쳐 싸웠으나 단테는 다른 작품에서 그를 찬양한 적이 있다. 그 때문에 단테가 《아이네이스》(II 526-558)에서 읽은 것으로 트로이 왕 프리아모스와 많은 트로이 사람들을 잔인하게 죽인 아킬레우스 아들 피로스로 대부분 추측하고 있다. 세스투스는 폼페이우스의 아들이며 카이사르가 죽은 뒤 해적이 되어서 모든 이탈리아를 침략했다고 한다.

24 단테 시대의 유명한 강도들이다. 리니에르 다 코르네토는 마렘마의 길에서 강도질을 일삼았고 리니에르 파초는 발다르노의 파치 가문으로 1268년 로마에 가던 주교 실벤세를 살해했다.

제13곡

1 체치나와 코르네토 사이에 마렘마 지역이 있다. 단테 시대에는 이 지역을 얼룩진 마렘마라고 불릴 정도로 이탈리아에서 사람이 살기에 적당치 않는 무인지대였다. 단테는 이러한 실제 지역의 이미지를 사용하여 독자의 상상력을 자극시켜 지옥과 천국의 이미지를 나타냈는데, 이것은 벤베누토의 말처럼 우리가 사는 세상에 바로 지옥과 천국이 있기 때문이다.

2 그리스 신화에서 나오는 괴물로 여자의 얼굴과 목을 갖고 몸은 새이다. 약탈하는 성격과 추한 얼굴을 가지고 있다. 《아이네이스》(III 209-257)에서 이들은 섬 스트로파데스에서 잠시 쉬는 트로이 인들의 식탁을 배설물로 더럽히고 악담을 퍼부었다고 한다.

3 세 번째 고랑을 가리킨다.

4 베르길리우스는 《아이네이스》(III 22-43)의 폴리도로스의 이야기를 말한다. 덤불의 가지를 꺾으면 피가 쏟아져 폴리도로스가 묻힌 덤불 아래의 땅에서 목소리가 들려왔다고 한다.

5 페데리코 2세의 궁정 장관이었던 피에르 델라 비냐이다. 그는 1190년에 카푸아

에서 태어났으며 평범한 가정에서 자랐다. 볼로냐에서 법을 공부했고 1221년에 페데리코 2세의 궁정 공증인으로 일하기 시작했다. 1230년부터 죽음에 이르기까지 황제의 일을 도와주었으며, 1246년에는 그의 권력이 최고에 다다랐다. 1248년 페데리코 2세는 그가 음모를 꾸민다고 의심하면서 그에 대한 믿음을 잃어 가기 시작했다. 피에르 델라 비냐는 1249년에 크레모나에서 배신자의 형으로 붙잡혔다. 그는 자살한 것으로 추정되나 확실하진 않다. 단테는 여기서 자살로 본 듯하다.

6 자살한 영혼을 가리킨다.

7 최후의 심판 때 육신을 찾으러 간다는 말이다.

8 희망 없이 바라는 두 번째 죽음, 즉 영혼까지 소멸되는 죽음을 바라고 있다.

9 시에나 출신의 에르콜라노 마코니를 가리킨다. 그는 토포에서 벌어진 시에나와 아레초의 전쟁에서 전사했다.

10 파도바 출신이며 오데리코 다 몬셀리체의 아들이다. 1237년 페데리코 2세의 신하였으며, 1239년 에첼리노 4세의 명령으로 살해되었다. 그에 대한 에피소드는 대부분이 그의 낭비벽에 대한 것으로, 보카치오에 의하면 그는 큰 불을 보기 위해서 아름답고 값비싼 그의 빌라를 태웠다고 한다.

11 피렌체는 처음에 전쟁의 신 마르스를 수호신으로 섬기다가 세례 요한으로 바꾸었다.

12 단테는 6세기에 피렌체를 침략한 오스트로고트 족의 왕 토틸라와 혼동한 것 같다. 전설에 따르면, 아틸라는 카틸리나(로마의 정치가)에게 복수하러 왔고, 피렌체를 지나 피에졸레를 다시 세우기 위해서 왔다고 한다. 이 전설은 실제 있었던 일처럼 이야기되고 있다. 그러나 빌라니가 전설을 아틸라에서 토틸라로 정정한다. 사실 토틸라는 그리스와 고트 전쟁을 하는 동안 이 도시를 포위하였다고 한다. 이 내용과 아틸라의 전설 내용이 일치한다.

13 단테는 '집에 교수대를 만들고 자살한 이'의 이름을 밝히지 않았다. 옛 주석가들이 추측하는 사람은, 피렌체의 판사 로토 델리 알리이로 1285년에 돈을 받고 죄 없는 사람을 사형에 처하게 하여 죄책감에 자살하였다. 다른 한 사람은 로코 데 모치로 재산을 탕진하고 우울증으로 자살하였으나 이 시기에 피렌체에 자살하는 사람이 많았기 때문에 단테는 아마도 이름을 밝히지 않은 것으로 보인다. 자살한 사람 모두를 가리키는 것 같다.

제14곡

1 로마의 정치가 카토 장군을 말한다. 단테가 루카누스의 서사시 《파르살리아 (Pharsalia)》(IX 382 이하)에서 읽은 것으로, 카토 장군은 리비아 사막을 폼페이스의 군대를 이끌고 누미디아로 도착하기 위해서 건넜다고 한다.

2 알렉산더 대왕과 아리스토텔레스의 편지 내용을 담은 알베르투스 마그누스의 《유성론(流星論)》을 참고하였다. 편지 내용은 인도에 큰 눈이 내려서 군사들에게 눈을 밟게 하고 땅을 다진 후 불비를 만나게 되었을 때 옷으로 몸을 가리게 하였다. 단테는 두 사실을 혼성시켰는데 그 이유는 편지에서 이 내용을 인용한 것이 아니라, 중세 시대에 유명했던 알베르투스 마그누스가 쓴 것을 인용했기 때문이다.

3 지옥의 문, 즉 디스의 문 입구를 가리킨다.

4 테살리아 플레그라에서 제우스와 거인족 기간테스의 전쟁을 말한다. 제우스는 불카누스와 키클롭스에게 번개를 만들라고 하여 플레그라 벌판에 던진다. 몬지벨라는 시칠리아의 섬에 있는 화산산 에트나를 말한다.

5 카파네우스는 테베를 공격한 일곱 왕 중의 하나이다. 제우스 도시 테베의 성벽에 사다리를 걸고 올라갔으나 그가 깔보고 업신여기자 제우스는 번개로 그를 내려쳐 죽였다.

6 불리카메는 비테르보에 있는 온천이다. "죄지은 여인들"은 매춘부들을 말한다. 여러 문서에 보면 이러한 매춘부들이 이 온천 근처에 살았고 온천에서 파생되어 나오는 물로 목욕과 물놀이를 하였다고 한다.

7 리스도가 부순 문으로 항상 열려 있는 지옥의 문이다.

8 "말"은 '나(단테)'의 호기심을 자극하는 것으로 볼 수 있다. 단테가 알고 싶어하는 바람을 음식에 비유하였다.

9 투르누스(크로노스와 동일)를 말한다. 그의 시대는 황금의 시대라고 일컬어진다.

10 크레타 섬 중심에 있는 고대의 높은 산 이름이다. 높이는 2,460미터이다.

11 사투르누스의 아내이자 제우스의 어머니 레아는 그의 남편 사투르누스가 자식들이 그의 자리를 노린다 생각하여 자식을 낳자마자 먹을 것이라는 예언을 듣고 그녀가 제우스를 수태하고 낳자마자 이다 산에 숨겼다.

12 다미에타는 이집트의 한 도시이다. 일반적으로 동방 이교도를 상징한다. 이 노인이 다미에타를 등졌다는 것은 인간의 발이 이 방향, 즉 서양의 로마로 움직였다고 볼 수 있다. 여기서의 로마는 그리스도의 세계를 가리킨다.

13 조각상의 다양한 부분에 형성되어 있는 재료는 단테의 아들 피에트로가 이미 주장한 것처럼 인간의 시간을 나타낸다. 순금 머리는 황금시대를 상징하고 순은으로 된 팔과 가슴, 놋쇠의 몸통, 그리고 쇠의 다리는 추락해 온 인간의 역

사를 나타낸다. 옛 주석가들은 두 발을 두 가지의 상징으로 보고 있는데 영적과 세속, 즉 교회와 황제를 뜻한다. 특히 오른발은 부패되고 타락한 교회를 상징한다. 그러나 이런 은유적인 해석에는 다른 의미도 내포되어 있다는 것을 배제해서는 절대 안 된다.

14 단테는 크레타 섬을 지옥에 흐르는 강들의 수원지로 설정한다. 순금으로 된 황금시대를 제외한 나머지 시대는 인간의 죄가 계속됨을 보여 준다. 이다 산은 에덴동산과 같은 곳으로 해석되는데, 에덴동산이 인간의 죄로 타락한 것처럼 이다 산도 버려진 곳으로 상징된다.

15 이곳들은 단테와 베르길리우스가 지나온 강 이름들이다. 앞의 두 강은 3곡, 7곡, 8곡에 나오고, 플레케톤 강은 12곡에 명시되어 있지는 않지만 붉은 핏물이 끓는 강으로 묘사되었다.

16 얼음으로 된 큰 호수로 지옥의 맨 밑 아홉 번째 고리에 있다.

17 단테는 지옥이 아닌 연옥의 산꼭대기에서 나타날 것이다. 레테는 망각의 강으로 고대 신화의 아베르노 강과는 사뭇 다르다. 천국에는 죄인들이 있을 수 없기에 연옥에서 죄를 씻은 뒤 모든 죄의 기억을 지우고 천국으로 오를 준비를 한다.

❧ 제15곡 ❧

1 구이산트, 즉 플랑드르의 위상이다. 위상은 칼레에 속해 있고 플랑드르의 영토 서쪽 부분 국경에 있다. 브뤼헤는 상업 도시로 플랑드르의 영토 동쪽 부분의 국경에 있다. 이 두 도시는 중세 시대 때 이탈리아 상인들이 특히 피렌체 사람들이 많이 드나들었던 곳이다.

2 알프스에 있는 산으로 이 지역이 따뜻해져 브렌타 강이 범람한 적이 있다. 그러나 많은 옛 주석가들(빌라니와 동시대 주석가들)은 다른 의미로 볼잔노의 남부와 트렌티노의 카린치아 군주로 해석하고 있다.

3 이 문장은 단테의 질문이기도 하지만 놀람과 애정 그리고 고통의 감정이 섞여 있다. 브르네토 라티니는 부오나코르소의 아들로 1220년경에 피렌체에서 태어났다. 공증인, 정치가, 시인, 사법관, 웅변가, 문학가, 철학가, 문인이었다. 1294년에 사망하였다. 1260년부터 1266년까지 프랑스로 망명하였다. 그래서 그의 작품 대부분은 프랑스어로 쓰였다. 피렌체로 돌아와 공증인으로, 총리로 있었고 1280년부터 사망할 때까지 피렌체의 자비로운 심의자로 존재했다. 단테와 그 시대의 젊은이들에게 많은 영향을 준 인물이기도 하다.

4 뜨거운 모래밭을 걸어야 하는 벌을 무시하고 멈추면 이들에게 누워서 불비를 맞는 가중 처벌이 가해진다.

5 여기서의 정점은 인생의 반을 의미한다. 단테가 태어난 시기가 쌍둥이 자리인 6월이고 이 글의 시점은 4월이기 때문에 아직 35세를 채우지 못했단 의미이다.

6 피에졸레는 피렌체 근교의 언덕이다. 옛 전설에 따르면 카틸리나(로마의 정치가)가 살았던 피에졸레가 파괴된 후 로마인들은 피렌체를 세웠고, 피레졸레 사람들은 그들의 도시가 사라져 피렌체에 내려와 정착하게 되었다. 단테는 이 전설의 내용을 잘 알고 있었고, 그것을 자기 자신과 피렌체로 대치시킨다. 그의 도시에 대해 최고의 부정을 나타내며 세상에 대한 부정을 의미하기도 한다. 이런 전설은 빌라니와 브르네토에 의해서도 이야기되었다.

7 "시고 떫은 과일"은 사악하고 부정직한 사람들을 말하고 "달콤한 무화과나무 열매"는 정직하고 좋은 사람들을 말한다.

8 비앙카 당과 네로 당을 말한다.

9 단테는 취하지 않을 것이고 베로나로 도피할 것이란 의미이다. 이 구절은 피스토이아의 치노에 의해서 다시 한 번 더 쓰였다.

10 단테에게 성스러운 씨앗은 로마의 후예를 상징한다. 피렌체 한가운데에서 로마인의 후예가 일어나 피렌체를 재건설한다는 의미이지만, 하나의 도시 부분을 다뤘기보다는 세상에 대한 임무라고 더 크게 해석할 수 있다. 오염된 세상에서 로마의 한 후예가 일어나기를 바란다는 의미라고 생각된다.

11 5·6세기경 콘스탄티노플에서 활동한 라틴어의 문법학지이다. 우구치오네의 암시를 제외하고 어떤 곳에서도 그가 남색의 죄가 있다는 증거가 존재하지 않는다. 옛 주석가들은 단테가 4세기경에 이단을 창시한 주교 프리스키아누스와 혼동하고 있다고 본다. 이 주교의 많은 죄 중의 하나가 남색이었다.

12 피렌체인 아코르시오의 아들로 법학자의 아버지로 불렸다. 1225년에 볼로냐에서 태어나 1273년까지 볼로냐 대학교에서 민법을 가르쳤다. 에도아르도 1세의 부름에 1281년까지 영국의 옥스퍼드 대학교에서 가르치기도 하였다. 1293년에 볼로냐에서 사망하였다.

13 보니파키우스 8세를 가리킨다.

14 1287년 피렌체의 주교였던 안드레아 데이 모치는 보니파키우스 8세의 명으로 1295년 피렌체에서 비첸차로 옮겼다. 그러나 같은 해이거나 그다음 해에 사망했다고 한다. "죄 많은 육신"이란 말은 그를 경멸하고 비꼬는 표현이다. 그는 아주 심한 낭비와 남색을 탐했다고 한다.

15 브르네토의 대표적인 작품으로 1262~1263년에 프랑스어로 쓰인 책이다. 중세 시대의 지식에 대해 광대하게 집필된 백과사전이다. 제공되는 전설의 다양

한 자료가 정리되어 있다고 한다.

16 브르네토가 자기 무리로 돌아가는 모습을 사순절 첫 일요일에 하는 베로나의 달리기 시합으로 묘사했다. 이 시합에서 승자는 초록색 천을 상으로 받는다.

제16곡

1 피렌체의 벨린치오네 베르티의 딸이다. 중세 이탈리아에서 알려진 이야기에 의하면, 그녀는 황제 오토 4세의 주선으로 귀도 궤라 4세와 결혼했다고 한다. 실제로 그녀가 결혼한 것은 1180년 오토 4세가 황제가 되기 20년 전이었다. 당시 그녀는 덕성의 상징이었다.

2 피렌체의 도바돌라 백작의 아들로 궬피 당의 지도자였다. 1260년에 시에나를 배척하는 정책을 펴지 말라고 충고하였으나 사람들이 그의 말을 따르지 않았고, 결국 시에나는 피렌체의 궬피 당을 제압했다.

3 피렌체 아디마리 가문 사람으로 장군이었고, 아레초의 집정관을 역임하기도 했다. 시에나와의 화평을 조언했다.

4 부유한 상인으로 상격이 까다로운 아내로 인해 여자들을 혐오하게 되었다고 한다.

5 피렌체 출신의 궁정 기사였다.

6 당시 주변 도시에서 피렌체로 이주한 사람들을 일컫는다.

7 에밀리아로마냐 지방에 있는 비시 산을 가리킨다. 이탈리아 반도를 종단하는 아펜니노 산맥에 있으며, 그곳에서 발원한 아쿠아퀘타 강은 다른 두 개의 지류와 더해져 포플리 근처에서 몬토네 강을 이룬다.

8 〈지옥편〉 제1곡에 나오는 음란함을 상징하는 표범을 가리킨다.

제17곡

1 게리온을 가리킨다. 그리스 신화에서 세 개의 머리, 여섯 개의 팔, 여섯 개의 다리를 가진 거인으로 그려지며, 헤라클레스에 의해 죽는다. 하지만 단테는 사람의 얼굴, 사자의 다리, 박쥐의 날개, 전갈의 꼬리, 나머지는 뱀의 모습으로 그리고 있다. 사기를 상징하고 있다.

2 사기꾼들이 사용하는 올가미, 즉 속임수를 뜻한다.

3 그리스 신화에 등장하는 뛰어난 직조 기술을 가진 리디아의 처녀이다. 직물의 수호신 미네르바 여신에게 도전했다가 아라크네의 천이 더 뛰어난 것을 본 여신이 질투하여 그녀를 거미로 만들어 버렸다.

4 고리대금업자들의 돈주머니를 의미한다. 그 위로 각 가문을 상징하는 문장이 새겨져 있다.

5 피렌체의 잔 필리아치 가문의 문장이다.

6 피렌체의 오브리아키 가문의 문장이다.

7 파도바의 스크로베니 가문의 문장이다.

8 악랄한 고리대금업자이다. 파도바 사람인 비탈리아노 델 덴테로 보기도 하지만, 실제로 그는 매우 너그러운 사람이었다고 알려져 있다. 따라서 야코포 비탈리아니로 해석하기도 한다.

9 금색 바탕에 세 숫염소 문양은 베키 가문의 문장이다. 그중 조반니 부이아몬티를 말한다. 악명 높은 고리대금업자였고, 1293년에 법원의 기수를 했다. 1310년에 빈곤하게 죽었다고 한다.

10 살아 있는 단테를 뜻한다.

11 태양의 신 헬리오스의 아들이다. 파에톤은 아버지의 태양 마차를 몰고 하늘을 돌다가 말들을 다스리지 못해 고삐를 놓치고 만다. 그로 인해 궤도를 벗어난 마차는 하늘을 길게 태워 버린다. 그 흔적이 은하수로 남아 있다고 한다. 제우스는 온 세상이 불타지 않도록 번개를 던져 파에톤을 떨어뜨리고, 불붙은 그의 시체는 에리다노스 강으로 떨어졌다.

12 아테네의 명장 다이달로스의 아들이다. 미노스 왕을 배신한 나이날로스는 자신이 만든 미궁 라비린토스에 아들 이카로스와 함께 갇힌다. 다이달로스는 밀랍과 깃털로 날개를 만들어 달고 탈출하였는데, 아들 이카로스는 태양에 너무 가까이 날았다가 밀랍이 녹아 떨어져 죽었다.

🏆 제18곡 🏆

1 단테가 만든 단어로 '사악한 사람들이 머무는 고리'라는 뜻이다. 여덟 번째 고리의 열 개 구역들을 가리키기 위해 단테가 만든 용어이다. '잔인함', '사악함', '악'을 의미하는 '말레(male)'와, '주머니', '가방'을 의미하는 볼제(bolge, bolgia의 복수형)의 합성어이다. 이곳은 열 개의 볼제로 이루어졌다.

2 교황 보니파키우스 8세가 처음 제정한 1300년을 말한다. 하느님의 사랑과 은총을 기리고 인류를 구원하기 위해 대사면을 내리는 해이다. 성년에 교황청이

있는 로마로 가서 참회와 보속(補贖)을 하면 면죄 받을 수 있다고 하였다. 원래 100년이 주기였으나, 지금은 25년마다 성년으로 정하고 있다.

3 로마 시 근처에 위치한 조르다노 언덕을 가리킨다.

4 1260년부터 1297년까지 볼로냐 켈피 당의 수장이었다. 이몰라, 밀라노, 피스토이아 등의 집정관을 역임하기도 했다. 당시 페라라를 다스리던 에스테 가문의 환심을 사기 위해 오피초에게 돈을 받고 자신의 누이 기솔라벨라를 주었다.

5 시베나와 레노는 각각 볼로냐의 동쪽과 서쪽을 흐르는 강이다. '시파'는 볼로냐 방언을 뜻한다. 위의 표현은 다소 과장되어 있지만 당시 볼로냐 사람들이 탐욕적이고 금전적인 이해에 밝았다는 의미를 내포하고 있다.

6 이올코스의 왕자로 이아손을 가리킨다. 이복형제 펠리아스에게 왕권을 빼앗겼다가 콜키스에 있다는 황금 양털을 가져오면 왕권을 되돌려 주겠다고 펠리아스가 약속하자 모험을 떠난다.

7 렘노스 섬의 여인들이 여신 베누스를 숭배하지 않자 화가 난 베누스는 그곳 남자들이 모두 자기 여인을 멀리하도록 만들었다. 이에 분노한 여인들은 남자들을 모조리 죽였다. 그런데 렘노스 섬의 공주인 힙시필레는 아버지를 죽이지 않고, 다른 여자들에게는 죽인 것처럼 속였다고 한다. 힙시필레는 마침 그곳에 온 이아손을 사랑했지만 임신한 몸으로 그에게 버려지고 후에 쌍둥이를 낳았다.

8 콜키스의 공주이자 마법사이다. 이아손을 사랑하여 마술로 그가 황금 양털을 얻을 수 있게 도와주고 그와 결혼한다. 하지만 결국 그에게 버림받는다. 분노한 메데이아는 이아손의 새 아내인 크레우사에게 결혼 선물로 독이 묻은 외투를 보내서 죽이고 자식들도 모두 죽인다. 이로 인해 이아손은 매우 슬퍼하다 죽었다.

9 이탈리아 중부 피사 근처의 도시인 루카 출신이다. 인테르미네이 가문은 루카의 백당을 이끌었다.

10 로마의 희극작가 테렌티우스의 〈환관〉에 등장하는 인물이다. 타이데의 대답은 아첨하는 자들이 늘어놓는 과장된 표현의 전형으로 쓰인다.

〘 제19곡 〙

1 사마리아의 마술사이다. 그는 예수의 제자(베드로와 요한)들이 성령의 힘으로 기적을 일으키는 것을 보고 돈으로 그 능력을 사려고 했다. 여기에서 비롯되어 성직이나 성물을 매매하는 죄를 '시모니아(simonia)'라고 부르게 되었다.

2 중세 법정에서는 재판관이 판결을 공포하기 전에 나팔을 불어 사람들을 모았다고 한다.

3 지옥을 뜻한다.

4 피렌체의 두오모 옆에 있다. 성 요한 성당에서는 성 요한의 축일인 6월 14일에 아이들이 세례를 받았다. 성당에는 세례를 받는 사람들이 서 있도록 통 같은 것을 만들어 놓았다.

5 그 당시 청부 살인을 저지른 자들은 거꾸로 매달아 구덩이 안에 생매장했다고 한다. 생매장을 당하기 전 죄인들은 조금이라도 죽음을 늦추기 위해 사제를 부르곤 했다고 전한다.

6 보니파키우스 8세로 1294년부터 1303년까지의 교황이었다. 그는 피렌체에서 자신의 영향력을 강화하기 위해 궬피 흑당을 지원했다. 그 결과 단테가 몸 담고 있던 백당이 쫓겨나게 되었고, 단테는 자신이 망명의 길에 오르게 된 것이 모두 그의 탓이라고 생각했다.

7 교회를 뜻한다.

8 교황의 법의를 일컫는다.

9 교황 니콜라우스 3세이다. 암곰을 문장으로 쓰는 오르시니 가문 사람이다.

10 이곳 죄인들은 발바닥이 불타는 형벌을 받다가 다음 죄인이 오면 그 자리를 넘기고, 구멍 아래의 바위 틈 사이로 떨어지게 된다.

11 니콜라우스 3세는 1280년에 죽었으므로 1300년인 현재 20년 동안 그곳에 있는 것이다. 반면, 1303년에 죽은 보니파키우스 8세는 1314년에 다음 죄인(클레멘스 5세)이 죽어서 올 때까지 11년을 있게 된다.

12 이탈리아에서 보았을 때 서쪽인 프랑스 가스코뉴 출신의 교황 클레멘스 5세이다. 그는 교황이 되는 대가로 프랑스 왕 필리프 4세와 수많은 협약을 비밀리에 맺었다. 그는 필리프 4세의 사주를 받아 교황청을 로마에서 아비뇽으로 옮겨 '아비뇽 유수(幽囚)'라고 불리는 가톨릭 역사의 오점을 남겼다.

13 〈마카베오 하〉에 등장하는 인물이다. 야손은 셀레우코스 왕조의 안티오코스에게서 유대의 제사장직을 돈을 주고 샀다.

14 "나는 너에게 하늘나라의 열쇠를 주겠다."(〈마태복음〉 16:19)

15 예수를 배신한 유다의 자리를 대신하여 추첨을 통해 뽑혔다.

16 나폴리와 시칠리아의 왕 앙주의 샤를 1세이다. 이탈리아 말로는 카를로 단조 1세이다. 전해지는 말에 의하면, 1280년 비잔틴 제국의 황제는 카를로를 치기 위해 교황 니콜라우스 3세에게 돈을 주었다고 한다.

17 신랑은 하느님을, 신부는 교회를, 머리는 성체를, 뿔은 율법을, 물은 백성을 뜻한다.

18 〈요한의 묵시록〉을 쓴 성 요한을 가리킨다.

19 로마의 황제 콘스탄티누스는 312년에 그리스도교로 개종하여 330년에 콘스탄티노플로 수도를 옮겼다. 그것은 당시의 교황 실베스테르 1세가 그의 나병을 고쳐 주자 그 대가로 로마 제국의 서부 지역에 대한 관할권을 넘겨 준 것이었다. 소위 말하는 '콘스탄티누스의 기증서'는 15세기에 로렌초 발라에 의해 위조된 것으로 밝혀졌으나 중세 사람들은 진실로 믿었다. 단테는 이 과정에서 교회의 부정부패가 시작되었다고 생각하고 있다.

20 제33대 교황 실베스테르 1세를 가리킨다.

제20곡

1 "첫 번째 노래"란 〈지옥편〉을, "스무 번째 곡"이란 제20곡을 가리킨다. 단테가 처음으로 노래란 단어를 쓰며 이 모든 시에 곡이란 말이 붙게 된다.

2 테베를 공격한 일곱 왕들 가운데 한 명으로 그리스의 예언자이자 명장이다. 전해지는 이야기에 따르면, 그는 공격을 하다 자신이 죽을 것을 미리 알고 숨어 있었다. 그러나 아내의 책략으로 어쩔 수 없이 전쟁에 참여했다. 화가 난 제우스는 벼락을 쳐서 땅을 갈랐고, 그는 그 사이에 떨어져 죽었다고 한다.

3 그는 장님으로 테베의 유명한 예언자이다. 오비디우스에 따르면, 어느 날 두 뱀이 뒤엉켜 교미하는 것을 보고 막대기로 때리자 그의 몸이 여자로 바뀌었다. 7년이 지나 다시 두 마리의 뱀이 교미하는 것을 보고 막대기로 때리자 다시 남자의 몸으로 돌아왔다고 한다. 그 후, 제우스와 헤라가 두 성(姓)을 모두 경험한 결과 어느 쪽이 더 사랑을 탐닉하는지 묻자 그는 여자라고 말했다. 그의 말에 화가 난 헤라는 그를 장님으로 만들었지만, 제우스는 대가로 그에게 예언의 능력을 주었다.

4 카이사르와 폼페이우스의 전쟁과 카이사르가 이길 것이라는 것을 예언한 에트루리아의 예언자이다. 대리석으로 유명한 이탈리아의 도시 카라라에서 살았다.

5 테베의 예언자 테이레시아스의 딸이다. 역시 예언자로 아비가 죽자 트레온의 폭정을 피해 이탈리아로 건너와 도시 만토바를 건설했다.

6 디오니소스의 다른 이름으로 술과 도취, 해방의 신이다. 테베는 바코스를 도시의 수호신으로 섬겼다. 여기에서는 테베를 의미한다.

7 오늘날 산타 마르케리타 성당이 있는 레키 섬으로 추정된다.

8 카살로디 가문의 알베르토 백작은 1272년 만토바의 영주가 되었지만, 피나몬테의 계략에 속아 넘어가 1291년에 영주 자리를 빼앗겼다.

9 트로이 전쟁 때를 말한다. 그리스 남자들이 전부 전쟁에 참가하는 바람에 아기를 낳아 줄 남자가 없어 요람이 텅 비었다고 한다.
10 트로이 전쟁 당시 그리스의 예언자이다. 아울리스에서 역풍이 불어 배가 출항할 수 없게 되자, 아르테미스 신을 달래기 위해 아가멤논의 딸 이피게네이아를 제물로 바치자고 주장했다.
11 그는 아가멤논으로부터 아울리스에서 그리스 군대를 실은 배가 출항할 적절한 때를 신탁받으라는 명을 받았다. 역풍으로 배가 출항할 수 없자, 아가멤논의 딸 이피게네이아를 분노한 아르테미스 신에게 바치자고 주장했다.
12 《아이네이스》를 가리킨다.
13 스코틀랜드 태생의 문학가이자 수학자이다. 마술사이자 점성술사로 알려져 있다.
14 이탈리아 포를리 태생으로 점성술사였다.
15 파르마 출신의 제화공으로 예언의 능력이 있었다.

제21곡

1 단테가 만들어 낸 말로 악마들을 총칭하는 용어로, '사악한 앞발'이라는 뜻이다. 뒤에 등장하는 악마들의 이름도 모두 단테가 지어 낸 것이다.
2 도시 루카 출신의 수녀이다. 루카 사람들에게 수호성인으로 추앙받았다. 여기서는 도시 루카를 의미한다. 당시 루카는 겔피 흑당의 본거지였으므로 단테는 루카를 못마땅하게 생각했다.
3 14세기 초 루카의 대표적인 탐관오리이다. 여기서는 역설적으로 표현했다.
4 '성스러운 얼굴'이라는 의미이다. 검은 나무로 만들어진 십자가로, 루카 사람들이 숭배했다고 한다. 검은 나무에 못 박힌 예수를 가리킨다.
5 '사악한 꼬리'라는 뜻이다. 뒤에 나오는 스카르밀리오네는 '산발한 머리', 카냐초는 '크고 사나운 개', 루비칸테는 '빨강', 바르바리치아는 '곱슬 수염', 리비코코는 '뜨거운 바람', 드라기냐초는 '괴수 용', 치리아토는 '멧돼지', 그라피아카네는 '할퀴는 개'라는 뜻이다. 파르파렐로는 프랑스의 전설에 등장하는 인물이며, 알리키노는 프랑스어로 '장난꾸러기 요괴'를 뜻한다. 칼카브리나는 의미가 명확하지 않다.
6 피사에 있는 성이다. 1289년 8월 겔피 당의 군대가 이 성을 8일 동안 포위하여 함락시켰다. 이 전쟁에는 단테도 참가했다.

제22곡

1 중세에는 돌고래가 바다 위로 몸을 내밀면 폭풍우가 온다고 믿었다. 이를 보고 뱃사람들은 폭풍우를 대비했다고 한다.

2 치암폴로라는 이름밖에는 알려진 것이 없다.

3 이베리아 반도 동북쪽 산악 지방에 있던 작은 왕국이었다.

4 1253년부터 1270년까지 나바라의 왕이었다.

5 지중해 중부에 있는 사르데냐 섬을 일컫는다.

6 사르데냐 섬 태생의 수도사로 사르데냐의 4개 관할구 중 한 구역인 갈루라의 영주 밑에서 일했다. 포로로 잡힌 자들을 뇌물 받아 풀어 주었다가 살해당했다.

7 사르데냐의 4개 관할구 중 하나인 로구도로의 영주. 호색과 간계로 이름을 떨쳤으나 사위에게 배신당하여 살해됐다.

8 치암폴로는 둔덕(다섯 번째 볼제)에서 출발하고, 알리키노와 악마들은 둔덕 너머(여섯 번째 볼제)에서 출발하여 누가 더 빠른지 겨루어 보자는 것이다.

9 카냐초를 가리킨다.

10 역청에 빠지지 않기 위해서 다시 올라가야만 했다.

제23곡

1 성 프란체스코 수도회의 수도사들을 가리킨다. 그들은 연장자인 수도사를 앞장세우는 것이 예법이었다.

2 이솝 우화가 아니라, 중세에 유행하던 여러 우화집에 나오는 이야기이다. 생쥐가 개구리에게 강을 건너게 해 달라고 부탁하자, 개구리는 생쥐를 물에 빠뜨려 죽일 속셈으로 승낙하고 생쥐를 자기 다리에 묶는다. 물에 들어가자 개구리는 생쥐를 물속으로 끌어당긴다. 생쥐가 필사적으로 발버둥을 치는 동안 독수리가 나타나 그 둘을 발톱으로 낚아채 갔다. 독수리는 생쥐는 놓아주고 개구리는 먹는다.

3 하느님을 의미한다.

4 프랑스 동부 부르고뉴 지방의 도시이다.

5 페데리코 2세는 죄인들을 발가벗기고 두꺼운 납 옷을 입힌 뒤 끓는 물에 집어넣어 사형시켰다고 한다.

6 비좁은 길은 길이 많은 죄인들로 인해 좁아졌다는 의미이고, 짐은 무거운 망토를 의미한다.

7 1261년 볼로냐에서 창설된 '영광의 동정녀 마리아 기사단'에 속한 수도사를 가리킨다. 원래 당파와 가문의 분쟁을 중재하고 약한 자들을 보호하기 위해 창설되었지만, 나중에는 세속적이고 편안한 생활에 빠지게 되자 그렇게 불렀다.

8 볼로냐 궬피 당파의 말라볼티 가문 사람으로 '영광의 동정녀 마리아 기사단'의 창립자 중 한 사람이었다. 여러 도시의 집정관을 역임하고, 1266년에는 로데린고와 피렌체의 집정관이 되었다.

9 볼로냐 기벨리니 당파의 안달로 가문 사람이다. '영광의 동정녀 마리아 기사단'의 일원이었다.

10 피렌체의 시뇨리아 광장 부근에 자리 잡은 지역이다. 그곳에 있던 기벨리니 당파의 우베르티 가문의 집이 민중 폭동 때 불타 버렸는데, 그 폐허가 두 집정관의 통치 결과라는 것이다.

11 유대인들의 대사제 가야바를 가리킨다. 그는 바리새 사람들이 모인 자리에서 예수가 유대인들을 대신해서 혼자 죽어야 한다고 주장했다.

12 가야바의 장인 안나스를 가리킨다.

13 예수를 죽일 음모를 꾸미기 위해 모였던 바리새파 사람들의 의회이다.

《 제24곡 》

1 1월 하순에서 2월 중순 사이를 의미한다.

2 눈을 의미한다.

3 연옥의 산을 가리킨다.

4 일종의 보석으로 독을 제거해 준다고 믿었던 돌이다.

5 감람과의 소교목이다. 잎은 겹잎이고 꽃잎은 넷이며 열매는 핵과(核果)이다. 아라비아, 아프리카 등지에 분포한다.

6 피스토이아의 귀족 라차리 집안의 사생아로 태어났다. 흑당의 지도자로 살인과 약탈을 일삼았다. 1293년 피스토이아의 산제노 성당의 성물이 도난당했는데, 그때 붙잡힌 사람은 람피노 포레시였다. 나중에 진실이 밝혀져 반니 푸치와 반니 델라 몬나가 잡혔지만 반니 푸치는 달아났다.

7 피렌체 근처의 도시로 당쟁이 끊이지 않았다.

8 1301년 피스토이아에서 백당이 승리하고, 뒤이어 피렌체에서는 흑당이 승리하게 된다.

9 로마 신화에 등장하는 전쟁의 신이다.

제25곡

1 로마를 반역한 카틸리나 장군 군대의 잔당들이 세운 도시가 피스토이아라고
한다.
2 카파네우스를 가리킨다. 제14곡에서도 등장한다.
3 토스카나 지방 해안의 뱀이 많기로 유명한 습지이다.
4 불카누스의 아들이다. 동굴에 살면서 헤라클레스의 소를 훔쳤다가 발각되어
헤라클레스의 방망이에 맞아 죽었다.
5 다른 켄타우로스들은 일곱 번째 고리에 있는 피의 강 플레게톤을 지키고 있다.
6 피렌체의 도나티 가문의 사람으로 기사였지만 도둑질을 일삼았다.
7 피렌체의 브루넬레스키 가문의 사람으로 도둑이었다.
9 배꼽을 가리킨다.
10 로마의 시인 루카르스는 《파르살리아》 9권에서 사벨루스와 나시디우스가 겪
은 육체적 변형을 노래했다. 그 두 사람은 카토의 부하였는데, 독사에게 물린
후 사벨루스는 고열에 불타서 재가 되었고, 나시디우스는 온몸이 부어서 터져
죽었다고 한다.
11 오비디우스는 《변신 이야기》에서 뱀으로 변하는 카드모스와 샘으로 변하는
아레투사를 묘사하였다. 테베를 세운 카드모스는 여러 나라를 유랑하다가 뱀
이 되었다. 아레투사는 디아나를 모시는 여신 중 하나였는데, 강의 신 알페이
오스의 사랑을 받다 쫓기게 되자 디아나에게 부탁하여 샘이 되었다.
12 구체적으로 알려져 있지 않으나 유명한 도둑이었다.
13 피렌체 갈리가이 가문의 사람으로 기벨리니 당원이었다. 도둑이었으며 1268년
에 피렌체에서 쫓겨났다.
14 프란체스코 데이 카발란티를 가리킨다. 그는 피렌체 근처의 작은 마을인 가빌
레 사람들에게 살해됐다. 그리고 그에 대한 복수로 많은 가빌레 사람들이 살
해됐다.

제26곡

1 부패한 피렌체를 역설적으로 표현하였다.
2 피렌체 북서쪽에 있는 도시로 오랫동안 피렌체의 지배를 받았다. 여기서는 피
렌체의 지배를 받은 모든 도시를 가리킨다. 그 도시들은 피렌체의 멸망을 바
라고 있다는 의미이다.

3 여름을 의미한다.

4 저녁이 되는 때를 의미한다.

5 〈열왕기 하〉 2장 23~25절에 등장하는 이스라엘의 예언자 엘리사를 가리킨다.
   엘리사가 길을 가던 중 아이들이 그가 대머리라고 놀리자, 그는 야훼의 이름
   으로 아이들을 저주했다. 그러자 숲에서 암곰 두 마리가 나와 아이들을 찢어
   죽였다.

6 엘리사의 선생이다. 그 역시 예언자이며 죽으면서 불타는 말이 끄는 불 수레
   를 타고 하늘로 올라갔다고 한다(〈열왕기 하〉 2장 11절).

7 테베의 왕 오이디푸스의 아들이다. 장님이 된 왕이 유랑을 떠나자, 형제 폴리
   네이케스와 정권을 다투다가 둘 다 죽었다. 둘은 함께 화장되었지만, 불꽃마
   저 두 갈래로 갈라졌다고 한다.

8 오디세우스와 디오메데스는 트로이 전쟁을 승리로 이끈 영웅들이다. 그들은
   아킬레우스를 전쟁에 가담시켰으며, 목마의 기습을 이끌었고, 팔라디온 여신
   상을 훔치기도 했다.

9 아이네이아스를 가리킨다. 그는 트로이가 함락되자 이탈리아로 건너가 로마
   인들의 조상이 되었다.

10 그리스의 트로이 기습 작전을 말한다. 그리스인들은 트로이 성에 들어가기 위
   해 나무로 거대하고 속이 비어 있는 말 인형을 만들었다. 그리스인들은 물러
   나는 척하고 근처의 테네도스 섬에 숨어 있었다. 그런 뒤 시논은 트로이 사람
   들에게 이 말이 아테나 여신에게 바치는 제물이라고 속였다. 라오콘과 카산드
   라의 경고했지만 트로이 사람들은 이 말을 성안으로 들여놓았다. 그날 밤 이
   말 안에 있던 그리스 병사들이 성문을 열어 그리스군을 들어오게 했다. 그리
   스는 이 전략으로 트로이를 함락시켰다.

11 스키로스 섬의 왕 리코메데스의 딸이다. 아킬레우스가 어렸을 때 어머니 테티
   스는 그가 트로이 전쟁에서 죽을 운명임을 알고 여자로 변장시켜 리코메데스
   에게 맡겼다. 그러나 오디세우스와 디오메데스가 아킬레우스를 찾아냈고 결
   국 그는 트로이 전쟁에 참가하여 죽게 되었다. 아킬레우스를 사랑한 데이다메
   이아는 자살하였다.

12 트로이의 수호 여신 아테나의 여신상이다. 이것을 가진 쪽이 승리할 것이라는
   예언에 따라 오디세우스와 디오메데스가 이 상을 훔쳐서 아르고스로 가져갔다.

13 이탈리아 남부의 항구 도시이다. 아이네이아스가 유모 가에타를 이곳에 묻었
   기 때문에 그렇게 불렀다.

14 태양신 헬리오스의 딸이다. 오디세우스가 동료들과 키르케의 섬에 표류했을
   때 키르케는 오디세우스의 동료들을 멧돼지로 만들어 버렸다. 오디세우스와
   일 년을 함께 보낸다.

15 첫 번째 해안은 유럽, 두 번째 해안은 아프리카, 마지막 해안은 지중해를 가리킨다.

16 지중해에서 큰 바다로 나가는 유일한 통로, 지브롤터 해협을 가리킨다. 헤라클레스는 게리온의 소를 훔치기 위해 세상의 서쪽 끝으로 가던 중 이 해협을 건너면서 유럽과 아프리카 쪽에서 각각 마주보고 서 있는 '헤라클레스의 기둥'을 세웠다. 스페인의 카르베 산과 아프리카의 아빌라 산을 말한다.

17 스페인 서남쪽에 위치한 도시이다.

18 아프리카 북부의 해안 도시이다.

19 남극을 가리킨다.

20 북극을 가리킨다.

20 연옥의 산을 의미한다.

제27곡

1 아테네의 명장 페릴루스가 시칠리아 섬의 폭군 팔라리스에게 바친 구리 황소를 의미한다. 팔라리스는 죄인을 처형할 때 황소 안에 넣어 태워 죽이면서 죄인의 비명 소리가 황소의 울음소리처럼 들리도록 했다. 그 첫 번째 대상이 페릴루스였다고 한다.

2 베르길리우스의 고향이다.

3 이탈리아 중동부의 지방이다.

4 이탈리아 중부 동쪽의 작은 도시이다.

5 로마냐 지방을 통치하던 기벨리니의 당수 귀도 다 몬테펠트로를 가리킨다.

6 로마냐 지방 동해안의 도시이다. 단테의 무덤이 있는 곳이다.

7 폴렌타 가문을 상징하는 문장이다. 절반은 파란 바탕에 흰색으로, 절반은 금빛 바탕에 빨간색으로 그려져 있다.

8 라벤나 아래 해안의 작은 도시이다.

9 1281년 교황 마르티누스 4세는 프랑스 군대와 연합하여 기벨리니가 통치하던 포를리를 공격했다. 1282년 5월 몬테펠트로가 대항하여 수많은 적을 죽이고 마침내 승리하였다. 그러나 포를리는 1300년에 오르델라피 가문의 지배를 받았다. 이 가문을 상징하는 문장에는 푸른 사자 발톱이 그려져 있다.

10 베루키오는 리미니 근처에 있는 성으로 파올로와 잔초토의 아비 말라테스타의 것이었다. 말라테스타(늙은 사냥개)와 그의 아들 말라테스티노(젊은 사냥개)는 리미니를 통치하던 기벨리니의 몬타냐를 쫓아내고 권력을 잡았다.

11 라모네 강가에 있는 파엔차와 산테르노 호숫가의 도시 이몰라를 통치하던 마기나르도 파가니의 문장에는 하얀 바탕에 파란 사자가 그려져 있다. 그는 로마냐의 기벨리니와 토스카나의 궬피 사이에서 정치적으로 불안했다.

12 체세나를 가리킨다. 이곳은 다른 도시와 달리 전제군주가 통치하지 않았다. 완전한 민주주의는 아니었지만 갈라소 다 몬테펠트로라는 유능한 군주가 다스리고 있었다.

13 성 프란체스코파의 수도사들은 허리의 끈을 묶고 다녔다. 귀도는 1297년에 이 수도회에 들어갔고, 다음 해에 죽었다.

14 교황 보니파키우스 8세를 가리킨다.

15 교황 보니파키우스 8세를 가리킨다.

16 로마에 있는 궁전으로 교황이 살았던 곳이다.

17 예루살렘 북서부의 작은 도시. 십자군 전쟁 때 그리스도교 군대의 마지막 보루였다. 1291년 이슬람에 의해 점령당하자 2세기에 걸친 십자군 전쟁이 막을 내렸다.

18 전설에 따르면, 그리스도교를 박해하던 로마 황제 콘스탄티누스는 나병에 걸렸는데, 아이들의 피로 몸을 씻으면 낫는다는 말을 듣고 그렇게 하려고 했다. 그러나 어미들의 울음소리를 듣고 차라리 자신이 죽을 것을 마음먹었다. 그때 베드로와 바울로가 꿈에 나타나 실베스테르 1세를 찾아가라고 했다. 교황 실베스테르는 박해를 피해 소라테 산에 피신해 있었는데, 황제가 찾아오자 나병을 고쳐주고 세례를 주었다. 그 후 황제는 그리스도교를 공인하고 재물을 바쳤다고 한다(〈지옥편〉 제19곡).

19 로마 동쪽에 위치한 마을로 콜로나 가문의 본거지이다.

20 1294년 스스로 교황의 자리에서 물러난 코넬레스티누스 5세를 가리킨다.

21 천사의 두 번째 품계인 케루빔을 가리킨다. 그들 중에는 하느님께 반항하다가 악마가 된 자도 있다.

제28곡

1 《로마사》를 저술한 로마의 위대한 역사가이다.

2 이탈리아 남부의 지명이나 여기서는 나폴리 왕국 전체를 의미한다.

3 2차 포에니 전쟁(기원전 218~201)을 뜻한다. 카르타고의 한니발 장군은 풀리아의 전쟁에서 로마군을 크게 무찔렀다. 죽은 로마 병사들의 금반지를 모으니 산처럼 쌓였다고 전해진다. 여기에서 '트로이 사람'이란 로마인을 일컫는다.

4 노르만 족의 왕으로 11세기 중엽 이탈리아 남부를 차지하기 위해 수많은 전쟁을 일으켰다.

5 1266년 프랑스 왕 루이 9세의 동생 카를로 단조 1세가 나폴리를 공격했을 때, 만프레트 왕은 체프라노에서 그를 막아 내려 했다. 그런데 체프라노 영주들이 배신하여 만프레트 왕은 베네벤토 전투에서 전사하였다. 사실 전쟁은 체프라노에서가 아니라 베네벤토에서 일어난 것이었다.

6 카를로 단조 1세 휘하의 장군이다. 만프레트 왕이 죽은 뒤 탈리아코초에서 만프레트의 어린 아들 코라디노의 군대와 싸워 이겼다.

7 이슬람교의 창시자로, 507년경 아랍 메카에서 태어나 632년 메디나에서 죽었다.

8 무함마드의 사촌이자 사위이다. 무함마드가 사망하자 이슬람교의 제4대 칼리프가 되었다.

9 본명은 돌치노 토르니엘리(1250?~1307)이다. 선생이 이단자로 처형되자 자신이 그리스도의 진짜 사도이며 예언자라고 주장하며 사람들을 선동하였다. 1306년 오천여 명의 신도들과 함께 제벨로 산으로 들어가 교황 클레멘스 5세의 군대와 싸우다가 1307년 3월 식량 부족과 폭설로 인해 항복했다. 그는 결국 화형당했다.

10 이탈리아 북서부 알프스 근교의 도시이다. 돌치노 무리를 토벌하기 위한 군대에 가담했다.

11 이탈리아 북부 포 강 유역에 펼쳐진 파다니아 평원을 말한다.

12 피에르에 대해서는 별로 알려진 것이 없다. 폴렌타와 말라테스타 가문을 이간질하던 자이다.

13 리미니 남쪽의 해안의 작은 도시이다.

14 카세로 가문의 귀도와 카리냐노 가문의 안지올렐로는 모두 파노의 귀족이었다. 1312년 리미니의 영주 말라테스티노는 파노를 차지하기 위해 두 사람을 회담에 초대한 뒤 속임수를 써서 바다에 빠뜨려 죽였다.

15 리미니와 파노 사이의 작은 해안 도시.

16 키프로스는 지중해 동쪽의 섬이고, 마요르카는 서쪽 끝의 섬이다. 지중해 전체를 의미한다.

17 말라테스티노를 가리킨다.

18 로마의 호민관 쿠리오. 폼페이우스가 장악하던 로마에서 빠져나와 카이사르에 몸을 의탁하고 있었다. 그가 다시 보고 싶지 않은 땅이란 리미니를 뜻하는데 그곳에서 카이사르가 루비콘 강을 건너도록 선동했기 때문이다.

19 파노와 카톨리카 사이의 낮은 산. 이 근처의 바다는 바람이 세서 항해하기 위험한 곳이라 뱃사람들은 이곳을 지날 때면 기도를 올렸다고 한다. 두 사람은 이곳에 오기도 전에 살해당할 것이기 때문에 기도를 올릴 기회조차 없다는 뜻이다.

20 쿠리오를 가리킨다.

21 람베르티 가문의 모스카를 말한다. 단테는 그를 피렌체 내분의 원인으로 생각
    했다. 피렌체의 명문가 부온델몬티의 청년 부온델몬테는 아미데이 가문의 아
    가씨와 약혼했다가 파혼하고 다른 여자와 혼인했다. 아미데이 가문은 인척 가
    문들과 그 일에 대해 회의를 열었는데, 그 자리에서 모스카는 청년을 죽이자
    고 선동했다. 그 결과 복수는 또 다른 복수를 불러일으켰고, 결국 피렌체 전체
    가 궬피와 기벨리니 파로 나뉘어 싸우게 되었다.

22 람베르티 가문은 1258년에 피렌체에서 추방당했고, 1268년에는 가문의 모든
    사람이 반역자로 선고되었다.

23 12세기 후반 프랑스 남부 지방 페리고르의 귀족이자 오트포르 성의 영주였
    다. 베르트랑은 자기가 섬기던 영국 왕 헨리 2세의 장남 헨리 3세를 꼬드겨 아
    버지를 배신하게 만들었다.

24 원래 다윗의 고문이었으나, 다윗의 아들 압살롬을 교사하여 아비와 싸우게 만
    들려고 했다. 하지만 뜻대로 되지 않자 스스로 목을 매 자살했다.

제29곡

1 여덟 번째 고리의 아홉 번째 고랑 둘레를 말한다.

2 단테와 오촌 관계의 인물이다. 사케티 가문에 의해 살해당했고, 1310년 이에
   대한 복수를 하였다. 1310년 이전에 이 부분을 쓴 것으로 추정된다.

3 28곡에서 언급된 보른의 베르트랑을 가리킨다.

4 아소포스 강의 신과 메토페의 딸이다. 제우스는 그녀를 너무나도 사랑한 나머
   지 유괴하고 말았는데, 나중에 그녀의 이름을 딴 아이기나라는 섬으로 데려
   갔다. 이에 화가 난 제우스의 아내 헤라는 그 섬에 전염병을 일으켜, 아이기나
   와 제우스 사이에서 태어난 아들 아이아코스만 남기고 모든 가축과 사람을 죽
   였다. 섬에서 외롭게 생활했던 아이코스는 나무 위를 기어오르는 개미 떼를
   보고, 그만큼 많은 사람이 있으면 좋겠는 간절한 기도를 올렸는데, 바로 그때
   개미들이 사람으로 변했다고 한다.

5 그리폴리노를 일컫는다. 그는 시에나의 알베로에게 농담 삼아 자신은 하늘을
   날 수 있다고 말했다. 그 말을 믿은 알베로는 많은 돈을 주고 그 방법을 알려
   달라고 했다. 그러나 뜻대로 되지 않자 알베로를 친아들처럼 여기는 시에나
   주교에게 그리폴리노가 마술사라고 일러바치고 그를 화형에 처하도록 했다고
   한다.

6 그는 라비린토스에 갇혔을 때 밀랍과 깃털로 날개를 만들어 어깨에 달고 날아
   서 탈출했다고 한다.

7 시에나 태생으로 1276년부터 1286년까지 볼로냐의 집정관이었던 조반니 데
   이 살림베이의 아들로 추정된다. 그는 유산을 흥청망청 써 버렸다. 알뜰하게
   썼다는 것은 반어적 표현이다. 뒤에 등장하는 다른 망령들 역시 반어적으로
   표현하여 비꼬고 있다.

8 13세기 초 시에나의 젊은이 12명이 조직했다고 알려져 있다. 대부분 부유층
   자식들이었기 때문에 사치스럽고 방탕한 생활을 즐겼다고 한다.

9 연금술사로 몰려 1293년에 시에나에서 화형당했다.

10 원숭이처럼 모방을 잘했다는 뜻이다.

제30곡

1 제우스가 인간으로 변신하여 테베의 공주 세멜레를 유혹하자, 질투심에 휩싸
   인 제우스의 아내 헤라는 세멜레를 제우스의 번개에 불타 죽게 만들었다. 그
   녀가 죽기 직전 제우스는 그녀의 자궁 속에서 아이 디오니소스를 구해 낸다.
   헤라의 분노는 여기서 그치지 않고 다른 테베의 사람들에게로 이어졌다.

2 세멜레의 동생 이노와 결혼해서 테베의 왕이 된 아타마스는 이노와의 사이에
   서 두 아들을 두었다. 아타마스가 세멜레의 아들까지 키우자 헤라는 그를 미
   치게 만들었다.

3 트로이를 함락시킨 그리스인들은 트로이의 왕 프리아모스의 아내 헤카베를
   포로로 잡았다. 그녀는 딸 폴리세나가 트로이 전쟁에서 죽은 아킬레우스를 위
   한 제물로 바쳐진 것과, 아들 폴리도로스의 시체가 해변으로 떠밀려 온 것을
   보았다. 그녀는 슬픔을 감당하지 못하고 미쳐 버렸다.

4 카발칸티 가문 사람으로 부오소 도나티가 사망하자 그의 아들 시모네는 지안
   니를 꼬드겨 자기 아버지처럼 변장한 뒤 자기에게 유리하게 유언장을 위조했
   다. 그 대가로 지안니는 당시 가장 유명한 도나티 가문의 암말을 갖게 되었다.

5 키프로스의 왕 키니라스의 딸이다. 아프로디테 여신을 소홀히 모신 죄로 이버
   지에게 연정을 품게 되는 벌을 받게 된다. 그녀는 변장을 하고 아버지의 침실
   로 들어가 동침한다. 나중에 사실을 알게 된 아버지가 그녀를 죽이려 하자 달
   아난 그녀는 여러 곳을 떠돌다가 죽어 몰약 나무가 되었다.

6 지안니 스키키를 가리킨다.

7 16세기에 유럽에서 유행하던 현악기이다. 모양이 만돌린과 비슷하다.

8　로메나의 귀도 백작의 명으로 피렌체의 금화를 주조했다. 원래 순금 24캐럿이 되어야 하는데 21캐럿의 금에다 3캐럿의 값싼 금속을 혼합해 만들었다. 위조한 양이 너무 많아서 피렌체의 재정이 위태로울 정도였다고 한다. 그는 이 사실이 발각되어 화형에 처해졌다.

9　아레초 북쪽에 있는 계곡이다.

10　카센티노 계곡에 있는 마을이다.

11　피오리노라 불린 피렌체의 금화의 앞면에는 피렌체의 수호성인인 세례 요한의 얼굴이, 뒷면에는 피렌체의 상징인 백합꽃이 새겨져 있다.

12　〈창세기〉 39장에 나오는 이집트 사람인 보디발의 아내를 가리킨다. 요셉이 이집트로 끌려갔을 때 자기 집의 노예로 있던 요셉을 유혹했지만, 요셉이 뿌리치자 요셉이 강제로 자신을 범하려 하였다고 누명을 씌워 감옥에 가게 했다.

13　트로이 전쟁 때 그리스 군대가 목마를 남기고 물러나자 일부러 포로로 잡혀 거짓말로 목마를 성안으로 들이도록 했다.

14　아름다운 청년으로 님프 에코의 사랑을 거절하자 그 대가로 샘물에 비친 자신의 모습에 반해 빠져 죽었다. 신들은 그를 수선화로 만들었다. 나르키소스의 거울은 샘물을 의미한다.

제31곡

1　베르길리우스의 말을 의미한다.

2　아킬레우스가 아버지 펠레우스로부터 물려받은 창이다. 이 창에 찔린 상처는 다시 이 창에 찔려야만 나을 수 있다고 한다.

3　중세 프랑크 족의 왕으로 800년 교황 레오 3세로부터 '로마인의 황제'라는 칭호를 얻었다. 강력한 통치자로서 이베리아 반도를 차지한 사라센 사람들과 전쟁을 벌이기도 했다. 이 전쟁을 배경으로 한 프랑스의 옛 서사시 《롤랑의 노래(La Chanson de Roland)》가 대표적인 무훈시이다.

4　샤를마뉴의 조카이자 무사이다. 사라센 사람들과의 전쟁에서 적들에게 포위되었을 때 뿔 나팔을 불어 구원을 청했다고 한다.

5　대지의 여신 가이아는 혼자서 임신하여 우라노스를 낳았고, 우라노스와 정을 통해 12명의 티탄들을 낳았다. 그중 하나인 크로노스는 질투가 심한 우라노스의 남근을 잘랐는데, 그 피가 떨어진 곳에 기간테스, 즉 거인들이 태어났다. 그들은 높은 산을 쌓고 신들에게 맞서다 제우스의 벼락에 맞아 죽었다.

6　1213년 시에나가 피렌체의 공격에 대항하기 위해 세운 성이다. 원형으로 된

성벽 위에 14개의 망을 보는 탑이 있었다고 한다.

7   청동으로 만든 큰 솔방울을 가리킨다. 원래 하드리아누스 황제의 무덤을 꾸미기 위해 만들었다. 후에 성 베드로 성당으로 옮겼다가 지금은 바티칸 궁전의 정원에 있다. 높이가 4미터를 넘는다.

8   네덜란드 북부 지방의 도시이다. 그곳 사람들은 키가 크기로 유명했다.

9   아무런 의미도 없는 혼란스러운 언어를 보여 주기 위해 단테가 만들어 낸 것이다.

10 〈창세기〉 10장에 나오는 함족의 우두머리이다. 초기 기독교인들은 니므롯을 거인이라고 생각했다.

11 바벨탑을 가리킨다. 바벨탑을 건설하다가 인간의 언어가 나누어졌다.

12 포세이돈과 이피메데이아의 아들이다. 형제인 오토스와 함께 신들에게 가려고 높은 산을 쌓다가 아폴론의 화살에 맞아 죽었다.

13 우라노스와 가이아의 아들이다. 《아이네이스》 10권에 따르면, 100개의 팔로 각각 50개의 칼과 방패를 휘두르고, 50개의 입에서 불을 뿜으며 제우스를 위협했다고 한다.

14 포세이돈과 가이아의 아들이다. 늦게 태어나서 신들과의 싸움에 가담하지 않았다. 그렇기 때문에 말을 할 수 있고 묶여 있지도 않다. 리비아 사막에서 사자들을 잡아먹고 살았다.

15 로마의 장군으로, 2차 포에니 전쟁 때 자마 전투에서 카르타고의 명장 한니발을 격퇴시켰다.

16 지옥의 강들이 모이는 지옥 바닥의 웅덩이이다. 그리스 신화에서는 저승 세계를 '흐르는 탄식의 강'이라고도 한다.

17 티티오스는 아폴론의 번개에, 티폰은 제우스의 번개에 맞아 죽었다. 둘 다 신에게 맞선 거인들이다.

18 111년경에 세워진 볼로냐의 쌍둥이 탑 중 하나로, 다른 탑에 비해 높이는 낮으나 비스듬히 기울어져 있다.

19 지옥의 마왕을 뜻한다. 사탄이라고 일컬어진다. 원래는 천사였으나 하느님에게 반항하여 지하에 떨어졌다.

제32곡

1   제우스와 안티오페의 쌍둥이 아들 중 한 명으로, 음악적 소질이 뛰어났다. 전설에 따르면 암피온이 테베의 성을 쌓을 때 뮤즈들(여인들)이 도왔다고 한다.

암피온이 비파를 연주하자 산의 돌들이 저절로 움직여 성벽을 쌓았다고 전해진다.

2 분명하진 않으나 알프스 산맥에서 이탈리아 북부 지역에 있는 산들을 가리키는 것으로 추측할 수 있다.

3 토스카나 지방의 작은 강이다.

4 지옥의 아홉 번째 고리의 첫 번째 구역의 이름으로 단테가 지은 것이다. 〈창세기〉에 나오는 형제 아벨을 죽여 인류 최초의 살인자가 된 카인의 이름에서 따온 것이다. 따라서 이곳의 망령들은 가족이나 친척을 살해한 죄인들이다.

5 아서 왕의 조카 모드렛을 일컫는다. 그는 왕의 암살을 도모하다가 발각되었다. 왕은 창으로 그의 가슴을 찔렀는데 가슴이 뚫려 바닥에 비친 그림자까지 구멍이 난 듯 보였다고 한다.

6 반니 데이 칸첼리에리를 가리킨다. 포카치아는 그의 별명이다. 피렌체 근처 발다르노 태생으로 피스토이아의 궬피 백당에 속하던 숙부를 살해했다.

7 피렌체 토스키 가문 사람으로 상속권을 차지하려고 조카를 죽였다. 나중에 발각되어 그는 통 속에 넣어져 땅에 끌려 다닌 다음 교수형에 처해졌다.

8 친척 우베르티노를 죽였다.

9 파치 가문의 사람으로 궬피 백당에 속하던 그는 흑당에 매수되어 백당을 배신했다. 카미치온의 죄를 덜어 준다는 것은 그보다 더 큰 죄를 지었기 때문에 코키토스의 두 번째 구역으로 갈 것이라는 의미이다.

10 궬피 당원이었지만 당시 우세하던 반대파인 기벨리니 낭의 간첩 노릇을 했다. 몬타페르티에서 벌어진 싸움에서 그가 궬피 군대의 깃발을 떨어뜨리자, 전의를 상실한 궬피 군은 패하였다.

11 지옥의 아홉 번째 고리의 두 번째 구역이다. 트로이의 장군 안테노르의 이름에서 따왔다. 그는 트로이 전쟁 때 조국을 배신하고 그리스 장군들과 우정을 나눴으며, 그리스군이 목마에서 나오도록 신호를 보냈다. 따라서 이곳의 망령들은 조국이나 당파를 배신한 죄인들이다.

12 베케리아 가문의 테사우로를 일컫는다. 발롬브로사의 수도원장을 역임했으며, 교황의 토스카나 사절이었다. 1258년 피렌체에서 기벨리니 당이 패한 후 반역을 도모했다는 혐의로 교수형에 처해졌다.

13 피렌체의 기벨리니 당원이었지만 사리사욕을 채우기 위해 당을 배신했다.

14 샤를마뉴 군대의 후위대를 이끈 롤랑을 배신한 기사. 《롤랑의 노래》에서 론세스바예스 협곡의 매복에서 주요 원흉으로 묘사된다.

15 파엔차의 잠브라시 가문 사람이다. 1280년 11월 13일 기벨리니에 속한 람베르타치 가문에 복수하기 위해 볼로냐의 궬피 군대에게 성문을 열어 주었다.

16 티데우스는 테베를 공격했던 일곱 명의 왕들 가운데 하나이다. 멜라니포스와

싸우다가 심한 부상을 당했는데 나중에 죽은 멜라니포스의 머리를 보고 그 골을 파먹었다고 한다.

제33곡

1 우골리노 백작은 게라르데스카 가문 사람으로 피사 근처의 사르데냐 섬의 넓은 영지를 소유했던 귀족이었다. 전통적으로 그의 집안은 기벨리나 파였으나, 1275년 그는 사위 조반니 비스콘티와 함께 궬피 파가 피사를 장악하도록 도와주었다. 이후 1285년에 피사의 궬피 정권을 이어받는다. 1288년 루지에리 대주교는 처음에 우골리노와 함께 비스콘티를 제거하기로 꾀하였으나, 약속을 어기고 피사의 여러 가문이 연합한 기벨리니 파를 등에 업고 도시를 장악했다. 여기에서 포로가 된 우골리노는 두 아들과 두 손자와 함께 탑 속에 갇혀 굶어 죽었다. 루지에리 대주교는 우골리노 백작과 그 자식들을 너무 가혹하게 죽였기 때문에 교황 니콜라우스 4세로부터 엄중한 경고를 받았다.

2 모두 피사의 귀족 가문들로 루지에리 대주교와 함께 기벨리니 파를 이끌었다.

3 이탈리아 언어로 시(si)는 '네(yes)'라는 뜻이다. 여기서는 이탈리아를 뜻한다.

4 테베는 온갖 잔혹한 범죄들로 유명했다. 피사를 빗댄 표현이다.

5 지옥의 아홉 번째 고리의 네 번째 구역 주데카를 말한다.

6 만프레디 가문 사람으로 향락 수도사였다. 피엔차의 궬피 파에 속했다. 친척들과 사이가 좋지 않았는데, 화해를 핑계로 그들을 연회에 불러 죽였다. 연회에서 식사를 끝내고 과일을 가져오라고 하자, 이것을 신호로 부하들이 손님들을 죽였다.

7 비싼 대가를 치르고 있다는 의미이다. 당시 피렌체는 무화과가 가장 싸고, 대추야자가 가장 비쌌다고 한다.

8 손님들을 배신한 망령들이 벌을 받는 셋째 구역이다. 〈마카베오 상〉(16: 11~16)을 보면 프톨레매오가 나라를 차지하기 위해 장인 시몬 마카베오와 그의 아들들을 초대하여 술을 먹인 뒤 살해했다는 내용이 있다.

9 그리스 신화에 등장하는 운명의 세 여신 중 생명의 실을 끊는 여신으로, 죽음을 결정한다.

10 제노바의 귀족으로 미켈레 찬케의 사위이다. 사르데냐의 로구도로 관구를 차지하기 위해 장인을 연회에 초대한 뒤 살해했다.

11 알베리고 수사를 말한다.

제34곡

1 지옥의 왕 루키페르는 하느님에게 쫓겨나기 전에는 아름다운 용모의 천사였다.

2 루키페르를 말한다.

3 증오를 상징한다.

4 무력을 상징한다.

5 흑인을 가리킨다. 검은색은 무지를 상징한다.

6 은화 30냥에 그리스도를 배신하였다.

7 로마 시대의 정치가로 카이사르와 함께 갈리아 전투에 참가했으나, 카이사르를 죽이는 데 앞장섰다. 그리스 북부 필리피로 도망갔지만 그곳에서 옥타비아누스와 안토니우스의 군대에 지자 스스로 목숨을 끊었다.

8 로마의 정치가로 브루투스와 함께 카이사르 암살의 실질적인 주모자였다. 필리피 전투에서 지자 스스로 목숨을 끊었다.

9 당시 교회의 성무 일과는 아침 6시부터 시작해서 시간을 구분했다. 낮 12시간을 4등분하여 첫째는 6시, 셋째는 9시, 여섯째는 12시, 아홉째는 오후 3시 시간으로 나누었다. 따라서 세 번째 시간의 반은 첫 번째와 세 번째 시간의 중간이므로 대략 아침 7시 30분에 해당한다.

10 루키페르를 말한다.

11 예루살렘을 가리킨다.

12 예수 그리스도를 가리킨다.

13 연옥의 산을 의미한다.

14 루키페르의 별명이다. 〈마태복음〉(12:24)에 "마귀의 도목 베엘제불"이라는 구절이 있다.

신곡-인페르노(지옥)

인간이길 원하는 자, 모두 지옥에 갈지어다

　　프랑스 오르세 미술관에 있는 〈지옥의
문(La Porte de l'Enfer)〉은 1880년부터
1917년 오귀스트 로댕이 죽을 때까지 제
작한 그의 대표작이다. 로댕은 이 작품의
영감을 단테의 《신곡─인페르노(지옥)》에
서 얻었다. 《신곡》을 읽고 또 읽으며 만
들고, 세우고, 고치고, 부수고……, 자신
의 인생을 걸고 〈지옥의 문〉을 만드는 데
몰두했다. 로댕은 단테의 작품을 재현하고 싶었다. 아니, 어쩌면 단테
가 텍스트로 구축한 거대한 세계의 이미지를 조형물로 세우고, 픽션의
세계에 묘사로만 존재하던 공간과 인물의 실체를 현실로 불러들이고
싶었는지 모른다. 실제로 로댕은 주머니에 항상 단테의 책을 넣고 다닐
만큼 그를 신봉했다고 전해진다.

　　높이 7.75미터, 넓이 3.96미터, 폭 1미터의 직사각형인 〈지옥의 문〉
에는 지옥을 헤매는 200여 명의 인물 군상이 뒤엉켜 있다. 로댕은 나중
에 여러 인물상을 없앴다. 그리고 로댕이 죽은 뒤 걸작으로 가득한 〈지

옥의 문〉은 지금의 모습으로 짜 맞춰져 완성작이 되었고, 인물상은 해체되어 각각의 작품으로 널리 인정받고 있다. 그중 하나가 우리가 익히 알고 있는 〈생각하는 사람〉이다. 이 작품은 원래 〈지옥의 문〉 상단 한 가운데에 있었던 조소 작품이다. 오른손으로 턱을 괸 채 아래를 내려다 보는 〈생각하는 사람〉, 그 주인공이 바로 다름 아닌 단테이다. 그렇게 로댕은 오늘을 살아가는 우리에게 고뇌에 찬 표정으로 인간의 최후를 내려다보는 단테를 남겼다. 너무나 의미심장하게도 말이다.

단테가 생각하는 지옥

단테의 《신곡》은 작중 화자로 등장히는 단테가 지옥, 연옥, 천국을 차례로 여행한 내용을 담고 있다. 지옥의 서론 1장과 각각 33장씩을 합해 100곡에 달하는, 전체 1만 4,233개의 시행을 가진 장편 대서사시이다. 우리가 《신곡》을 처음 만났을 때, 독해하는 데 어려움을 느끼는 이유는 어쩌면 이러한 규모에 먼저 압도되기 때문이 아닐까 싶다. 이 작품은 그리스 로마 신화와 기독교 세계를 바탕으로 너무나 많은, 생소한 이름이 익숙하지 않은 운문으로 나열된다. 하지만 포기하기에는 이르다. 설정은 명료하고 이야기는 단순하다. 지옥에서 출발해 곳곳에 도사리는 위험을 뛰어넘어 천국으로 향해 가는 여행과 모험의 서사는 그 자체로 꽤 흥미롭다. 독서하는 과정에서 마주하는 작은 깨달음의 순간이 차곡차곡 쌓여 곧 문학적 감수성으로 체화될 것이다.

시작이 조금 어렵더라도 끝까지 《신곡》의 독서를 마치길 혹은 마쳤길 바란다. 지옥 순례를 불사한 1265년생 단테의 성의를 봐서라도.

작품 속 화자인 단테의 나이는 서른다섯. 인간의 수명을 일흔 살로 보았던 시기, 단테는 인생의 반환점에 선 인물이었다. 걸어왔던 길과 걸어가야 할 길 사이에서 어떤 의미로든 인생의 정점에 서 있던 단테

앞에 표범, 사자, 암늑대가 나타난다. 그들은 음란, 오만, 탐욕을 상징하는 짐승으로 인간의 삶을 송두리째 나락으로 떨어뜨릴 수 있는 죄악이다. 하지만 다행히 그가 흠모하던 고대의 시인 베르길리우스가 나타난다. 단테는 그의 안내를 받으며 지옥과 연옥을 순례하고, 자신이 사랑했던 여인 베아트리체를 따라 천국으로 향하게 된다. 그 거대한 세계로의 기나긴 여정, 출발점에 선 단테는 지옥의 문 입구에 적힌 어두운 글자를 바라본다.

나를 통해서 고통의 도시로 들어간다.
나를 통해서 영원한 고통으로 들어간다.
나를 통해서 저주받은 영혼들 사이로 들어간다.

정의는 나의 높으신 창조자에 의해서 실행되었다.
하느님의 전능하신 능력과 더할 수 없는 지혜와
태초의 사랑으로 나를 만드셨다.

나 이전에 창조된 것은 영원한 것만 있으니
나도 영원히 지속될 것이다.
여기로 들어오는 너희는 모든 희망을 버려라.

_제3곡 1~9행

1300년 4월 8일 아침. 어두운 산속에서 길을 잃고 헤매던 순례자 단테는 그가 가장 존경하는 베르길리우스를 만나 '하느님께 향하는 인간의 순례'를 시작한다. 그 시작은 지옥이다. 지옥은 예루살렘에서부터 깔때기형으로 파헤쳐져 지구의 중심에 이르는 지하의 심연이다. 악취가 나는 늪과 호수, 얼음처럼 차가운 바람, 잠시도 쉬지 않고 비와 우박이 내리는 곳이기도 하다. 본격적인 지옥에 이르기 전 지옥의 안뜰이라고 하는 어두운 들판이 있다. 여기에는 아케론 강이 있는데, 이 강을 건너면 아홉 개의 고리를 가진 본격 지옥이 나타난다. 차례로 소개하면 다음과 같다.

첫 번째 고리는 죄를 짓지는 않았지만 그리스도를 몰랐거나 세례를 받지 못한, 믿음이 없는 자들이 벌을 받는 림보라는 곳이다. 호메로스, 호라티우스, 오비디우스와 같은 시인들, 엘렉트라, 헥토르, 카이사르와 같은 영웅들, 소크라테스, 플라톤, 아리스토텔레스와 같은 철학자들이 있다. 그들은 육체적 형벌을 받지는 않지만 천국에 올라갈 수 없다.

두 번째 고리에는 애욕의 죄를 지은 자들이 모여 있다. 카이사르와 안토니우스를 유혹한 클레오파트라, 트로이 전쟁의 원인이 된 미녀 헬레나 등이다. 그들은 회오리바람에 휘말려 잠시도 쉬지 못하는 고통을 받는다. 반인반수의 얼굴을 한 미노스가 공정하게 심사를 한다.

세 번째 고리는 탐욕과 탐식의 죄인들이 있는 곳이다. 실컷 먹어도 양이 차지 않는 케르베로스라는 세 개의 머리를 가진 개가 살을 찢고 있다. 네 번째 고리는 낭비와 인색의 죄인들이 있는 곳이다. 이곳은 죽음을 관장하고 지하 세계를 다스리는 플루토가 지키는 곳이다. 재물과 관련한 정반대의 죄, 구두쇠와 낭비벽의 죄인들이 서로를 향해 입에 담지 못할 저주를 퍼붓는다.

다섯 번째 고리는 분노의 죄인들이 있는 곳이다. 이곳에서 단테는 복수의 여신 세 퓨리에게 공격받지만 하늘에서 내려온 천사가 나타나 구해 준다.

여섯 번째 고리부터는 하부 지옥이다. 단테가 이곳에 도착한 때는 4월 9일 새벽 3시이다. 여기에는 영혼의 불멸을 부정한 죄를 지은 이교도들이 모여 있다. 쾌락을 생활 최고의 원리라고 주장한 에피쿠로스주의자들이 벌을 받고 있다.

일곱 번째 고리는 폭력을 저지른 죄인들이 미노타우루스에 의해 감시를 받는다. 폭행의 종류에 따라 벌을 달리하는데, 이웃을 폭행한 자는 들끓는 피 무덤에 잠기고, 자살한 자는 피를 빨아먹는 새에게 던져지고, 신성모독을 한 자는 불비가 내리는 곳에 있고, 동성애자와 고리대금업자들은 피의 세례를 받게 된다.

여덟 번째 고리는 위선과 아첨 등 기만의 죄를 저지른 사람들이 모인 곳으로 10개의 말레볼제로 나뉘어 있다. 첫 번째 볼제에는 부녀자를 유혹하고 간음한 자들이 악마에게 혹독한 매질을 당하고 있고, 두 번째 볼제에는 아첨한 자들이 똥 무더기 속에서 헤매고 있다. 세 번째 볼제에서는 성직이나 성물을 매매한 자들이 거꾸로 매달려 발바닥이 불에 태워지고 있고, 네 번째 볼제에는 점쟁이, 예언자들이 앞을 바라보지 못하고 머리가 등 뒤로 돌아간 채 뒷걸음질하고 있다. 다섯 번째 볼제에는 욕심 많고 부정한 관리들이 악마들의 감시 속에서 끓는 물에 잠겨 고통받고 있고, 여섯 번째 볼제에서는 위선자가 겉은 화려하지만 알고 보면 무거운 납덩어리로 된 옷을 입고 신음하고, 일곱 번째 볼제에서는 도둑들이 뱀에 물리고 있다. 여덟 번째 볼제에서는 사기와 음모를 저지른 죄인들이 화염에 싸여 있고, 아홉 번째 볼제에서는 전쟁을 일으키거나 종교와 정치의 분란을 일으킨 자들이 악마의 칼 세례를 받고 있다. 마지막으로 열 번째 볼제에서는 사기꾼들이 무서운 피부병에 걸려 쉴 새 없이 자기 몸을 긁고 있다.

마지막인 아홉 번째 고리는 반역의 죄, 폭정의 죄를 지은 자들이 있는 곳이다. 가족과 친척을 배신한 자, 조국과 동료를 반역한 자, 친구나 은인을 저버린 자 등이 얼음 속에 갇혀 얼어붙어 있다. 예수를 배반

한 유다, 아우를 살해한 카인 등이 그들이다. 단테가 아홉 개의 고리를 모두 지났을 때는 4월 9일 저녁이었다. 단 이틀 만에 지옥 순례를 모두 마친 것이다.

《신곡》, 단테의 소리 없는 아우성

단테(1265~1321)는 신의 세기인 중세에서 인간의 세기인 근대로 넘어가는 과도기 시절을 살았다. 피렌체에서 태어나 라벤나에서 생애를 마치기까지 시인으로서, 정치가로서, 또 한 시대의 지식인으로서 그는 삶의 여러 우여곡절을 겪어야만 했다. 태어났을 당시의 세례명이 두란테(Durante), '참고 견디는 자'라는 의미를 가졌다. 어쩐지 그의 인생 행로가 이름에서부터 비롯된 것처럼 생각되는 건 왜일까.

종교가 삶의 중심축을 이루던 피렌체는 당시 교황과 황제의 두 권력 간의 갈등이 첨예하게 충돌하고 있었다. 단테는 그 둘의 조화를 꿈꾸었지만 현실은 냉혹하기만 했다. 젊은 시절 피렌체의 정치가였던 단테는 1302년 정치 싸움에 휘말려 재산을 몰수당하고 나라에서 추방당한다. 사형 선고까지 받고 20년 동안 유랑의 삶을 살았던 단테는 고향으로 돌아가려고 노력했지만 끝내 고향 땅을 밟지 못하고 1321년 56세를 일기로 죽게 된다.

대표작 《신곡》과 그의 영원한 연인 베아트리체에 관한 기억을 담은 《새로운 인생》, 그 외 《향연》, 《속어론》 등 단테의 작품 대부분은 베로나에서 시작하여 라벤나에서 끝난 망명 생활 속에서 쓰였다. 그중 《신곡—인페르노(지옥)》은 그가 피렌체에서 추방된 뒤부터 쓰기 시작해 1310년에서 1313년 여름에 걸쳐서 완성되었다. 위에 열거한 위대한 작품을 세상에 남길 수 있었다는 점에서 그의 실패기는 차라리 우리에겐 축복이 아닐 수 없다. 삶의 아이러니란 바로 이런 게 아닐까. 단테가 현실의 지옥과 천국을 오가는 사이 우리는《신곡》을 통해 삶의 진실을 바로 볼 수 있는 눈을 뜰 수 있게 되었으니 말이다.

실제로《신곡》은 단테의 자전적 요소를 많은 부분 포함한다. 여행의 서사를 따라 만나는 신화와 역사 속의 인물들, 친척이나 정치적 경쟁자에 이르는 수많은 사람들과의 대화를 통해 자신이 가진 신념을 피력하고 있다.《신곡─인페르노(지옥)》에 나온 아홉 개의 고리와 열 개의 볼제를 살펴보면, 그 가중에 따라 단테가 어떠한 죄를 더 중죄로 생각하는지 알 수 있다. 하지만 단테는 죄인을 단죄하지 않는다. 다시 말해, 지옥에 오게 된 사연에 관해 같이 아파하고 괴로워하며 그들의 이야기에 귀 기울인다. 내밀한 고백이 가져오는 진정성, 그들과 대화하는 단테와 그의 진지한 성찰이 빚어내는 사이에 세계의 실재성이 획득된다.

단테의《신곡》은 집필 자체로 현실 참여 문학인의 실천적 행위에 다름없다. 분열 상태였던 이탈리아의 통일과 사람들의 행복한 삶을 꿈꾸던 지식인은 비록 정치가로서의 삶은 실패했으나 영원불멸의 힘을 가진 문학을 빌려 그 자신의 꿈을 실현했다. 특히 이 작품은 당시 방언으로 치부되었던 이탈리아어로 쓰였다. 더 많은 대중과의 소통을 고려한, 보편적인 언어의 사용은 그로 하여금 근대를 연 지식인이라는 평가의 결정적 근거이기도 하다.

《신곡》에 관한 현대적 가치

그렇다면 오늘을 살아가는 우리는 이 작품을 왜 읽어야 할까? 종교적인 해석을 멀찍이 뒤로 하고 생각해 보자. 이제 와서 이 작품을 통해 종교적 윤리나 도덕적인 선을 강요하는 것은 말이 안 된다. 도덕적 관점과 윤리적 관점이 늘 동일 선상에 존재하는 것도 아니고 당연히 중세의 기준을 현재의 기준으로 동일시해 적용할 수도 없는 까닭이다. 그럼

에도 이 작품은 인생의 크고 작은 물음에 관해 우리에게 충분한 고민의 단초를 제공한다. 고전 명작에는 유효기간이 없다. 삶에 유효한 메시지는 언제든 새롭게 재생된다. 이것이 바로 수많은 예술가, 작가, 비평가들이 《신곡》을 다루는 이유이다.

중요한 것은 현재이며 세속적인 우리의 삶이다. 그리고 다만 고민하며 살아가야 한다는 것. 인간이기에 저지르는 수많은 과오 속에서 인간이길 포기하지 않을 수 있는 거의 유일한 방법은 '나는 누구이며, 어디서 와서 어디로 가는가'에 관해 질문하며 살아가는 일이다. 그리하여 정답과 오답만이 존재하는 세상과 별개로 내 안의 목소리에 귀 기울이고, 내게 맞는 답을 찾아 순례의 길을 떠나야 한다. 비록 베르길리우스가 곁에 없을지라도 용기를 내어 한 발 한 발 앞으로 내딛어야 하는 것이 인생이 아닐까. 스승인 브르네토 라티니(Brunetto Latini)가 단테에게 '너의 별을 따라가거라.' 하고 말했듯 말이다.

'지옥의 문'은 지금 바로 여기에서 '이야기의 문'으로 읽혀야 한다. 그 문에 들어서면 수많은 사람들의 이야기를 만날 수 있을 것이다. 저마다의 이야기를 삶의 봉분으로 가진 사람들이 《신곡》의 주인공인 셈이다. 우리는 단테와 같은 겸손한 청자가 되어 그들의 이야기에 귀 기울여야 한다. 그리고 우리 역시 자신의 이야기로 《신곡》의 한 페이지를 채워야 하는 것이다. 그것이 비극이든 희극이든 말이다. 그렇다면 지옥의 문에 새겨진 "여기로 들어오는 너희는 모든 희망을 버려라."라는 비문의 글귀는 이렇게 수정되어야 하는 게 아닐까. 신의 뜻을 거스른 죄,

인간이길 원하는 자, 모두 지옥에 갈지어다.

실은 희망이 없는 곳이 지옥이다. 지금 우리의 현실은 어떠한가. 당신과 나의 삶은…… 생각할 시간은 많다. 아름다운 지옥에서의 여행은 오늘 끝나지 않는다. 연옥과 천국이 우리를 기다리고 있으므로. 고민은 끝나지 않고 오답은 끊임없이 수정되며 지리멸렬한 우리의 삶은 계속된다.

최지애[*]

[*] 특별기고가. 다수의 스토리텔링 관련 사업에 연구원으로 참여해 스토리 개발과 도서 기획을 진행했다. 중앙대학교 대학원 문예창작학 박사 과정 중이다. 작가, 기획자, 편집자로 두루 활동하며 더 나은 콘텐츠를 만들어 내고 있다.

1265년   이탈리아 중부의 피렌체에서 알리게로 디 벨린치오네 델리
                알리기에리와 벨라(아마도 두란테 델리 알비지 딸이라고 추측함)
                사이에서 장남으로 태어났다. 그의 가문은 구엘파 당으로 피
                렌체의 조그만 귀족이다.
                사회적으로나 경제적으로 빈약하였지만, 단테는 정상적인
                공부와 지성적 환경 안에서 지냈고. 피렌체에서 우수한 가
                문들과의 교류했으며 일을 할 필요성이 없었다. 출생 일자에
                관해서는 아직 의견이 분분하나, 5월 30일이 실제 출생일이
                라는 설이 있다.

1270년   단테의 어머니가 사망한다. 몇 년 후 그의 아버지가 라파 디
                키아리씨모 치아루피와 재혼했다. 이 사이에서 단테의 두 형
                제 프란체스코와 타나가 태어났다.

1274년   그의 저서 《신생(La Vita Nuova)》에 따르면 단테는 처음으로
                폴코 포르티나리(Folco Portinari)의 딸 동갑내기 베아트리체를

멀리서 보고 애정을 느끼기 시작한다.

1277년 단테 아버지에 의해 단테와 쳄마 디 마네토 도나티의 결혼이
계획된다. 확실하지 않지만 계약적인 결혼이었다.

1283년 단테의 아버지가 사망한다. 단테는 9년 만에 다시 베아트리체
를 만나고, '지상의 천사'라 생각하며 모든 정열을 기울인다.

1285년 볼로냐 대학에서 법률학과 철학을 공부한다. 확신할 수 없지
만, 이때 쳄마 디 마네토 도나티와 결혼하여 4명의 자녀 죠반
니, 피에트로, 야코보, 안토니아를 낳는다.

1287년 피렌체의 다른 젊은 시인들과 접촉하면서 그의 친구 구이도
카발칸티를 만난다.

1289년 6월 11일 토스카나의 구엘파 당과 아레조 길벨레나의 갈등
인 캄팔디노 전쟁에 가담한다. 8월 16일 카프로나의 피사 성
을 포위하고 점령한다. 베아트리체의 아버지 폴코 포르티나
리가 사망한다.

1290년 7월 8일에 베아트리체가 사망한다. 《신생》과 《향연(Convivio)》
에 따르면, 단테는 이때 큰 위기에 이른다. 보이티우스의 《철
학의 위안(De Consolatione Philosophiae)》, 키케로의 《우정론(De
amicitiā)》, 호라티우스의 《시론(Ars poetica)》 등을 읽으면서 공
부에 몰두한다.

1292년   《신생》을 집필하기 시작한 것으로 추정된다.

1295년   의약 조합에 들어가 공직 생활을 시작한다.

1300년   의사 약제사 조합에 가입. 피렌체 6인 통령 중의 일원으로 선
          출된다.

1301년   시 내분의 조정 역할로 보니파치오 8세와 협약을 중재하는
          세 사람의 사절 중 한 사람이 되어 로마로 간다.

1302년   흑당이 권력을 장악하고 그에게 벌금과 2년간의 국외 추방
          령을 내린다. 피렌체에 출두하여 사죄하기를 거부해 영구 추
          방이 결정되는 한편, 체포될 때에는 화형에 처한다는 결정이
          내려진다.

1304년   망명 생활 중 《속어론(De Vuigari eloquentia)》과 《향연》을 집
          필하기 시작한다.

1307년   《신곡》의 구상이 완성되어 집필을 시작하고, 이후 13년간
          《신곡》의 집필이 계속된다.

1309년   추방 이후 헤어져 있던 가족과 합류하여 루카에 거주하기 시
          작한다.

1310년   《신곡》 중 〈지옥편〉이 완성된 것으로 추정된다.

1311년   추방자 해방 특사령이 내려지지만 단테는 제외된다. 이때
        《속어론》을 탈고한다.

1315년   조건부로 추방 해제를 고려한다는 피렌체 시의 통고를 거절
        한다. 《피렌체의 친구에게 보내는 서간》에서는 모욕적 특사
        를 거부하는 내용을 담았다. 피렌체 당국은 망명 중인 단테
        와 두 아들에게 사형 선고를 내린다. 단테는 베로나에서 식
        객 생활을 하였고, 이때《신곡》의 〈연옥편〉을 완성한다.

1317년   라벤나의 기도 노렐로 공의 작은 궁전에 정착한다. 여기서
        죽을 때까지 살게 된다.

1320년   베로나에서 수도사와 학자들에게《수륙론(水陸論)》을 강의한다.

1321년   《신곡》의 〈천국편〉을 완성한다. 베네치아에 갔다가 돌아오
        는 도중 말라리아로 9월 13일 사망한다.

신곡-인페르노(지옥)

옮긴이 이시연

1975년 4월 15일 태어났다. 덕성여자대학교 경영학과를 졸업한 후 시에나 국립대학에서 이 탈리아어를 공부하였고, ADFF(Accademia Di Fotografia Firenze) 상업사진과, Studio Fotografico Marangoni에서 Fine arte를 전공하였다. SAM3, Studio fotografico Angelo Rosa, 무역회사 Burani interfood 등에서 근무하면서 통·번역에 관심을 갖고 본격적으로 공부하기 시작하였다. 각종 문서, 사용설명서 등을 번역하면서 실력을 쌓고, 여러 세미나에서 통역사로 일한 바 있다. 현재 이탈리아 모데나에서 거주하면서 통·번역 프리랜서로 활동하고 있다.

신곡-인페르노(지옥)

초판 1쇄 펴낸 날 2013년 8월 12일
초판 3쇄 펴낸 날 2017년 5월 19일

지 은 이   단테 알리기에기
옮 긴 이   이시연
펴 낸 이   장영재
편   집   백수미, 서진
디 자 인   고은비
마 케 팅   남성진, 김대성
경영지원   마명진
물류지원   한철우, 노영희

펴 낸 곳   (주)미르북컴퍼니
자 회 사   더클래식
전   화   02)3141-4421
팩   스   02)3141-4428
등   록   2012년 3월 16일(제313-2012-81호)
주   소   서울시 마포구 성미산로32길 12, 2층 (우 03983)
E-mail   sanhonjinju@naver.com
카   페   cafe.naver.com/mirbookcompany

10 | **데미안** | 헤르만 헤세

1946년 노벨문학상 수상 작가 / 20세기 일대 센세이션을 일으킨 성장 소설의 고전
서울시 교육청 추천도서

11 | **그리스인 조르바** | 니코스 카잔차키스

미국대학위원회 선정 SAT 추천도서 / 한국간행물윤리위원회 선정추천도서
한국출판인회의 출판인이 선정한 100권의 도서

12 | **위대한 개츠비** | 프랜시스 스콧 피츠제럴드

〈타임〉지 선정 현대 100대 영문소설 / 어니스트 헤밍웨이가 인정한 완벽한 일급 작품
20세기 100대 영문소설 1위 / 미국대학위원회 선정 SAT 추천도서 / 뉴욕 공립도서관 추천도서
대한민국 명사 101인의 대표 추천작 / WTO 북클럽 추천도서

13 | **도리언 그레이의 초상** | 오스카 와일드

미국대학위원회 고교 추천도서 101 / 대한민국 명사 101의 대표 추천작

14 | **벨 아미** | 기 드 모파상

모파상의 가장 매력적이고 파격적인 작품 / 19세기 파리를 뒤흔든 파격 스캔들
2012년 개봉한 영화 〈벨 아미〉 원작

15 | **이상한 나라의 앨리스** | 루이스 캐럴

난센스와 판타지의 대표작 / 아카데미 '미술상' 수상한 영화의 원작
19세기 가장 유명한 영국 아동문학 작가

16 | **두 도시 이야기** | 찰스 디킨스

영국이 낳은 가장 위대한 소설가 / 영화 〈다크나이트〉의 모티프
미국대학위원회 선정 SAT 추천도서 / 서울시 교육청 선정 청소년 필독도서

17 | **햄릿** | 윌리엄 셰익스피어

대한민국 명사 101인의 대표 추천작 / 서울대학교 권장도서 100선 / 서울대학교 동서고전 200선
연세대학교 필독도서 / 미국대학위원회 선정 SAT 추천도서 / 국립중앙도서관 선정 청소년 권장도서

18 | **오페라의 유령** | 가스통 르루

4대 뮤지컬 〈오페라의 유령〉 원작 소설 / 프랑스 최고 추리소설 작가

19 | **1984** | 조지 오웰

〈타임〉지 선정 세상을 움직인 책 100권 / 〈텔레그라프〉지 완벽한 도서관을 위한 권장도서 100
세계 3대 디스토피아 미래 소설 / 〈가디언〉지 권장도서 / 뉴욕 공립도서관 추천도서
하버드 대학생이 가장 많이 산 책 1위

20 | **수레바퀴 아래서** | 헤르만 헤세

대한민국 명사 101인의 대표 추천작 / 헤르만 헤세의 사춘기 시절 경험을 바탕으로 한 자전적 소설
1946년 노벨문학상 / 국립중앙도서관 선정 청소년 권장도서

21 22 23 | **안나 카레니나 1~3** | 레프 니콜라예비치 톨스토이
톨스토이 생애 최고의 리얼리즘 소설 / 서울대학교 권장도서 100선 / 서울대학교 동서고전 200선
연세대학교 필독도서 / 미국대학위원회 선정 SAT 추천도서 / 오프라 윈프리 북클럽 권장도서
논술 및 수능에 출제된 책(1998~2005)

24 | **오즈의 마법사1 - 오즈의 위대한 마법사** | 라이먼 프랭크 바움
미국대학위원회 선정 SAT 추천도서 / 연세대학교 필독도서 / 국립중앙도서관 선정 우수 번역서

25 | **리어 왕** | 윌리엄 셰익스피어
대한민국 명사 101인의 대표 추천작 / 서울대학교 권장도서 100선 / 연세대학교 필독도서
미국대학위원회 선정 SAT 추천도서 / 〈가디언〉지 권장도서 / 세인트존스 대학교 권장도서
논술 및 수능에 출제된 책(1998~2005)

26 27 28 29 30 | **레 미제라블 1~5** | 빅토르 위고
저명한 문학비평가들이 극찬한 세기의 걸작 / WTO 북클럽 추천도서
2013년 개봉한 영화 〈레 미제라블〉의 원작 / 전자책 베스트셀러 1위(2013)

31 | **월든** | 헨리 데이비드 소로
미국대학위원회 고교추천도서 101 / 미국대학위원회 선정 SAT 추천도서
박원순 서울시장이 선택한 책 50권

32 | **눈의 여왕**(안데르센 단편선) | 한스 크리스티안 안데르센
어린이문학에 꽃을 피운 불멸의 작가 / 세계를 움직인 100권의 책 선정
노벨 연구소 선정 세계 100대 문학 작품

33 | **오만과 편견** | 제인 오스틴
서울대학교 동서고전 200선 / 연세대학교 필독도서 / 세인트존스 대학교 권장도서
〈텔레그래프〉지 완벽한 도서관을 위한 권장도서 100 / 〈가디언〉지 권장도서
미국대학위원회 선정 SAT 추천도서 / 국립중앙도서관 선정 청소년 권장도서

34 | **로미오와 줄리엣** | 윌리엄 셰익스피어
서울대학교 동서고전 200선 / 미국대학위원회 선정 SAT 추천도서
칼리지보드 선정 고교생 필독서 101권

35 | **바람이 분다** | 호리 다쓰오
미야자키 하야오의 애니메이션 영화 〈바람이 분다〉 원작

36 | **맥베스** | 윌리엄 셰익스피어
서울대학교 권장도서 100선 / 연세대학교 필독도서 / 미국대학위원회 선정 SAT 추천도서
국립중앙도서관 선정 청소년 권장도서

37 | **신곡 - 인페르노**(지옥) | 단테 알리기에리
서울대학교 권장도서 100선 / 국립중앙도서관 선정 청소년 권장도서
미국대학위원회 선정 SAT 추천도서 / 〈뉴스위크〉지 선정 100대 명저

*더클래식 세계문학 컬렉션은 계속 출간될 예정입니다.